Marc Levy

Bis ich dich wiedersehe

Buch

Kurz vor seiner Hochzeit wird Jonathan nach London gerufen, wo fünf Werke des russischen Malers Radskin versteigert werden sollen. Um das Leben dieses Künstlers ranken sich Legenden: Im zaristischen Russland verfolgt, musste er mit ansehen, wie seine geliebte Frau brutal hingerichtet wurde. Seit jenem Tag malte er keine Frauen mehr. Ein Bild jedoch soll es geben, auf dem er seinem Schwur untreu wurde, und dieses Bild gilt als verschollen. Sollte es sich bei einem der Londoner Gemälde um jenes verschwundene Frauenporträt handeln?
In der britischen Hauptstadt begegnet er der schönen Galeristin Clara und ist sofort von ihr fasziniert. Auch sie fühlt sich auf unerklärliche Weise zu Jonathan hingezogen. Immer stärker wird das Gefühl, dass sie sich schon einmal begegnet sind, ja, dass sie sich sogar gut kennen und dass der Maler Radskin in ihrer beider Vergangenheit eine große Rolle spielte ...

Autor

Marc Levy wurde 1961 in Frankreich geboren. Nach seinem Studium in Paris lebte er in San Francisco. Mit siebenunddreißig Jahren schrieb er für seinen Sohn seinen ersten Roman, *Solange du da bist*, der von Steven Spielberg verfilmt und auf Anhieb ein Welterfolg wurde. Seitdem wird Marc Levy in fünfundvierzig Sprachen übersetzt, und jeder Roman ist ein internationaler Bestseller. Marc Levy lebt zurzeit mit seiner Familie in New York.

Von Marc Levy bereits erschienen:

Solange du da bist (37733), Am ersten Tag (37658), Die erste Nacht (37659), Wer Schatten küsst (38026), Sieben Tage für die Ewigkeit (38061), Wo bist du (38166)

Marc Levy

Bis ich dich wiedersehe

Roman

Aus dem Französischen von
Eliane Hagedorn und Bettina Runge

blanvalet

Die französische Originalausgabe erschien 2004
unter dem Titel »La prochaine fois«
bei Robert Laffont, Paris.

Verlagsgruppe Random House FSC® N001967
Das FSC®-zertifizierte Papier *Holmen Book Cream*
für dieses Buch liefert Holmen Paper, Hallstavik, Schweden.

Besuchen Sie uns auch auf
www.facebook.com/blanvalet und www.twitter.com/BlanvaletVerlag

1. Auflage
Deutsche Taschenbuchneuausgabe August 2014 bei Blanvalet, einem
Unternehmen der Verlagsgruppe Random House GmbH, München.
Copyright © der Originalausgabe 2004 by Editions Robert Laffont/
Susanna Lea Associates
Copyright © der deutschsprachigen Ausgabe 2014 by
Verlagsgruppe Random House GmbH, München
Umschlaggestaltung: © www.buerosued.de
Umschlagmotiv: © www.buerosued.de
Redaktion: Gerhard Seidl
ED · Herstellung: sam
Satz: Buch-Werkstatt GmbH, Bad Aibling
Druck und Einband: GGP Media GmbH, Pößneck
Printed in Germany
ISBN: 978-3-442-38238-5

www.blanvalet.de

Für Louis.
Und für meine Schwester Lorraine.

Jonathan,

nennst Du Dich immer noch so? Heute wird mir klar, dass ich so vieles nicht wusste, und seit Du fort bist, versuche ich ständig, die große Leere, die mich umgibt, zu verdrängen. Oft, wenn die Einsamkeit meine Tage in Dunkelheit hüllte, hatte ich den Himmel betrachtet, dann die Erde, und ich meinte ganz eindeutig zu spüren, dass Du dort irgendwo warst. Und so war es im Laufe all dieser Jahre, nur konnten wir uns weder sehen noch hören.
Anscheinend könnten wir einander begegnen, ohne uns zu erkennen.
Seit dem Tag, an dem Du gegangen bist, wurde ich nicht müde zu lesen, die verschiedensten Orte zu bereisen – auf der Suche nach Dir, nach einem Weg zum Verständnis, nach irgendeinem Wissen. Und je mehr Seiten des Lebens umgeblättert waren, desto klarer wurde mir, dass ich dem Wissen immer ferner war, wie in diesen Albträumen, in denen man bei jedem Schritt nach vorn um dieselbe Entfernung zurückweicht.

Ich bin die endlosen Gänge der großen Bibliotheken abgeschritten, die Straßen unserer Stadt, in der wir fast all unsere Erinnerungen seit der Kindheit teilten. Gestern bin ich über die Kais gelaufen, über den Markt, den Du so geliebt hast. Hier und dort bin ich stehen geblieben, und mir war, als würdest Du mich begleiten. Dann habe ich, wie jeden Freitag, dieses kleine Café am Hafen aufgesucht. Weißt Du noch? Dort haben wir uns so oft bei Einbruch der Dunkelheit getroffen. Wir machten uns einen Spaß daraus, uns gegenseitig mit Worten zu stimulieren und über unsere gemeinsamen Leidenschaften zu debattieren. Und wir sprachen, ohne die Stunden zu zählen, von diesen Gemälden, die uns so faszinierten und uns in andere Zeiten versetzten.

Gott, was haben wir beide die Malerei geliebt! Oft lese ich in den Büchern, die Du geschrieben hast, und ich finde Dich darin wieder, Deinen Stil, Deinen Geschmack.

Ich weiß nicht, wo Du bist, Jonathan. Ich weiß nicht, ob all das, was wir zusammen erlebt haben, einen Sinn hatte, ob die Wahrheit existiert, aber wenn Du diesen kleinen Brief eines Tages findest, dann wirst Du wissen, dass ich mein einst gegebenes Versprechen gehalten habe.

Ich weiß, wenn Du vor dem Bild stehst, wirst Du die Hände hinter dem Rücken verschränken, wirst die Augen leicht zusammenkneifen wie jedes Mal, wenn Du überrascht bist, und dann wirst Du lächeln. Und wenn sie, wie ich es Dir wünsche, an Deiner Seite ist, wirst Du

*den Arm um sie legen, und Ihr werdet gemeinsam dieses
Meisterwerk betrachten, um das wir uns so bemüht haben,
und vielleicht, vielleicht erinnerst Du Dich dann. Und,
sollte es wirklich der Fall sein, so ist es an mir, Dich um
etwas zu bitten, Du bist es mir schuldig.*

*Vergiss, was ich gerade geschrieben habe, Freunde sind sich
nichts schuldig. Doch hier trotzdem meine Bitte: Erzähl
ihr, erzähl ihr, dass ich irgendwo auf dieser Welt, fern von
Euch, von Eurer Zeit, dieselben Straßen wie Du entlang-
gelaufen bin, dass ich am selben Tisch mit Dir gelacht
habe, und da die Steine bleiben, erzähl ihr, dass jeder
von denen, auf die wir unsere Hand gelegt, unseren Blick
geheftet haben, für immer einen Teil unserer Geschichte
enthält. Erzähl ihr, Jonathan, dass ich Dein Freund war,
dass Du mein Bruder warst, vielleicht mehr noch, weil
wir uns gewählt haben, erzähl ihr, dass nichts uns jemals
hat trennen können, selbst Euer so plötzlicher Abschied
nicht.*

*Seither ist kein Tag vergangen, ohne dass ich an Euch
beide gedacht und gehofft habe, dass Ihr glücklich seid.
Ich bin jetzt ein alter Mann, Jonathan, und die Stunde
meines eigenen Abschieds rückt näher, doch dank Euch
ist mein Herz von einem Lichtfunken erfüllt, der es leicht
macht. Ich habe geliebt! Können alle Menschen unter
derart unschätzbaren Bedingungen gehen?*

*Wenige Zeilen noch, und Du wirst diesen Brief
zusammenfalten, Du wirst ihn schweigend in Deine
Jackentasche stecken, dann wirst Du die Hände hinter
dem Rücken verschränken und lächeln wie ich, während*

*ich diese letzten Worte schreibe. Auch ich lächele,
Jonathan, ich habe nie aufgehört zu lächeln.*

Ein gutes Leben wünscht Euch beiden
Dein Freund Peter

Kapitel 1

»Ich bin's, ich mache mich jetzt auf den Weg und bin in einer halben Stunde unten vor deinem Haus. Ich hoffe, du bist da? Verdammter Anrufbeantworter! Ich komme.«

Peter legte nervös auf, wühlte in seinen Taschen nach seinem Schlüssel, bis ihm einfiel, dass er ihn beim Parkdienst abgegeben hatte. Er warf einen Blick auf die Uhr, die Maschine nach Miami startete erst am späten Nachmittag vom Logan Airport, doch in unruhigen Zeiten wie diesen hatte man sich den neuesten Sicherheitsvorschriften entsprechend bereits zwei Stunden vor Abflug am Flughafen einzufinden. Er schloss die Tür seines Apartments in der eleganten Wohnanlage im Finanzviertel und lief den Flur mit dem hochflorigen Teppichboden entlang. Er drückte dreimal auf den Aufzugknopf, eine Geste der Ungeduld, die das Eintreffen des Lifts noch nie auch nur um eine Sekunde beschleunigt hatte. Achtzehn Etagen weiter unten eilte er an Mr. Jenkins, dem Portier, vorbei und informierte ihn, dass er am nächsten Tag zurück sei. Er hatte am Eingang einen Sack mit Wäsche für die Reinigung gleich neben der Wohnanlage zurückgelassen. Mr. Jenkins ließ die Beilage »Arts and Culture« des *Boston Globe*, in der er gerade las, in einer Schublade verschwinden, notierte den Auftrag von Peter in seinem Serviceregister und trat hinter dem Tresen hervor, um ihm die Tür zu öffnen.

Vor dem Eingang spannte er einen großen Schirm mit den Initialen der Wohnanlage auf und schützte Peter vor dem Nieselregen, der auf die Stadt niederging.

»Ich lasse Ihren Wagen vorfahren«, erklärte er und blickte auf den verhangenen Horizont.

»Das ist sehr liebenswürdig von Ihnen«, erwiderte Peter kurz angebunden.

»Mrs. Beth, Ihre Flurnachbarin, ist zurzeit verreist, und als ich den Lift in Ihr Stockwerk fahren sah, habe ich daraus geschlossen ...«

»Ich weiß, wer Mrs. Beth ist, Jenkins!«

Der Hausmeister betrachtete die graue Wolkendecke über ihren Köpfen. »Übles Wetter, nicht wahr?«, fuhr er fort.

Peter antwortete nicht. Er verabscheute gewisse Vorteile, die das Leben in einer Luxuswohnanlage wie dieser mit sich brachte. Jedes Mal, wenn er am Empfangstresen von Mr. Jenkins vorbeikam, hatte er den Eindruck, ein Teil seiner Privatsphäre würde ihm abhandenkommen. Hinter seinem Pult mit Blick auf die großen Drehtüren kontrollierte der Mann mit dem Register alles Kommen und Gehen in der Anlage. Peter war überzeugt, dass sein Concierge am Ende mehr über seine Gewohnheiten wusste als seine Freunde. Eines Tages, als er schlecht gelaunt war, hatte er sich über die Hintertreppe zu seinem Wagen geschlichen, um das Gebäude durch die Tiefgarage zu verlassen. Bei seiner Rückkehr schritt er erhobenen Hauptes an Jenkins vorbei, als dieser ihm höflich einen Schlüssel mit rundem Kopf überreichte. Peter sah ihn verständnislos an, woraufhin Jenkins in beiläufigem Tonfall meinte: »Falls Sie einmal in Erwägung ziehen sollten, den Weg in umgekehrter Richtung zu gehen, wird Ihnen der Schlüssel von Nutzen sein. Die Türen im Treppenhaus sind von innen verriegelt, dieses ärgerliche Problem lässt sich hiermit beheben.«

Im Aufzug setzte Peter alles daran, sich nichts anmerken zu lassen, denn er konnte sicher sein, dass Jenkins jede Regung, gefilmt von der Überwachungskamera, zur Kenntnis nehmen würde. Und als er sechs Monate später eine flüchtige Affäre mit einer gewissen Thaly, einem jungen aufgehenden Stern am Theaterhimmel, hatte, zog er die Anonymität eines Hotelzimmers der verzückten Miene seines Portiers vor, dessen unveränderlich gute Laune ihm im höchsten Maße auf die Nerven ging.

»Ich glaube, ich höre den Motor Ihres Wagens. Er dürfte nicht mehr lange auf sich warten lassen, Sir.«

»Erkennen Sie jetzt auch schon die Autos an ihren Geräuschen, Jenkins?«, fragte Peter in bewusst provozierendem Tonfall.

»Oh, nicht alle, Sir, aber Ihr alter Engländer gibt, wie Sie zugeben müssen, ein leichtes Klicken der Kolben von sich, eine Art ›Dadeedoo‹, das an den reizenden Akzent unserer Brüder auf der anderen Seite des Ozeans erinnert.«

Peter hob die Brauen, er kochte innerlich. Jenkins gehörte zu denjenigen, die ihr ganzes Leben davon geträumt hatten, als Untertan Ihrer Majestät geboren zu sein – Zeichen einer gewissen Eleganz in dieser Stadt mit angelsächsischen

Traditionen. Die großen runden Scheinwerfer des Jaguar Coupé XK 140 tauchten aus dem Schlund der Tiefgarage auf. Der Bedienstete stellte den Wagen vor der weißen Linie in der Mitte der Auffahrt ab.

»*Isn't it, my dear Jenkins!*«, rief Peter und trat auf die Fahrertür zu, die der Page für ihn geöffnet hielt. Mit verdrießlicher Miene nahm Peter hinter dem Steuer Platz, ließ den alten Engländer aufheulen und fuhr los, wobei er Jenkins ein kleines Handzeichen machte.

Er prüfte im Rückspiegel, ob dieser, wie gewöhnlich, warten würde, bis er um die Ecke gebogen war, bevor er an seinen angestammten Platz zurückkehrte. »Alter Kauz! Du bist in Chicago geboren, deine ganze Familie ist in Chicago geboren!«, murmelte er. Dann steckte er sein Handy in die Halterung am Armaturenbrett und drückte die Taste, unter der Jonathans Privatnummer gespeichert war. Er näherte sich dem Mikro, das an der Sonnenblende angebracht war, und schrie: »Ich weiß, dass du zu Hause bist! Du hast keine Ahnung, wie mir dein Anrufbeantworter auf die Nerven geht. Was immer du gerade tust, dir bleiben neun Minuten. Ich kann dir nur raten, pünktlich zu sein!« Daraufhin beugte er sich vor, um den Sender seines Radios zu wechseln, das im Handschuhfach untergebracht war. Als er sich wieder aufrichtete, sah er in noch relativ unbedenklichem Abstand vor seinem Kühlergrill eine Frau die Straße überqueren. Bei genauerem Hinsehen bemerkte er, dass ihr beschwerlicher Gang der eines betagten Menschen war. Seine Reifen hinterließen ein paar schwarze Gummispuren auf dem Asphalt.

Als der Wagen zum Stehen gekommen war, riss er die Augen auf. Die Frau setzte unbeirrt ihren Weg fort. Die Hände noch immer fest um das Lenkrad geklammert, holte er tief Luft, öffnete den Sicherheitsgurt und kletterte aus seinem Coupé. Er eilte auf die Dame zu, nahm sie am Arm und half ihr, wirre Entschuldigungen stammelnd, die letzten Meter zurückzulegen, die sie noch vom Bürgersteig trennten. Er reichte ihr seine Visitenkarte, entschuldigte sich noch einmal und schwor, wobei er seinen ganzen Charme aufbot, dass ihn die ganze nächste Woche Gewissensbisse quälen würden, weil er ihr einen solchen Schrecken eingejagt hätte.

Die alte Dame sah ihn verwundert an und beruhigte ihn, indem sie ihren weißen Stock in die Luft hob. Allein ihr nachlassender Gehörsinn konnte eine Erklärung dafür sein, dass sie, als er ihren Arm ergriffen hatte, leicht zusammengezuckt war.

Peter entfernte ein Haar, das sich auf die Schulterpartie ihres Regenmantels verirrt hatte, und überließ sie ihrem Schicksal. Als er erneut am Steuer saß und den vertrauten Geruch nach altem Leder wahrnahm, kam er wieder zu sich. In gemächlichem Tempo setzte er seine Fahrt zu Jonathans Wohnung fort. Bei der dritten Ampel pfiff er bereits vor sich hin.

Jonathan stieg die Stufen seines hübschen Hauses im alten Hafenviertel hinauf. Die Treppe führte zu einem Atelier mit Glasdach, wo seine Freundin malte. Anna Valton und er waren sich eines Abends auf einer Vernissage begegnet. Die Stiftung einer reichen, diskreten Sammlerin der Stadt hatte Annas Arbeiten ausgestellt. Beim Betrachten der Bilder war ihm aufgefallen, welche Eleganz all ihre Arbeiten ausstrahlten. Ihr Stil gehörte einem Jahrhundert an, dem er seine Karriere als Gutachter gewidmet hatte. Annas Landschaften schienen unendlich zu sein, und er bediente sich, um sie zu kommentieren, einer äußerst gewählten Sprache. Das positive Echo eines renommierten Experten wie Jonathan ging der jungen Frau, die zum ersten Mal ihre Bilder ausstellte, sehr zu Herzen.

Seither waren sie praktisch unzertrennlich, und im darauffolgenden Frühjahr waren sie in dieses Haus am alten Hafen gezogen, das Anna ausgewählt hatte. Der Raum, in dem sie den Großteil ihrer Tage und gelegentlich auch ihrer Nächte verbrachte, war mit einem eindrucksvollen Glasdach versehen. In den frühen Morgenstunden durchflutete das Licht den Raum und verlieh ihm eine geradezu magische Atmosphäre. Von der weißen Ziegelwand bis hin zu den großen Fenstern war der Boden mit hellem rustikalem Parkett ausgelegt. Wenn sie ihren Pinsel niederlegte, rauchte Anna gerne auf einer der hölzernen Fensterbänke eine Zigarette und konnte dabei die ganze Hafenbucht überblicken. Bei jeder Witterung öffnete sie eines der Hebefenster, die leicht in ihren Schienen auf und ab glitten, und genoss die Mischung aus Tabak und feuchter Meeresluft.

Peter parkte seinen Jaguar am Bordstein und hupte.

»Ich glaube, dein Freund ist da«, sagte sie, als sie Jonathan hinter sich hörte.

Er kam näher, schlang die Arme um sie, tauchte den Kopf in den Schatten ihres Halses und drückte ihr einen Kuss auf den Nacken.

Anna fröstelte. »Du wirst Peter warten lassen!«

Jonathans Hand glitt in den Ausschnitt ihres Baumwollkleids und legte sich auf ihre Brüste. Das Hupen draußen wurde ungeduldiger, und sie schob ihn lächelnd zurück.

»Dein Zeuge ist ein bisschen störend, also mach dich auf zu deiner Konferenz. Je eher du aufbrichst, desto eher bist du wieder zurück.«

Jonathan küsste sie noch einmal und verschwand. Als sie die Eingangstür ins Schloss fallen hörte, zündete sich Anna eine weitere Zigarette an. Peters Hand tauchte für einen Augenblick aus dem Wagenfenster auf, um ihr zuzuwinken, dann entfernte sich der Jaguar. Anna seufzte und richtete den Blick auf den alten Hafen, wo einst so viele Einwanderer von Bord der Schiffe gegangen waren.

»Warum kannst du nie rechtzeitig kommen?«, fragte Peter.

»Recht nach deiner Zeit?«

»Nein, nach der, zu der die Flugzeuge starten, zu der man zum Mittag- oder Abendessen verabredet ist, der Zeit, die man von unseren Uhren abliest, aber du trägst natürlich keine!«

»Du bist ein Sklave der Zeit, ich dagegen widersetze mich ihr.«

»Wenn du deinem Psychiater so einen Käse erzählst, kannst du sicher sein, dass er dir anschließend nicht mehr zuhört. Er wird sich höchstens noch die Frage stellen, ob er sich dank deines Honorars den Wagen seiner Träume lieber als Coupé oder Cabrio kaufen soll.«

»Ich habe keinen Psychiater.«

»Vielleicht solltest du. Wie fühlst du dich?«

»Und du – was hat dir so die Laune verdorben?«

»Hast du den Beitrag in ›Arts and Culture‹ im *Boston Globe* gelesen?«

»Nein«, antwortete Jonathan und sah aus dem Fenster.

»Selbst Jenkins hat ihn gelesen! Die Presse bringt mich um.«

»Ach ja?«

»Gib's zu, du hast ihn gelesen!«

»Ein kleines bisschen«, erwiderte Jonathan.

»Irgendwann an der Uni habe ich dich gefragt, ob du mit Kathy Miller, in die ich verliebt war, geschlafen hast oder nicht, und du hast geantwortet: ›Ein kleines bisschen.‹ Könntest du mir definieren, was du mit ›ein kleines bisschen‹ sagen willst? Die Frage stelle ich mir nun seit zwanzig Jahren …« Peter schlug mit der Hand auf das Lenkrad. »Und hast du gelesen: ›Die letzten Verkäufe des Auktionators Peter Gwel sind enttäuschend!‹? – Und wer hat für einen Seurat eine Summe erzielt, die alle Rekorde der letzten zehn Jahre bricht? Wer hat den spektakulärsten Renoir-Verkauf getätigt? Und die Bowen-Sammlung mit ihrem Jongkind, ihrem Monet, ihrer Mary Cassatt und all den anderen? Und wer war einer der Ersten, die auf Vuillard gesetzt haben? Hast du gesehen, wie er heute bewertet ist!?«

»Peter, du regst dich völlig umsonst auf. Der Beruf des Kritikers besteht eben darin zu kritisieren, und fertig.«

»Ich hatte vierzehn panische Nachrichten von meinen Geschäftspartnern bei Christie's auf dem Anrufbeantworter. Das tut weh, glaub mir!« Er hielt vor einer roten Ampel und schimpfte weiter.

Jonathan wartete ein paar Minuten und drehte dann am Radioknopf. Die Stimme von Louis Armstrong ertönte. Jonathan bemerkte eine Schachtel auf dem Rücksitz. »Was ist das?«, fragte er.

»Nichts«, gab Peter mit knurrendem Unterton zurück.

Jonathan drehte sich um, untersuchte den Inhalt und lachte. »Ein Elektrorasierer, drei zerfetzte Hemden, zwei abgeschnittene Pyjamabeine, ein Paar Schuhe ohne Schnürsenkel, vier zerrissene Briefe und alles mit Ketchup bekleckert ... Hast du Schluss gemacht?«

Peter verrenkte sich halb, um den Karton auf den Boden zu befördern. »Hast du nie mal eine schlechte Woche?«, fragte er und stellte das Radio lauter.

Jonathan spürte sein Lampenfieber wachsen und teilte es seinem Freund mit.

»Du hast überhaupt keinen Anlass, Bammel zu haben, du bist unschlagbar.«

»Das ist genau die Art von idiotischer Bemerkung, die einen die Wände hochgehen lässt.«

»Ich hätte beinahe jemanden angefahren; mir sitzt der Schreck noch in den Knochen.«

»Wann?«

»Vorhin, als ich von zu Hause aufgebrochen bin.«

Der Jaguar fuhr wieder an, und Jonathan sah die Gebäude des alten Hafens vorübergleiten. Sie nahmen den Highway, der zum Logan Airport führte.

»Wie geht's dem guten Jenkins?«, erkundigte sich Jonathan.

Peter stellte den Wagen auf dem Platz gleich gegenüber

dem Häuschen des Parkwächters ab. Er steckte ihm diskret einen Schein zu, während Jonathan seine alte Reisetasche aus dem Kofferraum holte. Auf dem Weg zum Ausgang des Parkplatzes hallten ihre Schritte wider. Wie immer verlor Peter die Geduld, als er gebeten wurde, seinen Gürtel abzulegen und seine Schuhe auszuziehen, nachdem das Sicherheitsportal dreimal gepiepst hatte. Er murmelte etwas Unfreundliches vor sich hin, woraufhin der diensthabende Beamte sein Gepäck bis zur letzten Kleinigkeit inspizierte.

Jonathan gab seinem Freund durch ein Zeichen zu verstehen, dass er, wie gewöhnlich, am Zeitungskiosk auf ihn warten würde. Als Peter zu ihm trat, war er in die Seiten einer Jazz-Anthologie von Milton Mezz Mezzrow vertieft. Jonathan kaufte das Buch. Das Einsteigen verlief ohne Gedränge, und die Maschine startete pünktlich. Jonathan lehnte das Essen ab, das ihm auf einem Tablett angeboten wurde, zog das Rollo vor seinem Fenster herunter, knipste die Leselampe an und vertiefte sich in die Notizen des Vortrags, den er in wenigen Stunden halten würde.

Peter blätterte im Bordmagazin der Fluggesellschaft, dann in den Sicherheitsvorschriften und schließlich im Kaufkatalog, den er längst auswendig kannte. Schließlich wippte er in seinem Sitz.

»Langweilst du dich?«, fragte Jonathan, ohne von seinen Notizen aufzusehen.

»Ich denke.«

»Ich sagte es ja, du langweilst dich.«

»Du nicht?«

»Ich gehe noch mal meinen Vortrag durch.«

»Du bist besessen von diesem Typen«, entgegnete Peter und griff erneut zu den Sicherheitsbestimmungen der Boing 737.

»Passioniert!«

»Bei diesem Ausmaß der Obsession erlaube ich mir, auf die possessive Natur der Beziehung hinzuweisen, die du mit diesem russischen Maler pflegst.«

»Wladimir Radskin ist gegen Ende des neunzehnten Jahrhunderts gestorben, und ich pflege keine Beziehung mit ihm, sondern mit seinem Werk.«

Noch einmal vertiefte sich Jonathan für einen Augenblick in seine Lektüre.

»Ich habe so ein Déjà-vu-Gefühl«, sagte Peter nach einer Weile spöttisch, »doch das liegt vielleicht daran, dass wir dieses Gespräch nun schon zum hundertsten Mal führen.«

»Was hast du in diesem Flugzeug zu suchen, wenn du nicht vom selben Virus befallen bist wie ich?«

»Erstens begleite ich dich; zweitens flüchte ich vor den Anrufen der Kollegen, die durch den Artikel eines Kretins von der *Sunday Times* traumatisiert sind; und drittens langweile ich mich.«

Peter zog einen Filzstift aus seiner Westentasche und machte ein kleines Kreuz auf das Papier, auf dem Jonathan seine letzten Anmerkungen notierte. Ohne die Illustration aus dem Auge zu lassen, zeichnete Jonathan einen Kreis neben das von Peter gemalte Kreuz. Der fügte sogleich ein weiteres Kreuz hinzu und Jonathan wiederum einen Kreis …

Die Maschine landete zehn Minuten vor der planmäßigen Ankunftszeit in Miami. Sie hatten nur Handgepäck dabei und saßen schon kurz darauf im Taxi, das sie zu ihrem Hotel fuhr. Peter sah auf seine Uhr und erklärte, dass ihnen noch eine gute Stunde bis zum Beginn der Konferenz blieb.

Nachdem sie sich an der Rezeption angemeldet hatten, ging Jonathan sich umziehen. Die Tür seines Zimmers fiel geräuschlos ins Schloss. Er stellte seine Tasche auf den kleinen Mahagonisekretär gegenüber dem Fenster und griff zum Telefon.

Als Anna abhob, schloss er die Augen und ließ sich von ihrer Stimme leiten, so als wäre er in ihrem Atelier. Alle Lampen waren ausgeschaltet. Anna lehnte am Fensterbrett. Im großen Glasdach das Funkeln vereinzelter Sterne, die sich gegen die Lichter der Stadt durchgesetzt hatten – wie feine Stickereien auf einer blassen Stola. Die Gischt vom Meer peitschte gegen die alten in Blei gefassten Scheiben. In den letzten Monaten hatte sich Anna von Jonathan entfernt, so als wären die Rädchen einer feinen Mechanik zum Stillstand gekommen, kaum dass sie sich zur Ehe entschlossen hatten. Zunächst hatte Jonathan die Distanz, die sie wahrte, als Angst vor dem Bund fürs Leben gewertet. Dabei war sie, Anna, diejenige gewesen, die auf Heirat bestanden hatte. Ihre Stadt war genauso konservativ wie das Künstlermilieu, in dem sie verkehrten. Wenn man, wie sie, seit zwei Jahren zusammenlebte, gehörte es in diesen Kreisen zum guten Ton, die Verbindung offiziell zu machen. Bei jedem mondänen Cocktail, bei jeder Vernissage, bei jeder großen Auktion legten es die Mienen der Bostoner Gesellschaft ein wenig mehr nahe.

Jonathan und Anna hatten dem Druck der Gesellschaft nachgegeben. Der Status des Paars war zugleich auch das Faustpfand für Jonathans beruflichen Erfolg. Anna schwieg am anderen Ende der Leitung, und er hörte ihren Atem, erriet ihre Gesten. Die langen Finger ihrer Hand verloren sich in ihrem dichten Haar. Solange er die Augen geschlossen hielt, konnte er fast ihre Haut spüren. Gegen Ende des Tages vermischte sich ihr Parfüm mit dem Geruch nach Farben und Terpentin, der bis in den letzten Winkel des Ateliers drang.

Ihr Gespräch endete mit einem Schweigen, Jonathan legte auf und öffnete die Augen. Unter seinen Fenstern dehnte sich der Strom von Fahrzeugen zu einem langen roten Band aus. Ein Gefühl der Einsamkeit übermannte ihn – wie jedes Mal, wenn er von zu Hause fort war. Er seufzte und fragte sich, warum er seine Teilnahme an dieser Konferenz zugesagt hatte. Er sah auf die Uhr, packte seine Reisetasche aus und wählte ein weißes Hemd.

Jonathan holte tief Luft, bevor er die Bühne betrat. Das Publikum empfing ihn mit lebhaftem Applaus und verschwand dann für ihn im Halbdunkel. Er stellte sich hinter ein Pult, ausgestattet mit einer kleinen Kupferlampe, die über seinen Text wachte wie eine Souffleuse. Jonathan beherrschte seinen Vortrag; er kannte den Text auswendig. Das erste Bild des Werks von Wladimir Radskin, das er am heutigen Abend vorstellte, wurde in seinem Rücken auf eine riesige Leinwand projiziert. Er hatte beschlossen, die Bilder des russischen Malers in zeitlich umgekehrter Reihenfolge zu präsentieren. Eine erste Serie von englischen Landschaften zeigte Radskins Arbeit am Ende seines durch eine schwere Krankheit verkürzten Lebens.

Radskin hatte seine letzten Werke in seinem Zimmer gemalt, das er aus gesundheitlichen Gründen nicht mehr verlassen konnte. Er starb im Alter von zweiundsechzig Jahren. Zwei imposante Porträts von Sir Edward Langton – eines stellt ihn im Stehen, eines hinter einem Mahagonischreibtisch dar – zeigten den berühmten Sammler und Händler, der Wladimir Radskin zu seinem Schützling erkoren hatte. Zehn Bilder fingen mit unendlicher Sensibilität das Leben der Armen in den Vororten Londons gegen Ende des neunzehnten Jahrhunderts ein. Sechzehn weitere ergänzten Jonathans Präsentation. Obwohl er den genauen Zeitpunkt ihrer Entstehung nicht kannte, verwies ihre Thematik doch eindeutig auf die Jugend des Malers in Russland. Sechs seiner ersten Werke – alle vom Zaren höchstpersönlich in Auftrag gegeben – zeigten Persönlichkeiten des Hofes, zehn weitere, die allein auf der Inspiration des jungen Künstlers beruhten, schilderten das Elend der Bevölkerung. Diese Straßenszenen waren die Ursache für das erzwungene Exil von Radskin, der überstürzt hatte fliehen müssen und sein Heimatland nie wiedergesehen hatte. Während einer Ausstellung, die der Zar seinem Werk in seiner persönlichen Galerie in der Eremitage von Sankt Petersburg widmete, hatte Wladimir Radskin einige seiner Gemälde aufgehängt, die einen Skandal auslösten. Der Zar bedachte ihn mit einem ebenso heftigen wie unvermuteten Hass, hatte der Maler das Leid seines Volkes doch mit mehr Detailtreue eingefangen als den Glanz seiner Herrschaft. Wladimir Radskin soll auf die Frage des Kulturattachés des Hofes nach den Gründen für ein solches Verhalten geantwortet haben, dass sich der Mensch bei seinem Streben nach Macht allgemein der Lüge bediene, seine Malerei hingegen sei den entgegengesetzten Regeln unterworfen.

In Augenblicken der Schwäche könne die Kunst höchstens beschönigen. Sei die Not des russischen Volkes weniger würdig, dargestellt zu werden, als der Zar selbst? Der Kulturattaché, der den Maler sehr schätzte, verabschiedete ihn mit einer bitteren Geste. Er öffnete eine Geheimtür in der großen Bibliothek, die mit kostbaren Manuskripten gefüllt war, und riet dem jungen Mann, auf der Stelle zu fliehen, bevor ihn die Geheimpolizei ergreifen würde. Er könne fortan nichts mehr für ihn tun. Nachdem Radskin eine gewundene Treppe hinabgeeilt war, lief er einen langen finsteren Korridor entlang, der dem Weg in die Hölle glich. Er konnte sich im Dunkel nur mit den Händen vorantasten, die er sich an den rauen Wänden aufschürfte. Er erreichte den Westflügel des Palastes, wo er sich in den feuchten unterirdischen Gängen und Kellergewölben nur gebückt vorwärtsbewegen konnte. Alte slawische Ratten kamen ihm entgegen, streiften sein Gesicht und interessierten sich bisweilen allzu sehr für diesen Eindringling, den sie dann verfolgten und in die Fesseln bissen.

Als schließlich die Nacht hereinbrach, tauchte Radskin wieder an die Oberfläche und versteckte sich auf einem alten Karren unter einem Ballen Heu, mit dem die Pferde des

Zaren gefüttert wurden. Dort wartete er, bis der Tag dämmerte, um dann im Schutz der allmorgendlichen Geschäftigkeit aus dem Palast zu fliehen.

Radskins sämtliche Gemälde wurden noch am selben Nachmittag beschlagnahmt und verbrannten abends während eines Banketts des Kulturattachés in dem gewaltigen Kamin. Das Fest dauerte vier Stunden.

Gegen Mitternacht drängten sich die Geladenen an den Fenstern, um sich an einem Spektakel zu ergötzen, das ihnen innerhalb der Palastmauern geboten wurde. Im Schatten eines Alkovens wohnte Wladimir Radskin einer Hinrichtung bei. Seine Frau Clara, die abends festgenommen worden war, wurde von zwei Wachen an den Ort ihrer Marter geschleppt. Sobald sie im Hof erschien, hob sie den Kopf und sah unverwandt zu den Sternen hinauf. Zwölf Gewehre richteten sich auf sie. Radskin flehte zum Himmel, sie möge den Blick abwenden und ihn ein letztes Mal in den seinen versenken. Sie aber holte nur tief Luft, und fast gleichzeitig hallten zwölf Schüsse im Hof wider. Ihre Knie gaben nach, und ihr zerfetzter Leib sank auf die dicke makellose Schneedecke. Das Echo seiner Liebe verhallte über den Einfassungsmauern, Stille breitete sich aus. Im Licht des Schmerzes, der ihn packte, entdeckte Wladimir Radskin, dass das Leben stärker war als seine Kunst. Die perfekte Übereinstimmung aller Farben dieser Welt hätte seinen Kummer nicht darzustellen vermocht. In dieser Nacht vermischte sich der Wein, der auf dem Fest in Strömen floss, mit dem Blut, das Claras leblosem Körper entwich. Karmesinrote Bäche brachten den weißen Mantel zum Schmelzen und zeichneten Epigrafe auf die nackten Pflastersteine, die ihre dunklen Köpfe wie schwarze Flammen in das Herz des Malers bohrten. Radskin nahm im Gedächtnis eines seiner schönsten Werke mit, das er zehn Jahre später in London neu schaffen sollte. Im Laufe seines Exils bildete er die Werke seiner russischen Periode nach, änderte sie aber, denn er malte nie mehr einen Frauenkörper oder ein Frauengesicht, und nie mehr sah man auch nur einen Fleck roter Farbe in seinen Gemälden.

Das letzte Dia erlosch auf der Leinwand. Jonathan dankte dem Publikum, das seinen Vortrag mit heftigem Beifall bedachte. Der Applaus schien ihm fast peinlich, fast eine Last zu sein. Er verbeugte sich, strich über die Hülle seines Dossiers und zog mit dem Finger die Buchstaben nach, die den Namen Wladimir Radskin bildeten: »Dir gilt ihre Begeisterung, mein Bester«, murmelte er. Die Wangen leicht gerötet, nahm er seine Tasche an sich und wollte sich mit einer ungeschickten Handbewegung schon von seiner Zuhörerschaft verabschieden. Ein Mann erhob sich und rief seinen Namen. Seine Tasche an die Brust gedrückt, wandte sich Jonathan erneut dem Publikum zu.

Der Mann stellte sich mit lauter, klarer Stimme vor: »Frantz Jarvitch, vom Magazin *Art and News*. Mister Gardner, finden Sie es normal, dass kein einziges Bild von Wladimir Radskin in einem großen Museum ausgestellt ist? Finden Sie nicht, dass ihn die Kuratoren vernachlässigen?«

Jonathan trat ans Mikrofon, um dem Mann zu antworten: »Ich habe einen großen Teil meines Berufslebens darauf verwendet, seiner Arbeit zu Bekanntheit und Anerkennung zu verhelfen. Radskin ist ein sehr großer Maler, der aber, wie viele andere seiner Zeitgenossen, nicht beachtet wurde. Er hat nie versucht zu gefallen, sein Werk zeichnet sich vielmehr durch Ernsthaftigkeit aus. Radskin zwang sich, die Hoffnung zu malen, ihn interessierte das Wahre am Menschen. Und das hat ihm nicht eben die Gunst der Kritiker eingebracht.« Jonathan hob den Kopf. Sein Blick schien plötzlich anderswo, angezogen von einer anderen Zeit, einem anderen Ort. Der letzte Rest Lampenfieber fiel von ihm ab, und die Worte sprudelten hervor, als würde sich der alte Maler in ihm wieder ans Werk machen. »Denken Sie an die Gesichter, die er malte, an das Licht, das er komponierte, an die Großzügigkeit und Demut seiner Figuren. Nie eine zur Faust geballte Hand, nie ein falscher Blick.«

Das Publikum blieb stumm, eine Frau erhob sich.

»Sylvie Leroy vom Louvre in Paris. Die Legende will, dass niemand je das letzte Bild von Wladimir Radskin gesehen hat, dass es bis heute unauffindbar ist. Was halten Sie davon?«

»Es ist keine Legende, Madame. In seiner Korrespondenz mit Alexis Savrasov schreibt Radskin trotz der Krankheit, die ihn von Tag zu Tag mehr schwächte, habe er in dieser Zeit das geschaffen, was er als sein schönstes Werk erachte. Als Savrasov, der sich nach seinem Gesundheitszustand erkundigt, wissen möchte, wie weit er mit seinem Werk gediehen sei, antwortet Radskin: ›Dieses Bild zu vollenden ist mein einziges Heilmittel gegen die schrecklichen Schmerzen, die mein Inneres zerreißen.‹ Wladimir Radskin ist gestorben, kurz nachdem er sein letztes Gemälde fertiggestellt hatte. Dieses Bild sollte 1869 anlässlich einer aufwendigen Versteigerung in London auf mysteriöse Weise verschwinden.«

Jonathan erklärte weiter, dieses vermutlich beste Werk sei im letzten Augenblick zurückgezogen worden, und aus ihm unbekannten Gründen habe an jenem Tag keines der Bilder von Wladimir Radskin einen Käufer gefunden. Der Maler sei daraufhin für lange Zeit in Vergessenheit geraten. Dies sei eine große Ungerechtigkeit, die Jonathan und all diejenigen, die in Radskin einen der bedeutendsten Maler seines Jahrhunderts sähen, zutiefst bedauerten. »Der Reichtum eines Herzens weckt oft den Neid oder die Verachtung der Zeitgenossen«, fuhr Jonathan fort. »Gewisse Menschen sehen das Schöne nur in dem, was tot ist. Heute aber hat die Zeit keinen Einfluss mehr auf Wladimir Radskin. Kunst wird aus Gefühl geboren, und das macht das Zeitlose unsterblich. Trotzdem ist ein Großteil seines Werks in kleinen Museen ausgestellt oder gehört zu einigen größeren Privatsammlungen.«

»Stimmt das Gerücht, Radskin sei in seinem letzten Bild von dem selbst auferlegten Verbot abgewichen und habe ein außergewöhnliches Rot verwendet?«

Der ganze Saal schien auf eine Antwort von Jonathan zu warten.

Er verschränkte die Hände hinter dem Rücken, kniff die Augen zusammen und hob den Kopf. »Wie bereits erwähnt, hat sich das fragliche Gemälde in Luft aufgelöst, noch bevor es der Öffentlichkeit präsentiert wurde. Und bis heute wird es außer in der besagten Korrespondenz nirgendwo anders erwähnt. Ich suche, seitdem ich diesen Beruf ausübe, selbst nach einer Spur. Nur die Briefe, die Wladimir Radskin an seinen russischen Malerkollegen Savrasov schrieb, und einige wenige Artikel in der Presse jener Zeit beweisen, dass es tatsächlich existiert hat. Jeder andere Kommentar zu der Frage, was das Bild darstellt oder wie es aufgebaut ist, wäre also reine Spekulation. Ich danke Ihnen.«

Jonathan nahm noch einmal kräftigen Applaus entgegen, verneigte sich und eilte auf den Hinterausgang der Bühne zu.

Peter erwartete ihn, klopfte ihm auf die Schulter und beglückwünschte ihn.

Am späten Nachmittag verließen die viertausendsechshundert Teilnehmer die Säle des Kongresszentrums von Miami. Eine wahre Menschenflut verteilte sich auf die verschiedenen Bars und Restaurants des Komplexes. Das James L. Knight Center mit seinen mehr als dreitausend Quadratmetern Grundfläche war durch eine offene Promenade mit dem *Hyatt Regency* verbunden, das über sechshundert Zimmer verfügte.

Eine Stunde war seit Jonathans Vortrag verstrichen. Peter telefonierte ununterbrochen, und Jonathan hatte auf einem Hocker an der Theke der Hotelbar Platz genommen. Er bestellte eine Bloody Mary und öffnete den obersten Hemdknopf. Im hinteren Teil des Raums, der in kupfernes Licht getaucht war, spielte ein betagter Pianist ein Stück von Charlie Haden. Jonathan beobachtete den Bassisten, der ihn begleitete. Er hielt sein Instrument fest umschlungen und murmelte jede Note mit, die er ihm entlockte. Kaum jemand schenkte ihnen Beachtung, obwohl sie göttlich spielten. Wenn man ihnen so zusah, konnte man sich gut vorstellen, dass sie eine lange Wegstrecke zusammen zurückgelegt hatten. Jonathan erhob sich und steckte eine Zehn-Dollar-Note in das Glas auf dem Steinway. Zum Dank ließ der Bassist eine Saite seines Instruments schnalzen. Als Jonathan wieder auf seinem Barhocker saß, war der Schein aus dem Glas verschwunden, ohne dass sich das Duo auch nur durch eine einzige falsche oder verzögerte Note verraten hätte. Eine Frau hatte unterdessen auf dem Hocker neben Jonathan Platz genommen. Sie begrüßten sich höflich. Ihr silbergraues Haar ließ ihn sogleich an seine Mutter denken. Unser Gedächtnis behält unsere Eltern in einem bestimmten Alter in Erinnerung, ganz so, als untersagte unsere Liebe es uns, sie als alt zu sehen.

Am Revers von Jonathans Jackett bemerkte sie das Namensschild, das er vergessen hatte abzunehmen. Sie las seinen Namen und die Berufsbezeichnung des Kunstexperten.

»Welche Epoche?«, fragte sie.

»Neunzehntes Jahrhundert«, erwiderte Jonathan und hob sein Glas.

»Eine wunderbare Zeit«, sagte die Frau und nahm einen kräftigen Schluck von dem Bourbon, den ihr der Barkeeper eingeschenkt hatte. »Ich habe ihr einen Großteil meiner Studien gewidmet.«

Neugierig beugte sich Jonathan vor, um ihr Namensschild zu entziffern, das sie um den Hals trug. Er las das Thema des

Symposiums, an dem sie teilgenommen hatte – es ging um Geheimwissenschaften. Jonathan ließ seine Überraschung durch ein leichtes Nicken erkennen.

»Sie gehören nicht zu den Menschen, die ihr Horoskop lesen, nicht wahr?«, fragte sie. Sie nahm einen erneuten Schluck und fügte hinzu: »Keine Sorge, ich auch nicht!« Sie drehte sich auf ihrem Barhocker und reichte ihm die Hand, die ein Ring mit einem ausgefallenen Diamanten schmückte. »Das ist ein uralter Schliff«, sagte sie. »Deshalb wirkt er weit imposanter als sein tatsächliches Gewicht an Karat. Doch es ist ein Familienstück, und ich hänge ganz besonders daran. Ich bin Professorin, ich leite ein Forschungslabor an der Yale University.«

»Womit beschäftigen Sie sich?«

»Mit einem Syndrom.«

»Eine neue Krankheit?«

Mit einem schelmischen Augenzwinkern erklärte sie: »Nein, das Syndrom des ›Déjà-vu‹!«

Das Thema interessierte Jonathan seit jeher. Dieser Eindruck, etwas, das einem gerade widerfuhr, schon einmal erlebt zu haben, war ihm nicht fremd. »Unser Gehirn nimmt, so habe ich gehört, das bevorstehende Ereignis vorweg«, sagte er.

»Genau das Gegenteil ist der Fall. Es ist eine Manifestation des Gedächtnisses.«

»Aber wenn wir etwas noch nicht gelebt haben – wie können wir uns dann daran erinnern?«

»Wer sagt Ihnen denn, dass Sie es noch nicht gelebt haben?«

Sie fing an, ihm von früheren Leben zu erzählen, und Jonathan trug eine fast spöttische Miene zur Schau.

Sie lehnte sich ein wenig zurück, um ihn eingehend zu mustern. »Sie haben schöne Augen. Rauchen Sie?«

»Nein.«

»Das dachte ich mir schon. Stört Sie der Geruch?«, fragte sie und zog eine Schachtel Zigaretten aus der Handtasche.

»Nein, rauchen Sie nur«, antwortete Jonathan. Er griff nach einem Briefchen Streichhölzer, das auf der Theke lag, und gab ihr Feuer. Der Tabak knisterte. Die Flamme erlosch sogleich. »Lehren Sie?«, erkundigte er sich.

»Gelegentlich kommt es noch vor, dass ich Hörsäle fülle. Und Sie, der Sie nicht an frühere Leben glauben, warum verbringen Sie das Ihre im neunzehnten Jahrhundert?«

Jonathan fühlte sich bis ins Mark getroffen, dachte einen Augenblick nach und beugte sich dann zu ihr vor. »Ich pflege eine fast leidenschaftliche Beziehung zu einem Maler, der in jener Epoche lebte.«

Sie ließ den Eiswürfel, den sie im Mund hatte, zwischen den Zähnen knacken und heftete den Blick auf die Flaschenbatterie in den Regalen.

»Wie kommt man dazu, sich für frühere Leben zu interessieren?«, fragte Jonathan.

»Indem man auf seine Uhr schaut und sich nicht mit dem zufriedengibt, was darauf steht.«

»Das ist eine Einstellung, die ich meinem besten Freund verzweifelt zu vermitteln suche. Übrigens trage ich nie eine!«

Die Frau maß ihn mit dem Blick, und Jonathan fühlte sich unbehaglich.

»Entschuldigen Sie, ich wollte mich nicht über Sie lustig machen.«

»Ein Mann, der sich entschuldigt, das hat Seltenheitswert. Was genau machen Sie im Gewerbe der Malerei?«

Die Asche ihrer Zigarette bog sich gefährlich über der Theke. Jonathan schob einen Aschenbecher unter die gelblichen Finger seiner Gesprächspartnerin.

»Ich bin Gutachter.«

»Also müssen Sie in Ihrem Beruf viel reisen.«

»Viel zu viel.«

Die Frau mit dem silbergrauen Haar liebkoste das Glas ihrer Armbanduhr mit dem Zeigefinger. »Die Zeit reist auch«, sagte sie. »Sie wechselt von einem Ort zum anderen. Allein in unserem Land haben wir vier verschiedene Zeitzonen.«

»Ich halte diese Zeitunterschiede nicht mehr aus, mein Magen übrigens auch nicht. Es gibt Wochen, da nehme ich mein Frühstück zur Abendbrotzeit ein.«

»Unsere Wahrnehmung der Zeit ist völlig überholt. Die Zeit ist eine Dimension, aufgeladen mit Energiepartikeln. Jede Art, jedes Individuum, jedes Atom durchquert diese Dimension auf unterschiedliche Weise. Ich werde vielleicht eines Tages den Beweis dafür erbringen, dass das Universum ein Teil der Zeit ist und nicht umgekehrt.«

Schon lange war Jonathan nicht mehr einem derart passionierten Menschen begegnet, und so ließ er sich gerne auf das Gespräch ein.

Die Frau entwickelte ihre Ausführungen weiter: »Wir haben einst auch geglaubt, die Erde sei eine Scheibe und dass die Sonne um uns kreise. Die meisten Menschen begnügen sich damit, das zu glauben, was sie sehen. Eines Tages werden wir begreifen, dass die Zeit in Bewegung ist, dass sie sich wie die Erde dreht und nicht aufhört, sich auszudehnen.«

Jonathan war perplex. Um sich nach außen hin gelassen zu geben, wühlte er in den Taschen seines Jacketts. Die Frau mit dem silbergrauen Haar näherte ihr Gesicht dem seinen.

»Wenn wir eines Tages bereit sind, die Theorien, die wir erfunden haben, infrage zu stellen, werden wir sehr viel mehr über die relative und reale Dauer eines Lebens wissen.«

»Ist es das, was Sie lehren?«, fragte Jonathan und wich leicht zurück.

»Sie müssten Ihr Gesicht sehen! Können Sie sich die meiner Studenten vorstellen, wenn ich ihnen heute das Ergebnis meiner Arbeit vorlegen würde? Wir haben noch immer viel zu viel Angst, wir sind nicht bereit. Und mit der Ignoranz unserer Vorfahren qualifizieren wir alles, was wir nicht wissen oder nicht wissen wollen, als paranormal oder esoterisch ab. Wir sind eine Gattung, die fasziniert ist von der Forschung, die aber Angst hat, Neues zu entdecken. Wir antworten auf unsere Ängste mit unseren Glaubensüberzeugungen wie einst die Seeleute, die sich weigerten, weite Reisen anzutreten, fest davon überzeugt, dass die Welt, wenn sie sich von ihren Gewissheiten entfernten, in einem endlosen Abgrund enden würde.«

»Mein Beruf hat auch seine wissenschaftlichen Seiten. Die Zeit verändert die Gemälde und macht viele Dinge fürs Auge unsichtbar. Sie haben keine Vorstellung von den Wundern, die wir entdecken, wenn wir ein Bild restaurieren.«

Die Frau legte ihm unvermittelt eine Hand auf den Arm und sah ihn ernst an. Ihre blauen Augen schienen plötzlich zu leuchten. »Mister Gardner, Sie haben keinen Begriff von der Tragweite meiner Ausführungen. Doch ich will Sie nicht mit meinen Worten ermüden. Ich bin unerschöpflich, was dieses Thema betrifft.«

Jonathan machte dem Barkeeper ein Zeichen, ihr nachzuschenken.

Unter ihren schweren Lidern folgten ihre Blicke den Handbewegungen des Kellners und dem Strom der bernsteinfarbenen Flüssigkeit, die in das Kristall hinabrann. Sie ließ das Glas kreisen, sodass die Eiswürfel darin klirrten, und leerte es dann in einem Zug. Da Jonathan sie dazu aufzufordern schien, fuhr sie fort: »Wir warten noch auf unsere neuen Forscher, unsere Zeitreisenden. Es bedarf nur einer Handvoll neuer Magellans, Keplers und Galileis. Wir heißen sie dann Ketzer und lachen sie aus, doch sie werden es sein, die uns die Wege des Universums öffnen, die unsere Seelen sichtbar machen.«

»Das sind äußerst originelle Ideen für eine Wissenschaftlerin, denn Wissenschaft und Spiritualität vertragen sich für gewöhnlich nicht gut.«

»Befreien Sie sich von diesen Gemeinplätzen! Der Glaube ist eine Sache der Religion, die Spiritualität entspringt unserem Bewusstsein, ganz gleich, was wir sind oder glauben zu sein.«

»Sie denken wirklich, nach dem Tod überleben unsere Seelen?«

»Was für das Auge unsichtbar ist, hört deshalb nicht auf zu existieren.«

Sie hatte von der Seele gesprochen, und Jonathan musste an die eines alten russischen Malers denken, der ihn seit einem regnerischen Sonntag beschäftigte, als sein Vater ihn mit ins Museum genommen hatte. Im großen Saal hing ein Gemälde von Wladimir Radskin, das ihn nicht mehr losgelassen hatte.

Das Gefühl, das ihn damals überwältigte, hatte die Tore seiner Kindheit geöffnet und den Verlauf seines Lebens für immer bestimmt.

Die Frau musterte ihn, ihre blauen Augen wurden fast schwarz, Jonathan spürte, dass sie ihn einschätzte. Dann wandte sie den Blick wieder ihrem Glas zu.

»Was das Licht nicht reflektieren kann, ist transparent«, sagte sie mit rauer Stimme. »Deshalb existiert es jedoch nicht weniger. Wir können das Leben nicht mehr sehen, wenn es unseren Körper verlässt.«

»Ich muss gestehen, dass ich es auch oft bei manchen lebenden Mitmenschen nicht sehen kann.« Sie deutete ein Lächeln an und schwieg.

»Aber alles stirbt irgendwann einmal«, sagte Jonathan etwas verlegen.

»Jeder von uns gestaltet und zerstört sein Leben nach seinem eigenen Rhythmus. Wir altern nicht aufgrund der Zeit, die verstreicht, sondern je nach der Energie, die wir verbrauchen und die wir zum Teil wieder erneuern.«

»Sie sind also der Meinung, wir werden von einer Art Batterie bewegt, die wir aufbrauchen und neu aufladen?«

»So in etwa.«

Wenn das Schild, das sie am Revers trug, sie nicht als Wissenschaftlerin ausgewiesen hätte, so hätte Jonathan sicher geglaubt, es mit einer dieser vereinsamten Randgestalten zu tun zu haben, die an Bartresen lungern und hoffen, irgendeinem Nachbarn ihre verrückten Theorien erzählen zu können. Verblüfft machte er dem Kellner ein Zeichen, ihr noch einmal nachzuschenken. Sie lehnte das Angebot mit einem Kopfschütteln ab. Der Barmann stellte die Bourbonflasche zurück ins Regal.

»Sie glauben, eine Seele lebt mehrere Male?«, fragte Jonathan und rückte seinen Hocker näher zu ihrem.

»Auf einige trifft das zu.«

»Als ich ein Kind war, erzählte mir meine Großmutter, die Sterne seien die Seelen derer, die in den Himmel kommen.«

»Nicht das Licht eines Sterns braucht eine gewisse Zeit, um zu uns zu gelangen, es ist vielmehr die Zeit, die es zu uns bringt. Zu verstehen, was die Zeit wirklich ist, heißt, eine Reise in die Dimensionen anzutreten. Unsere Körper sind durch die physischen Kräfte, die sich ihnen widersetzen, begrenzt, unsere Seelen aber sind davon frei.«

»Ich finde die Vorstellung großartig, dass die Seelen niemals sterben. Ich kenne die eines Malers ...«

»Seien Sie nicht zu optimistisch, die meisten Seelen erlöschen irgendwann. Wir Menschen altern, und die Seelen verändern ihre Größe, je mehr sie memorieren.«

»Und was memorieren sie?«

»Die Reise, die sie durchs Universum unternehmen! Das Licht, das sie absorbieren! Das Genom des Lebens! Das ist die Botschaft, deren Träger sie sind – vom unendlich Kleinen zum unendlich Großen, das alle zu erreichen träumen. Wir leben auf einem Planeten, den nur wenige von uns in ihrem Leben vollständig bereist haben werden, und nur wenigen Seelen wird es gelingen, das Ziel ihrer Reise zu erreichen: den vollständigen Kreis der Schöpfung zu durchlaufen. Die Seelen sind elektrische Wellen. Sie setzen sich aus Milliarden von Partikeln zusammen, so wie alles, was zu unserem Universum gehört. Wie der Stern Ihrer Großmutter fürchtet die Seele ihre eigene Streuung. Für sie geht es um Energie. Deshalb braucht sie einen irdischen Körper; sie schlüpft hinein, regeneriert darin und setzt ihren Weg in der Zeitdimension fort. Wenn der Körper nicht mehr über genug Energie verfügt, verlässt sie ihn und sucht nach einer neuen Lebensquelle, die sie aufnimmt, damit sie ihre Reise fortsetzen kann.«

»Und wie lange sucht sie?«

»Einen Tag, ein Jahrhundert? Das hängt von ihrer Kraft, von der Energie ab, die sie im Laufe eines Lebens gespeichert hat.«

»Und wenn es ihr an Energie fehlt?«

»Dann erlischt sie!«

»Welches ist diese Energie, von der Sie sprechen?«

»Die Lebensquelle: das Gefühl!«

Jonathan zuckte zusammen – Peter hatte ihm die Hand auf die Schulter gelegt.

»Entschuldige, dass ich dich unterbreche, doch man wird unsere Reservierung nicht aufrechterhalten. Und einen anderen Tisch zu finden dürfte unmöglich sein, denn es wimmelt hier von hungrigen Wölfen.«

Jonathan versprach, ihm in wenigen Minuten ins Restaurant zu folgen.

Peter grüßte die Frau und verließ die Bar, wobei er die Augen verdrehte.

»Mister Gardner«, fuhr die Frau fort, »ich glaube nicht an den Zufall.«

»Was hat der Zufall hier zu suchen?«

»Die übertriebene Bedeutung, die wir ihm beimessen, ist beängstigend. Nach allem, was ich Ihnen erzählt habe, sollten Sie sich eine Sache merken: Es kommt vor, dass sich zwei Seelen begegnen, um zu einer zu verschmelzen. Sie hängen dann für immer voneinander ab. Sie sind untrennbar und werden von Leben zu Leben immer wieder zusammenfinden. Wenn im Laufe einer dieser irdischen Existenzen eine Seele beschließt, sich von der anderen zu trennen und den Eid zu brechen, der sie verbindet, werden beide Seelen auf der Stelle erlöschen. Eine kann die Reise nicht ohne die andere fortsetzen.« Die Züge der Frau verhärteten sich plötzlich, und ihre Augen waren wieder unergründlich. Sie erhob sich, ergriff Jonathans Handgelenk und drückte es fest. Ihre Stimme wurde noch ernster. »Mister Gardner, in diesem Augenblick errät irgendetwas in Ihnen, dass ich keine alte Frau bin, die den Verstand verloren hat. Merken Sie sich genau, was ich Ihnen jetzt sage: Geben Sie nicht auf! Sie ist zurückgekommen, sie ist da. Sie wartet auf Sie und sucht Sie – irgendwo auf dieser Erde. Doch Ihnen bleibt nur eine bestimmte Zeit. Wenn Sie aufeinander verzichten, wäre das weitaus schlimmer, als wenn Sie Ihr Leben verpfuschen würden; es hieße, dass Sie Ihre Seelen verlören. Das Ende Ihrer beider Reisen wäre eine unglaubliche Vergeudung für Sie, die Sie so nah am Ziel sind. Wenn Sie sich erkennen, so laufen Sie nicht aneinander vorbei.«

Peter, der zurückgekommen war, packte Jonathan am Arm und zwang ihn, sich umzudrehen. »Sie wollen mir den Tisch nicht geben, solange wir nicht ›komplett‹ sind. Drei Minuten konnte ich beim Oberkellner herausschinden. Wenn wir später kommen, setzt er uns wieder ans Ende der Liste. Beeil dich, es wartet ein blutiges Steak auf dich, das keine Lust mehr hat, weiter zu bluten.«

Jonathan löste sich aus dem Griff seines Freundes, aber als er sich umsah, war die Frau mit dem silbergrauen Haar verschwunden. Sein Herz begann, wie wild zu schlagen, und er lief auf den Flur. Doch in der Menge verlor er jede Hoffnung, sie wiederzufinden.

Kapitel 2

Der Oberkellner hatte ihnen einen Platz in einer Nische ganz hinten im Restaurant zugewiesen. Auf der Bank aus rotem Moleskin versuchte Jonathan, gegen die Spannung anzukämpfen, die sich seiner bemächtigt hatte. Er hatte seinen Teller noch nicht angerührt.

»Komisch, was du da machst«, meinte Peter, der mit großem Appetit aß.

»Was mache ich denn?«

»Du fummelst die ganze Zeit an deiner Krawatte herum.«

»Ja und?«

»Du trägst gar keine!«

Jonathan bemerkte, dass seine rechte Hand zitterte. Er versteckte sie unter dem Tisch und sah Peter an. »Glaubst du eigentlich an das Schicksal?«, fragte er.

»Eins steht jedenfalls fest: Dieses Steak hat keine Chance, dem seinen zu entgehen, falls es das ist, was du wissen willst.«

»Meine Frage war ernst gemeint.«

»Ernst?« Peter spießte ein Stück Kartoffel auf und tunkte es genussvoll in die Soße. »Die letzte Maschine geht um zweiundzwanzig Uhr: Wenn du dich sofort auf die Socken machst, kannst du sie noch erwischen«, fuhr er fort und betrachtete das dicke Stück Fleisch auf seiner Gabel. »Du siehst schrecklich aus.«

Jonathans Teller blieb weiter unangetastet. Er griff nach einem kleinen Stück Brot in dem Korb, der zwischen ihnen stand, und drückte das noch lauwarme Innere mit den Fingern zusammen. Sein Herz klopfte noch immer zum Zerspringen.

»Ich kümmere mich um Restaurant- und Hotelrechnung. Also beeil dich!«

Peters Stimme schien ihm plötzlich von weit her zu kommen.

»Ich fühle mich nicht besonders gut«, sagte Jonathan, der versuchte, wieder zu sich zu kommen.

»Heirate sie endlich – du gehst mir mit deiner Anna allmählich auf die Nerven.«

»Willst du nicht mit zurückfliegen?«

Peter verstand den Hilferuf seines Freundes nicht. Er schenkte sich Wein nach. »Ich wollte dieses Abendessen nutzen, um dir von meinen momentanen Problemen im Büro zu erzählen. Ich wollte mit dir besprechen, wie ich auf diesen Artikel, der mich völlig grundlos attackiert, reagieren soll. Ich wollte mit dir die Bilder für meine nächste Auktion durchgehen, und nun sitze ich Tête-à-Tête mit einem Steak da. Ich kann es jetzt nicht im Stich lassen. Das würde nicht zur Idee von einem heiteren Junggesellenabend passen.«

Jonathan zögerte, erhob sich und zog sein Portemonnaie aus der Westentasche. »Du bist mir nicht böse?«

Peter griff nach seinem Arm. »Also hör mal! Du kannst

doch kein Essen bezahlen, bei dem du gar nicht anwesend warst. Aber darf ich dir trotzdem mal eine sehr persönliche Frage stellen? Die Antwort bleibt selbstverständlich unter uns.«

»Natürlich«, sagte Jonathan.

Peter deutete vorsichtig auf das unangetastete Stück Fleisch auf Jonathans Teller. »Du hast nichts dagegen?« Noch bevor sein Freund antworten konnte, hatte er die Teller vertauscht und fuhr fort: »Nun geh schon und sag ihr Grüße von mir. Ich melde mich morgen, sobald ich zurück bin. Ich brauche wirklich deine Hilfe, um den Laden wieder in den Griff zu bekommen. Es geht drunter und drüber im Büro.«

Jonathan legte seinem Freund die Hand auf die Schulter, drückte sie fest und fand wieder ein wenig zu dem Gleichgewicht, das ihm abhandengekommen war.

Peter hob den Kopf und musterte ihn. »Bist du sicher, dass alles in Ordnung ist?«

»Ja, ich bin nur etwas müde, keine Sorge. Und was den Rest betrifft, so kannst du dich auf mich verlassen.«

Er steuerte auf den Ausgang zu. Die tausend Lichter der Hotelfassade blendeten ihn. Er machte dem Boy ein Handzeichen. Mit seiner verstörten Miene hätte man Jonathan für einen vom Pech verfolgten Spieler halten können. Ein Taxi hielt vor dem Hoteleingang. Sobald der Wagen angefahren war, öffnete Jonathan das Fenster, um etwas frische Luft zu bekommen.

»Pech gehabt?«, fragte der Fahrer, der ihn im Rückspiegel musterte.

Jonathan beruhigte ihn mit einem Kopfschütteln. Er lehnte sich zurück und schloss die Augen. Die Straßenlaternen zogen unter seinen Lidern eine gestrichelte Linie und riefen Erinnerungen an seine Kindheit wach, an die Pappstücke, die an den Speichen seines Fahrrads befestigt waren. Die Luft hatte etwas abgekühlt. Jonathan öffnete die Augen. Sie fuhren durch triste Vororte. Er fühlte sich völlig leer und lustlos.

»Ich habe den Highway verlassen – ein Unfall«, sagte der Fahrer.

Jonathan fixierte die Augen in dem rechteckigen Spiegel.

»Sah ganz so aus, als hätten Sie geschlafen. Zu viel gefeiert?«

»Nein, zu viel gearbeitet!«

»Mit irgendwas muss man sich ja umbringen.«

»Wie lange brauchen wir noch?«, fragte Jonathan.

»Nicht mehr lange, hoffe ich wenigstens. Ist nämlich ein Pauschalpreis.«

In der Ferne hoben sich die orangefarbenen Lichter des Airports gegen das Dunkel ab. Das Taxi hielt auf dem für die Continental Airlines reservierten Parkplatz. Jonathan zahlte und stieg aus. Der Wagen entfernte sich.

Am Check-in-Schalter ließ ihn die Stewardess wissen, dass die vier Plätze der ersten Klasse besetzt seien, dass die Economyclass aber fast leer sei. Jonathan entschied sich für einen Fensterplatz. Zu dieser fortgeschrittenen Stunde hatte der Strom der Reisenden bereits stark nachgelassen. Er hatte schnell die Sicherheitskontrolle passiert und lief den endlos scheinenden Gang entlang, der zu seinem Gate führte.

Eine McDonnell Douglas in den Farben der Continental Airlines legte an der Passagierbrücke an. Die Nase der Maschine schien die Glasfront zu berühren. Ein kleiner Junge, der zusammen mit seiner Mutter wartete, winkte den Piloten im Cockpit zu. Der Flugkapitän erwiderte seinen Gruß. Kurz darauf erschien eine Gruppe von etwa zehn Passagieren und verschwand gleich darauf auf einer Rolltreppe. Die Stewardess, die die Tür hinter ihnen schloss, gab den Passagieren Bescheid, dass die Putzkolonne bereits in der Maschine sei und sie nicht mehr lange warten müssten.

Wenige Minuten später knisterte ihr Walkie-Talkie. Sie nahm die Nachricht in Empfang, beugte sich über ihr Mikro und kündigte an, die Maschine sei zum Einsteigen bereit.

Das Flugzeug durchbrach die dichte Wolkendecke. Ein silbriges Licht erleuchtete die Nacht. Jonathan stellte seinen Sitz schräg und versuchte zu schlafen. Vergebens. Die Wange ans Fenster gepresst, betrachtete er die Wolkenkämme, die unter den Tragflügeln dahinglitten.

Bei seiner Rückkehr war alles still im Haus. Jonathan schaute im Schlafzimmer nach. Das Bett war unberührt, Anna musste also oben sein. Er ging ins Badezimmer, nahm eine Dusche. Der kräftige Strahl peitschte sein Gesicht, bevor das Wasser seinen Körper hinabrann. Er ließ sich viel Zeit und genoss das Gefühl der Entspannung. Dann schlüpfte er in seinen Bademantel und stieg hinauf ins Dachgeschoss. Er öffnete die Tür zum Atelier. Keine Lampe brannte. Im Licht, das durch das Glasdach drang, erkannte er ihre Silhouette. Anna lag auf einer Bank ausgestreckt. Er näherte sich auf Zehenspitzen, blieb stehen, um sie im Schlaf zu betrachten. Er kniete sich vor sie und wollte ihre Wange streicheln. Sie zuckte im Schlaf zurück. Er zog die graue Stola, die ihre Beine bedeckte, bis zu ihren Schultern hinauf und ging. Er lag allein in dem großen Bett und rollte sich unter der Steppdecke zusammen. Und während er noch dem Regen lauschte, der gegen die Scheiben prasselte, versank er in tiefen Schlaf.

Der Winter zog in das verschneite Boston ein. Die Weihnachtsvorbereitungen schmückten die Altstadt mit tausend funkelnden Lichtern. Zwischen zwei Reisen traf Jonathan Anna zu Hause an, wo ihn andere Vorbereitungen erwarteten.

Anna organisierte ihre Hochzeit bis ins kleinste Detail – die Wahl des Papiers für die Einladungen, die Blumendekoration in der Kirche, die Reihenfolge der Texte während der Messe, die Wahl der Häppchen für den Cocktail vor dem großen Dinner, die Tischordnung, die geschickt die komplexe Rangordnung der Bostoner Gesellschaft widerzuspiegeln hatte, die Band und die Wahl der Stücke, die sie im Laufe des Abends spielen würde. Und Jonathan, der Anna lieben wollte, unterstützte sie und wünschte mit jeder Faser seines Herzens, dass dies die schönste Hochzeit werden würde, die die Stadt seit Langem erlebt hatte. All ihre Samstage waren den Besuchen von Spezialgeschäften gewidmet, alle Sonntage dem Blättern in Katalogen, die sie am Vortag mitgenommen hatten. Nach manchen Wochenenden hatte er den Eindruck, der Tischschmuck für das Hochzeitsfest würde der Zeremonie mehr an Schönheit nehmen, als er ihr eigentlich verleihen sollte. Und in dem Maße, wie die Wochen vergingen, ließ seine Begeisterung nach.

Der Frühling setzte in diesem Jahr frühzeitig ein, und die Restaurantterrassen im alten Hafen dehnten sich schon bis zum Marktplatz aus. Anna und Jonathan, die seit dem Morgen auf den Beinen waren, saßen vor einer üppigen Platte mit Meeresfrüchten. Anna zog ihr Spiralheft aus der Handtasche und legte es vor sich hin. Mit einer hochgezogenen Braue sah er sie die Zeilen der letzten Seite durchstreichen und hoffte dabei im Stillen, dies könnte das lang ersehnte Ende der Vorbereitungen bedeuten. In vier Wochen um diese Uhrzeit würde ihre Verbindung durch die heiligen Bande der Ehe geweiht sein.

»Drei Wochenenden kompletter Ruhe können uns nicht schaden, wenn wir am großen Tag halbwegs ausgeruht sein wollen!«

»Findest du das lustig?«, fragte Anna und kaute an ihrem Kugelschreiber.

»Ich weiß, das ist dein Lieblingskuli, und du hast in den letzten Monaten schon zwanzig davon verbraucht, aber du solltest trotzdem die Austern probieren.«

»Weißt du, Jonathan, ich habe weder Mutter noch Vater, die mir bei der Vorbereitung dieser Zeremonie helfen könnten. Und manchmal, wenn ich dich ansehe, habe ich das Gefühl, ganz allein zu heiraten!«

»Und ich, Anna, habe manchmal das Gefühl, du würdest deine Serviettenringe heiraten.«

Anna warf ihm einen vernichtenden Blick zu, griff nach ihrem Block und verließ die Terrasse.

Jonathan versuchte erst gar nicht, sie zurückzuhalten. Er wartete, bis sich die indiskreten Blicke der Nachbarn wieder abgewandt hatten, um in aller Ruhe sein Essen zu beenden. Er nutzte den freien Nachmittag, um in der Musikabteilung eines Kaufhauses zu stöbern, und trat in ein Geschäft, in dem ihm ein dicker schwarzer Pullover schon im Schaufenster die Ärmel entgegengestreckt hatte. Während er durch die Straßen der Altstadt flanierte, versuchte er, Peter auf seinem Handy zu erreichen, doch der hatte die Mailbox eingeschaltet. Er hinterließ eine Nachricht. Etwas später blieb er vor einem Blumenladen stehen, ließ sich einen Strauß purpurroter Rosen binden und kehrte zu Fuß nach Hause zurück.

Er traf Anna in der Küche an. Sie trug eine Schürze, die ihre Figur betonte. Dem Blumenstrauß, den Jonathan auf den Tisch gelegt hatte, schenkte sie keinerlei Beachtung. Er nahm auf einem der hohen Hocker Platz. Mit zärtlichen Blicken sah er zu, wie sie weiter schweigend das Abendessen zubereitete. Ihre brüsken Bewegungen verrieten ihren unterdrückten Zorn.

»Tut mir leid«, sagte er, »ich wollte dich nicht verletzen.«

»Zu spät! Nicht nur unseretwegen will ich, dass diese Zeremonie unvergesslich bleibt. Ich bin deine Frau und somit am Erfolg deiner Karriere beteiligt, falls du das noch nicht wusstest! Nicht ich bedarf der Achtung und Hochschätzung aller reichen Notabeln der Ostküste. Wenn sie deine Bilder in ihrem Salon aufhängen, hoffen sie dabei, auch ein wenig von deinem Erfolg an den Wänden zu sehen.«

»Sollen wir diesen idiotischen Streit nicht beenden?«, fragte er. »Komm, sag mir lieber, wer dein Trauzeuge sein wird. Die Entscheidung steht sicher schon lange fest.« Er stand auf, ging um die Küchentheke herum und versuchte, sie in die Arme zu nehmen.

Sie stieß ihn zurück. »Die Leute sollen dich beneiden, Jonathan«, fuhr sie fort. »Deshalb schminke ich mich, auch wenn ich nur einkaufen gehe, deshalb ist dieses Haus immer in einem Topzustand, sind die Dinnerpartys, die wir geben, immer unvergesslich. Dieses Land funktioniert über den Neid, also wirf mir vor allem nicht meinen Hang zur Perfektion vor, ich will nur das Beste für deine Zukunft.«

»Die Bilder, von denen du sprichst, die verkaufe ich nicht, Anna – ich erstelle lediglich die Expertisen«, entgegnete Jonathan und seufzte. »Was die Leute denken, ist mir völlig egal, und da wir bald heiraten, muss ich dir etwas sehr Wichtiges gestehen: Deine Schminke ist unwichtig. Morgens, wenn ich dich schlafen sehe, finde ich dich tausendmal schöner, als wenn du dich für den Abend herrichtest. Um diese Tageszeit, in der Intimität unseres Bettes, trübt kein anderer Blick denjenigen, den ich auf dich richte. Ich wünschte mir, dass uns die Zeit zu Komplizen macht, statt uns zu trennen, wie es seit einigen Wochen der Fall ist.«

Sie stellte die Weinflasche, die sie schon halb geöffnet hatte, auf den Tisch zurück und sah ihn eindringlich an.

Jonathan trat hinter sie, seine Hände glitten ihren Körper hinab bis zu ihren Hüften, dann lösten sie die Schleife ihrer Schürze.

Anna leistete noch etwas Widerstand, dann gab sie nach.

Die Frühlingssonne drang durch das Schlafzimmerfenster. Der Streit vom Vortag war vergessen. Jonathan stand auf, machte Frühstück und trug es auf einem Tablett ans Bett. Sie ließen sich viel Zeit und genossen diesen langen Sonntagmorgen. Anna ging in ihr Atelier, und Jonathan las in aller Ruhe die Zeitung. Sie ließen das Mittagessen ausfallen und flanierten am frühen Nachmittag durch die Gassen des alten Hafens. Gegen vier Uhr versorgten sie sich in einer Trattoria mit Kleinigkeiten für ihr Abendessen und inspizierten anschließend die Regale der Videothek um die Ecke.

Am anderen Ende der Stadt lugte Peters zerzauster Haarschopf unter der Bettdecke hervor. Das Tageslicht hatte ihn schließlich aus seinem tiefen Schlaf geholt. Er rekelte sich und warf einen kurzen Blick auf den Radiowecker, der auf seinem Nachttisch stand. Nun hatte er doch viel länger geschlafen, als er sich vorgenommen hatte. Er gähnte ausgiebig und tastete in den Falten seiner Bettdecke nach der Fernbedienung für sein TV-Gerät. Als er sie gefunden hatte, drückte er auf die ON-Taste. Gegenüber an der Wand begann der Bildschirm zu flimmern. Er zappte durch die Kanäle. Ein kleiner Umschlag zeigte an, dass er eine E-Mail bekommen hatte. Er klickte auf »Lesen«, und die Nachricht erschien. Der Absender besagte, dass die Mail vor wenigen Stunden von einem Geschäftspartner beim Auktionshaus Christie's in London abgeschickt worden war. Es war fünfzehn Uhr an der nordamerikanischen Ostküste und bereits zwanzig Uhr auf der anderen Seite des Ozeans.

»Sie werden das Magazin doch nicht auch gelesen haben!«, stieß Peter aus.

Der Text war in kleinen Buchstaben geschrieben. Peter verabscheute die Lesebrille, die er seit wenigen Monaten tragen musste. Und weil er nicht altern wollte, unterzog er sich einer urkomischen Gesichtsgymnastik mit einer Reihe von gekonnten Grimassen, die dem Zweck dienen sollten, sein Sehvermögen zu verbessern. Jetzt riss er die Augen weit auf. Während er die Mail seines Londoner Kollegen zum dritten Mal las, suchte seine Hand nach dem Telefon. Ohne auf die Tasten zu sehen, wählte er eine Nummer und wartete nervös. Nach zehnmaligem Läuten legte er auf und wählte erneut. Nach dem dritten erfolglosen Versuch riss er wütend die Lade seines Nachttischs auf und holte sein Handy hervor. Er rief die Auskunft an und bat, so schnell wie möglich mit dem Büro der British Airways verbunden zu werden. Er klemmte den Hörer zwischen Kinn und Schulter und begab sich ins Ankleidezimmer. Er musste sich auf die Zehenspitzen stellen, um an den Koffer im obersten Schrankfach zu gelangen. Als er ihn vorsichtig am Griff herausziehen wollte, purzelten gleich mehrere Reisetaschen herunter. Während er noch im Pyjama mit den Taschen kämpfte und fluchte, wurde er endlich mit einem Angestellten des Buchungsbüros verbunden.

»Ist die Krone der Queen schon wieder verschwunden, und Sie sind dabei, sie zu suchen?«

Gegen achtzehn Uhr hüllte sich der Himmel in ein finsteres Gewand und entlud sich immer wieder in sintflutartigen

Schauern über der Stadt. Die Wolken schwollen an wie riesige, dicht aneinandergedrängte Planen, die so mit Wasser aufgefüllt waren, dass sie mal bernsteinfarben, mal schwarz schimmerten. Ein paar Tropfen durchbrachen den dichten Schleier und malten in das Grau-in-Grau schnurgerade silberne Furchen, bevor sie in wildem Durcheinander auf den Asphalt prasselten. Jonathan schloss das Fenster. Dieses Wetter war dazu angetan, den Abend vor dem Fernseher zu verbringen. Er begab sich in die Küche, öffnete den Kühlschrank und nahm die Schälchen mit den italienischen Vorspeisen heraus, die Anna ausgewählt hatte. Er stellte den Backofen an, um das Auberginengratin aufzuwärmen, und bestreute es mit geriebenem Parmesan. Dann ging er zum Haustelefon, um Anna zum Essen herunterzubitten. In dem Augenblick, als er zum Hörer greifen wollte, klingelte der andere Apparat.

»Sag mal, wo steckst du bloß die ganze Zeit? Dies ist mein zehnter Versuch, dich zu erreichen!«

»Guten Abend, Peter!«

»Pack deinen Koffer. Wir treffen uns am Logan Airport in der Abflughalle der British Airways. Die Maschine nach London geht um einundzwanzig Uhr fünfzehn, ich habe uns zwei Plätze reserviert.«

»Nehmen wir einmal für zwei Sekunden an, dass heute nicht Sonntag wäre, dass ich nicht in der Küche stehen und für die Frau, die ich in vier Wochen heirate, das Abendessen zubereiten würde, um später mit ihr *Arsen und Spitzenhäubchen* auf Video anzuschauen. Worum geht es bei dieser Reise?«

»Ich liebe es, wenn du so gestelzt daherredest. Man könnte meinen, wir seien schon in England«, gab Peter ironisch zurück.

»Gut, mein Bester, es war mir ein Vergnügen, mit dir zu plaudern, doch – um eine deiner Lieblingsredewendungen zu benutzen – ich bin gerade im Gespräch mit einem Auberginengratin ... Also wenn du mich bitte entschuldigen würdest ...«

»Ich habe soeben eine Mail aus London erhalten. Ein Sammler bietet fünf Meisterwerke zum Verkauf an. Sie sollen von einem gewissen Wladimir Radskin sein ... Welche Kräuter verwendest du für deine Lasagne?«

»Das ist nicht dein Ernst!«

»Wenn ich zum Zahnarzt muss, bin ich weniger ernst! Ich stelle dir gelegentlich meinen Londoner Kollegen vor. Eins steht fest, Jonathan: Entweder wir organisieren den Verkauf dieser Bilder, oder aber die Konkurrenz tut es; es ist also an dir zu entscheiden. Disponibilität ist oft wichtiger als die Qualität der Expertise.«

Jonathan runzelte die Stirn und wickelte das Telefonkabel nervös um den Finger. »Es kann gar nicht sein, dass fünf Bilder von Radskin in London verkauft werden.«

»Ich habe auch nicht gesagt, dass sie in London verkauft werden, sie werden dort ausgestellt. Für eine derart wichtige Sammlung organisiere ich die Auktion in Boston ... und ich rette meine Karriere.«

»Die Zahl ist falsch, Peter. Ich wiederhole, es können nicht fünf Bilder zum Verkauf angeboten werden. Ich weiß, wo sich die Bilder von Radskin befinden. Nur vier davon sind noch in nicht bekannten Privatsammlungen.«

»Du bist der Experte«, sagte Peter und fügte leicht spöttisch hinzu: »Ich dachte mir nur, als ich dich zu dieser ungehörigen Stunde anrief, dass dieses Geheimnis vielleicht ein Nudelgericht wert ist. Bis gleich.«

Jonathan vernahm ein Klicken in der Leitung. Peter hatte aufgelegt, ohne sich zu verabschieden. Er hängte den Hörer in die Gabel an der Wand.

Wenige Sekunden später legte auch Anna, der kein Wort von dem Gespräch entgangen war, in ihrem Atelier auf. Sie stellte den Pinsel, den sie noch in der Hand hielt, in ein Glas mit Wasser, wickelte sich in ihre Paschminastola, löste ihr Haar und ging hinunter in die Küche.

Jonathan war nachdenklich neben dem Telefon stehen geblieben. Annas Stimme ließ ihn zusammenzucken.

»Wer war das?«

»Peter.«

»Geht's ihm gut?«

»Ja.«

Anna sog den Duft von Salbei ein, der die Küche erfüllte. Sie öffnete den Backofen und betrachtete das schon goldbraune Gratin.

»Hm, das sieht köstlich aus. Ich lege den Videofilm ein und erwarte dich im Wohnzimmer. Ich hab einen Bärenhunger, du nicht?«

»Doch, doch«, gab Jonathan mit fast mürrischer Stimme zurück.

Im Vorbeigehen stibitzte Anna eine kleine Artischocke und kostete sie. »Ich könnte sterben für die italienische Küche«, sagte sie mit vollem Mund. Sie wischte sich einen Tropfen Öl aus dem Mundwinkel und verschwand im Wohnzimmer.

Jonathan seufzte, zog das brutzelnde Gericht aus dem Backofen und stellte es auf ein Tablett. Er richtete die verschiedenen Vorspeisen auf einem einzigen Teller an und stellte seinen Anteil in den Kühlschrank zurück. Dann öffnete er eine Flasche Chianti und schenkte ihn in ein sehr hübsches langstieliges Glas ein, das er neben die kleine Auflaufform stellte.

Anna hatte es sich auf dem Sofa bequem gemacht. Der große Flachbildschirm war schon eingeschaltet. Sie müsste nur noch auf den Knopf der Fernbedienung des DVD-Players drücken, und der Film von Capra würde anlaufen.

»Soll ich dir dein Tablett holen?«, fragte sie mit sanfter Stimme, als Jonathan das ihre vor ihr abstellte.

Er setzte sich neben sie und nahm ihre Hand. Mit zerknirschter Miene erklärte er ihr, dass er nicht mit ihr essen würde. Bevor sie reagieren konnte, erzählte er ihr von Peters Anruf und entschuldigte sich so liebevoll, wie er konnte. Er musste verreisen, und das nicht nur im eigenen Interesse, sondern auch um Peter zu helfen, der sich in einer prekären beruflichen Situation befand. Das Auktionshaus Christie's würde es auch nicht verstehen, wenn er, Jonathan, einem solchen Verkauf nicht sein volles Interesse widmen würde. Das wäre ein beruflicher Fauxpas, der seiner Karriere, an der ihr selbst so viel lag, ernsthaft schaden würde. Und ehrlich, wie er war, gestand er ihr, dass er schon immer davon geträumt habe, diese Bilder mit eigenen Augen zu sehen, ihre Oberflächenstruktur berühren, ihre Farben bewundern zu dürfen, die nicht durch die Optik eines Fotoapparats oder den Druck verfälscht wären.

»Wer ist der Verkäufer?«, fragte sie missmutig.

»Keine Ahnung. Sie könnten einem Erben von Radskins Galeristen gehören. Jedenfalls habe ich bislang auf keiner öffentlichen Versteigerung eine Spur von ihnen entdeckt. Und bei der ersten Ausgabe des Werkkatalogs des Malers musste ich mich mit den Fotos und Echtheitszertifikaten begnügen.«

»Wie viele Bilder?«

Jonathan zögerte, bevor er die Zahl aussprach. Er wusste, es wäre unmöglich, Hoffnung und Fiebern mit ihr zu teilen, dieses fünfte Bild zu sehen, von dem Peter ihm erzählt hatte. In ihren Augen war das letzte Gemälde von Wladimir Radskin eine Schimäre, das Resultat der übersteigerten, fast krankhaften Leidenschaft, die ihren zukünftigen Ehemann mit diesem verrückten Maler verband.

Jonathan trat in sein Ankleidezimmer, öffnete einen kleinen Koffer, wählte ein paar von den sorgsam gefalteten Hemden, einen Pullover, Krawatten und Unterwäsche für fünf Tage. Er war so auf das Packen konzentriert, dass er Anna nicht hatte eintreten hören.

»Du verlässt mich schon wieder wegen deiner Mätresse, und das vier Wochen vor unserer Hochzeit. Ganz schön dreist, muss ich sagen!«

Jonathan hob den Kopf und erblickte seine attraktive zukünftige Frau im Türrahmen.

»Meine Mätresse, wie du sagst, ist ein alter und – wie du

auch sagst – verrückter Maler, der schon seit Jahrzehnten tot ist. So kurz vor unserer Ehe müsste dich das doch eher beruhigen, was meinen Geschmack betrifft.«

»Falls auch ich deinem Geschmack entspreche, weiß ich nicht, wie ich diesen Kommentar verstehen soll.«

»Das wollte ich damit nicht sagen«, erwiderte Jonathan und nahm sie in die Arme.

Anna schob ihn zurück. »Du machst die Sache noch schlimmer, mein Lieber.«

»Mir bleibt keine andere Wahl, Anna. Mach mir die Sache doch nicht so schwer. Warum kann ich diese Art von Freude nicht mit dir teilen, verdammt!«

»Und wenn Peter am Vortag unserer Hochzeit angerufen hätte, hättest du sie dann abgesagt?«

»Peter ist mein bester Freund und unser Trauzeuge. Er würde am Tag vor unserer Eheschließung niemals mit so etwas kommen.«

»Ach ja? Und ich sag dir, er hätte keine Hemmungen gehabt!«

»Du irrst dich, Anna. Trotz einer gewissen Art von Humor, für die du nicht empfänglich bist, hat Peter sehr viel Taktgefühl.«

»Dann scheint er es ja bestens zu verbergen. Aber wenn er am Vortag angerufen hätte, was hättest du dann getan?«

»Dann hätte ich wohl auf meine Mätresse verzichten müssen, um die Verbindung zu meiner Freundin amtlich zu machen.«

Jonathan hoffte, ohne wirklich daran zu glauben, Anna würde aufhören, ihn zu traktieren. Um dem Streit, den sie zwischen ihnen zu provozieren suchte, keine zusätzliche Nahrung zu geben, nahm er seine Reisetasche, ging ins Badezimmer und holte sein Waschzeug. Sie folgte ihm energischen Schritts. Er schob sich an ihr vorbei, um seinen Mantel von der Garderobe zu nehmen. Als er sich ihr näherte, um sie zum Abschied zu küssen, wich sie zurück und musterte ihn.

»Jetzt siehst du's und gibst es selbst zu: Peter hätte sogar am Morgen unserer Trauung angerufen!«

Jonathan ging langsam die Treppe hinunter. Als er schon die Hand auf die Klinke der Eingangstür gelegt hatte, drehte er sich nach Anna um, die mit verschränkten Armen am oberen Treppenabsatz stand. »Nein, Anna, er hätte gewartet, dass ich ihn am Montagmorgen dafür umbringe, nicht angerufen zu haben.« Und er schlug die Tür heftig hinter sich zu.

Nachdem er ein Taxi herangewunken hatte, sagte er dem Fahrer, er wolle zum Flughafen, Terminal British Airways. Die Regengüsse hatten die Stadt überschwemmt. Das Wasser, das noch über den Bürgersteig strömte, verwischte seine Fußspuren.

Als sich der Wagen entfernte, fielen die Lamellen der Jalousie von Annas Atelierfenster zurück. Sie lächelte.

Kapitel 3

Jonathan wartete ungeduldig am Gate des Fluges BA 776. Er sah den letzten Passagieren nach, die über die Gangway verschwanden. Eine Hand legte sich auf seine Schulter.

Peter bemerkte die säuerliche Miene seines Freundes und runzelte die Stirn. »Bin ich noch immer euer Trauzeuge?«

»So wie die Dinge derzeit liegen, wirst du eher Zeuge unserer Scheidung.«

»Wenn du willst, auch das. Aber erst einmal musst du heiraten. Die Reihenfolge ist in diesem Falle nicht beliebig.«

Der Steward machte ihnen ein ungeduldiges Zeichen mit der Hand. Er wartete nur noch auf sie, um die Flugzeugtür zu schließen. Peter nahm den Fensterplatz. Jonathan hatte seinen kleinen Koffer eben erst im Gepäckfach verstaut, da rollte die Maschine auch schon an.

Als sich die Stewardess eine Stunde später mit dem Essenswagen näherte, lehnte Peter höflich die beiden Tabletts ab, die sie ihnen reichen wollte. Jonathan sah seinen Freund verständnislos an.

»Keine Sorge!«, flüsterte ihm Peter verschwörerisch zu. »Ich habe mir zwei Dinge einfallen lassen, um uns diesen Langstreckenflug zu versüßen. Ich war in deiner Lieblingstrattoria und habe uns ein richtiges Dinner zusammengestellt. Ich hatte wohl ein schlechtes Gewissen wegen deiner Lasagne.«

»Meine Lasagne war ein Auberginengratin«, gab Jonathan verärgert zurück. »Wo ist jetzt dein Festessen? Ich sterbe vor Hunger.«

»In einem der Gepäckfächer über uns. Sobald die Stewardess mit ihrem Wagen hinter dem Vorhang verschwunden ist, hole ich es.«

»Und deine zweite Wunderidee?«

Peter beugte sich vor und zog aus seiner Tasche eine kleine Medikamentenschachtel hervor, mit der er unter der Nase seines Freundes fuchtelte. »Hier!«, verkündete er stolz und zeigte ihm zwei Tabletten. »Das sind Wunderpillen. Wenn du aufwachst und aus dem Fenster schaust, sagst du dir: ›Na, so was, man könnte meinen, das ist London!‹«

Peter ließ die beiden Tabletten in die hohle Hand rollen. Er bot Jonathan eine an, doch der lehnte ab.

»Das ist ein Fehler«, meinte Peter und schluckte die Pille energisch hinunter. »Es handelt sich nicht um ein starkes Schlafmittel, es hilft nur beim Einschlafen, und die einzige Nebenwirkung ist, dass man kaum etwas vom Flug mitbekommt.«

Jonathan ließ sich nicht überzeugen. Peter lehnte den Kopf an die Fensterscheibe, und jeder hing seinen Gedanken nach. Als die Stewardess die Tabletts wieder abgeräumt hatte und in dem für sie reservieren Teil verschwunden war, löste Jonathan seinen Sicherheitsgurt und stand auf. »In welchem?«, fragte er Peter und deutete auf die Reihe der Gepäckfächer. Peter antwortete nicht.

Jonathan beugte sich über ihn und stellte fest, dass er schlief. Er tippte ihm auf die Schulter und schüttelte ihn nach kurzem Zögern mehrmals leicht. Doch was er auch anstellte, Peter schlief ungerührt weiter. Jonathan öffnete die Gepäckklappe über ihnen. Ein Dutzend Taschen und Mäntel waren in wildem Durcheinander hineingestopft. Wütend nahm er wieder Platz. Dann erloschen die Lichter in der Fluggastkabine. Eine Stunde später machte Jonathan auch seine Leselampe aus und versuchte, an die Pillenschachtel seines Freundes zu gelangen. An sein Fenster gelehnt, schnarchte Peter ausgiebig. Seine rechte Jackentasche war unerreichbar.

Sechs Stunden später erschien erneut die Stewardess, diesmal mit dem Frühstückswagen. Jonathan, der den ganzen Flug über vor Hunger kein Auge zugetan hatte, nahm sein Frühstück dankbar entgegen. Die Stewardess beugte sich vor, um Peters Tischchen herunterzuklappen.

In diesem Augenblick wachte Peter auf, gähnte und richtete sich plötzlich kerzengerade auf. »Aber ich habe dir doch gesagt, dass ich mich ums Abendessen kümmere!«, sagte er und warf Jonathan einen vernichtenden Seitenblick zu.

»Noch ein Wort, und du sagst das nächste Mal, wenn du aufwachst und aus dem Fenster schaust: ›Na, so was, man könnte meinen, das ist das Saint-Vincent-Hospital von London.‹«

Die Stewardess reichte Peter sein Tablett, von dem Jonathan vor den verblüfften Augen seines Freundes ein Croissant und ein Hefeteilchen stibitzte.

Sie nahmen ein Taxi vom Flughafen Heathrow ins Zentrum von London.

In den frühen Morgenstunden durch den Hyde Park zu fahren war eine Wohltat, und man konnte fast vergessen, dass man sich im Herzen einer der größten Hauptstädte Europas befand. Jahrhundertealte Bäume tauchten aus den Nebelschleiern auf, die noch über den gewaltigen Rasenflächen lagen. Jonathan sah zwei gescheckte Pferde über die frisch angelegten Reitwege galoppieren. Sie passierten die Tore von Prince Gate. Es war noch nicht ganz acht Uhr, und doch brach der Kreisverkehr am Marble Arch schon fast zusammen. Sie fuhren die Park Lane hinunter, und das *Black Cab* setzte sie unter dem Vordach des *Dorchester* ab. Beide Männer bezogen ihre Hotelzimmer. Nach einer Weile klopfte Peter an Jonathans Tür. Der war dabei, sich anzuziehen, und war nur mit einem weißen Oberhemd und Boxershorts mit Schottenmuster bekleidet.

»Alle Achtung, die Eleganz des Weltreisenden!«, rief Peter beim Eintreten. »Ich wüsste gerne, was du anziehen würdest, wenn ich dich mit nach Afrika nehmen würde.« Dann ließ er sich in den großen Ledersessel mit Blick auf das Fenster sinken und fügte hinzu: »Dieser Flug hat mich unheimlich angestrengt.«

Jonathan verschwand im Badezimmer, ohne ihm zu antworten.

»Schmollst du noch immer?«

Jonathan steckte den Kopf durch die halb geöffnete Tür. »Ich habe die letzten Stunden des Wochenendes damit zugebracht, dir im Flugzeug beim Schlafen zuzusehen, und wahrscheinlich lebe ich vier Wochen vor meiner Hochzeit bereits in Scheidung. Warum sollte ich also schmollen?«, sagte er missmutig und zog seinen Krawattenknoten zurecht.

»Ziehst du immer zuletzt deine Hose an?«, fragte Peter spöttisch.

»Stellt das ein Problem für dich dar?«

»Nicht im Geringsten, doch im Brandfall würde ich mich auf dem Fluchtweg ohne Krawatte weniger genieren.«

Jonathan sah ihn strafend an.

»Zieh nicht so ein Gesicht«, meinte Peter, »schließlich hat uns dein Maler hierhergelockt.«

»Ist dein Informant wenigstens zuverlässig?«

»Bei der Summe, die uns diese Reise kostet, hat er jedes Interesse daran, zuverlässig zu sein! Und er hat wirklich ›fünf‹ Bilder in seiner Mail geschrieben«, fügte Peter hinzu und sah zum Fenster hinaus.

»Da muss er sich getäuscht haben, glaube mir!«

»Ich habe seine Mail beim Aufwachen gefunden und vergeblich versucht, ihn zu erreichen. Es war hier schon spät, und ich kann ihm nicht vorwerfen, sonntagabends auch ein Privatleben zu haben.«

»Bist du wieder erst am Nachmittag aufgestanden?«

Peter schien fast ein wenig verlegen, als er Jonathan antwortete. »Ich bin zugegebenermaßen etwas spät ins Bett gekommen ... Aber hör mal, ich habe mein Wochenende nicht für dich geopfert, um mir jetzt Schuldgefühle von dir einreden zu lassen.«

»Und ein Verkauf dieses Ausmaßes könnte das Problem

mit deinen Gesellschaftern natürlich überhaupt nicht regeln, Herr Auktionator?«

»Sagen wir einmal, wir haben unser Wochenende einer gemeinsamen Sache geopfert.«

»Hast du weitere Informationen?«

»Die Adresse der Galerie, in der die Werke ab heute ausgestellt werden. Dort sollen auch die Expertisen vorgenommen werden, bevor der oder die Eigentümer den Glücklichen auswählen, der die Versteigerung organisiert.«

»Wer sind deine Konkurrenten?«

»Jeder, der über einen Hammer verfügt und ›zum Ersten, zum Zweiten, zum Dritten‹ sagen kann. Ich zähle auf dich, dass es der meine ist, der den Zuschlag erteilt.«

Jonathans Ruf war ein wichtiger Trumpf beim Wettbewerb der verschiedenen Auktionatoren, die diese Versteigerung übernehmen wollten. Da er der Erste war, der sich präsentierte – zumal in Begleitung eines renommierten Experten wie Jonathan –, hatte Peter einen beachtlichen Vorsprung vor den anderen.

Sie durchquerten das große Foyer des Hotels. Peter trat an die Rezeption und fragte den Empfangschef nach dem Weg zu der Adresse, die er auf einem Zettel notiert hatte. Der Mann in roter Livree trat auf der Stelle hinter der Theke hervor, breitete einen Plan des Viertels aus und zeichnete mit Kugelschreiber den günstigsten Weg zu der Galerie ein, die sie aufsuchen wollten. Mit bedächtiger Stimme empfahl er Peter, an verschiedenen Punkten, die er jeweils mit einem Kreuz versah, den Kopf zu heben und die Fassaden oder Giebel zu bewundern, die seinen Besuch sicher lohnend machen würden. Perplex hob Peter eine Augenbraue und fragte den Empfangschef, ob er nicht zufällig einen Cousin oder entfernten Verwandten hätte, der in Boston lebte. Der Mann wunderte sich über die Frage und führte die beiden bis zur Drehtür, die er in Bewegung setzte, und hinaus unter das Vordach. Dort sah er sich genötigt, alle Angaben, die er eben erst gemacht hatte, noch einmal Schritt für Schritt zu wiederholen. Peter riss ihm den Plan aus den Händen und zog Jonathan am Arm mit.

Die kleinen Gässchen, durch die sie gingen, lagen im strahlenden Sonnenschein. Die Auslagen in den Schaufenstern wetteiferten in den apartesten Farben. Die Blumenkörbe, die in regelmäßigen Abständen an den Laternenpfählen hingen, schaukelten in der sanften Brise. Jonathan hatte das Gefühl, in einer anderen Zeit, einer anderen Epoche zu leben. Er stand kurz vor einem Treffen, auf das er schon immer gewartet hatte, und bewunderte die Dächer aus Schiefer und Schindeln. Und selbst wenn sich Peters Informant getäuscht haben sollte, selbst wenn er, Jonathan, enttäuscht sein würde, womit er fast rechnete, wusste er doch, dass er in einer dieser Galerien, die Piccadilly den Rücken kehrten, endlich die letzten Bilder von Wladimir Radskin in natura sehen würde. Sie brauchten nur knapp zehn Minuten, um zur Nummer 10 Albermarle Street zu gelangen. Peter zog den kleinen Zettel aus seiner Westentasche, um die Adresse noch einmal zu überprüfen. Er warf einen Blick auf seine Uhr und spähte durch das Eisengitter, das vor dem Schaufenster heruntergelassen worden war.

»Die Galerie scheint noch geschlossen zu sein«, sagte er missmutig.

»Donnerwetter, du hättest bei Scotland Yard arbeiten sollen«, gab Jonathan schlagfertig zurück.

Auf der anderen Straßenseite hatte er ein kleines Bistro entdeckt, in dem Kaffee und Gebäck serviert wurden. Er ging hinüber, und Peter folgte ihm. Drinnen war es urgemütlich und roch nach frisch gemahlenem Kaffee und Hefegebäck, das eben aus dem Backofen kam. Die wenigen Gäste standen an hohen Bartischen in die Lektüre einer Tageszeitung oder eines Magazins vertieft. Als sie eingetreten waren, hatte keiner von ihnen auch nur kurz den Kopf gehoben.

An der Theke aus altem Marmor bestellten sie zwei Cappuccino und trugen sie zu dem hohen Tresen, der sich am Fenster entlangzog. Und dort sah Jonathan Clara zum ersten Mal. In einem beigefarbenen Gabardinemantel saß sie auf einem der Hocker, blätterte in einer Ausgabe der *Herald Tribune* und nippte zwischendurch an ihrem Milchkaffee. In ihre Lektüre vertieft, führte sie die dampfende Tasse an den Mund und verzog das Gesicht zu einer Grimasse, nachdem sie sich die Zunge verbrannt hatte. Ohne den Blick von dem Artikel zu lösen, den sie gerade las, stellte sie die Tasse blind ab und schlug die Seite um. Clara hatte einen sinnlichen Charme, selbst mit ihrem weißen Schnauzbärtchen, das der Milchschaum auf ihre Oberlippe gezeichnet hatte. Jonathan lächelte, nahm eine Papierserviette, trat an ihren Tisch und reichte sie ihr. Sie tupfte ihren Mund damit ab und gab sie ihm automatisch zurück. Jonathan steckte sie in die Tasche, setzte sich wieder auf seinen Hocker und ließ Clara nicht mehr aus den Augen. Sie beendete ihre Lektüre, die sie zu irritieren schien, schob die Zeitung zurück, schüttelte den Kopf und drehte sich verständnislos zu Jonathan um.

»Kennen wir uns?«

Jonathan antwortete nicht. Er deutete auf ihr Kinn und hielt ihr erneut die Papierserviette hin.

Clara fuhr sich damit über das Kinn, reichte sie zurück, zögerte kurz, und ihre Augen leuchteten auf. »Entschuldigen Sie«, sagte sie. »Tut mir wirklich leid. Ich weiß gar nicht, warum ich diese Presse lese, denn jedes Mal bin ich den ganzen Tag verärgert.«

»Und worum geht es in diesen Artikeln?«, fragte Jonathan.

»Völlig unwichtig«, erwiderte Clara. »Um Dinge, die technisch wie auch wissenschaftlich sein wollen und die letzten Endes nur prätentiöses Geschwätz sind.«

»Und weiter?«

»Es ist wirklich reizend von Ihnen, sich so zu interessieren, doch Sie verstehen sicherlich nichts davon. Es ist schrecklich langweilig und auf die Welt bezogen, in der ich arbeite.«

»Geben Sie mir eine Chance! Um welchen Planeten handelt es sich?«

Clara sah auf ihre Uhr und griff nach dem Schal, der auf dem Hocker neben ihr lag. »Die Malerei! Jetzt muss ich mich aber beeilen. Ich bin spät dran, ich erwarte eine Lieferung.« Sie steuerte auf die Tür zu und drehte sich noch einmal kurz um. »Vielen Dank für …«

»Gern geschehen«, sagte Jonathan.

Sie deutete einen Knicks an und trat hinaus. Jonathan sah, wie sie im Laufschritt die Straße überquerte. Sie schob einen Schlüssel in ein kleines Gehäuse an der Fassade, und das Eisengitter der Galerie an der Nummer 10 der Albermarle Street hob sich.

Peter beugte sich zu Jonathan herüber. »Was machst du?«

»Ich glaube, wir können gehen«, erwiderte Jonathan, der beobachtete, wie Clara in der Galerie verschwand.

»Sind wir mit ihr verabredet?«

»Allem Anschein nach.«

»Nun, wenn das so ist, dann hör mal sofort auf, sie so anzusehen.«

»Wovon redest du?«

»Dass du mich für dumm verkaufst. Doch das ist nichts Neues, das machst du schließlich schon seit zwanzig Jahren.«

Als Antwort auf Jonathans verwunderte Miene zog Peter eine Grimasse und deutete auf sein Kinn. Er trat aus dem Café und äffte Jonathan nach, indem er mit einem Taschentuch vor seiner Nase wedelte. Die Galerie war vom Tageslicht erhellt. Jonathan drückte die Stirn an das Schaufenster. Die Wände waren kahl, der Raum war leer, die junge Frau musste im Hinterzimmer der Galerie verschwunden sein. Jonathan betätigte die kleine Klingel neben der blau gestrichenen Eingangstür. Peter stand hinter ihm. Wenige Augenblicke später erschien Clara. Sie trug noch immer ihren Mantel und wühlte in ihren Taschen. Sie lächelte, als sie Jonathan erkannte, drehte das Schnappschloss und öffnete die Tür.

»Habe ich meine Schlüssel auf der Theke vergessen?«

»Nein«, sagte Jonathan. »Sonst hätten Sie ja auch nicht aufsperren können.«

»Stimmt. Mein Portemonnaie also?«

»Auch nicht.«

»Meinen Terminkalender. Den verliere ich andauernd. Ich muss wohl etwas gegen Termine haben.«

»Sie haben gar nichts verloren, glauben Sie mir.«

Peter, der ungeduldig wurde, ging an Jonathan vorbei und reichte Clara seine Visitenkarte.

»Peter Gwel, ich vertrete das Auktionshaus Christie's. Wir sind heute Morgen aus Boston eingetroffen, um Sie zu sehen.«

»Boston? Das ist aber ganz schön weit. Der Sitz Ihres Hauses ist doch in London«, sagte sie und ließ die beiden Besucher herein.

Sie trat ein paar Schritte zurück und fragte, was sie für sie tun könne. Peter und Jonathan sahen sich erstaunt an.

Jonathan folgte ihr in den hinteren Teil der Galerie. »Ich bin Kunstexperte«, begann er. »Wir haben erfahren, dass ...«

Clara unterbrach ihn belustigt. »Jetzt verstehe ich, was Sie hierherführt, auch wenn Sie sehr früh dran sind. Wie Sie feststellen können, ist die erste Lieferung noch nicht eingetroffen.«

»Die erste Lieferung?«, fragte Jonathan.

»Aus Sicherheitsgründen werden die Bilder im Abstand von einem Tag einzeln geliefert. Um sie alle zu sehen, müssen Sie also die ganze Woche in London verbringen. Meine

Galerie ist zwar unabhängig, doch in meinem Metier haben oft die Versicherungen das Sagen.«

»Fürchten Sie, die Bilder könnten während des Transports gestohlen werden?«

»Ob Diebstahl oder Unfall – eine solche Sammlung erfordert verschiedenste Vorsichtsmaßnahmen.«

Der Transporter einer Speditionsfirma hielt vor der Galerie. Clara machte dem Chef des Teams ein Handzeichen, der daraufhin ausstieg. Peter und Jonathan hatten Glück, das erste Bild traf soeben ein. Die Heckklappe öffnete sich, und drei Männer trugen eine große Kiste herbei, die sie mitten im Raum abstellten. Mit größter Sorgfalt lösten sie die einzelnen Latten, die das Bild schützten. Als es schließlich aus seinem hölzernen Sarkophag befreit war, zeigte Clara den Transporteuren die Wandleiste, an der es aufgehängt werden sollte. Jonathan brannte vor Neugier. Die Männer befestigten es mit erstaunlicher Präzision. Als sie zurücktraten, begutachtete Clara den Rahmen und die Leinwand. Zufrieden unterschrieb sie die Empfangsbestätigung und reichte sie dem Teamchef.

Nach knapp einer Stunde fuhr der Transporter weiter. Die ganze Zeit über hatten Peter und Jonathan voller Bewunderung zugesehen, mit welcher Routine und Gelassenheit Clara ihrer Arbeit nachging. Mehrmals wollte Jonathan helfen, doch sie lehnte ab. Sie schloss den Rahmen an die Alarmanlage an, kletterte auf eine Stehleiter, um alle Spots, die das Bild anstrahlten, genau auszurichten. Jonathan stellte sich gegenüber auf und gab ihr verschiedene Ratschläge, die sie allerdings kaum berücksichtigte. Sie stieg mehrmals herunter, um ihr Werk selbst zu begutachten. Kommentare vor sich hin murmelnd, die nur sie selbst verstand, stieg sie gleich wieder auf die Leiter und nahm verschiedene Korrekturen vor. Peter flüsterte seinem Freund ins Ohr, dass er bislang geglaubt habe, nur er, Jonathan, sei ein Besessener der russischen Malerei, dass er jetzt aber befürchte, dieser Titel könne ihm streitig gemacht werden. Jonathan bedachte ihn mit einem strafenden Blick, woraufhin sich Peter entfernte, um sich den Rest des Morgens mit seinem Handy zu beschäftigen. Während Clara und Jonathan die Qualität der Beleuchtung diskutierten, lief er – mal im Inneren der Galerie, mal auf dem Bürgersteig – vor dem Schaufenster auf und ab. Gegen ein Uhr stellte sich Clara neben Jonathan vor dem Bild auf. Die Hände in die Hüften gestemmt, lächelte sie. Dann versetzte sie ihm einen leichten Rippenstoß, bei dem er zusammenzuckte.

»Ich habe Hunger«, sagte sie. »Sie nicht?«

»Doch!«

»Mögen Sie die japanische Küche?«

»Ja.«

»Sind Sie immer so gesprächig?«

»Ja«, sagte Jonathan, kurz bevor er einen weiteren Rippenstoß verspürte.

»Es ist ein großartiges Bild, nicht wahr?«, meinte Clara tief bewegt.

Es stellte ein Mittagessen auf dem Lande dar. Auf einer Steinterrasse vor einem Landsitz war ein Tisch gedeckt. Ein Dutzend Gäste saßen daran, während andere etwas weiter entfernt standen. Im Schatten einer gewaltigen Pappel standen zwei Männer in besonders eleganter Kleidung. Der Pinselstrich des Malers war so präzise, dass man meinte, die Worte zu verstehen, die ihre Lippen gerade formten. Die Farbe der Blätter und die Leuchtkraft des Himmels zeugten vom schönen Nachmittag eines Sommers, der mehr als ein Jahrhundert zurücklag und doch bis heute anzudauern schien. Jonathan dachte, dass keine einzige der dargestellten Figuren mehr lebte, dass ihre Körper nichts als Staub waren, dass sie durch den Pinsel von Wladimir Radskin aber gleichsam unsterblich waren. Man musste sie nur eingehend betrachten, um sie sich lebend vorzustellen. Er brach das Schweigen, das Clara und er seit langen Minuten wahrten.

»Es ist eins seiner letzten Bilder. Haben Sie diese besondere Perspektive zur Kenntnis genommen? Nur wenige Maler haben sich einer solchen Technik bedient. Radskin hat mit der Höhe gespielt, um an Tiefe zu gewinnen. Wie ein Fotograf es gemacht hätte.«

»Und ist Ihnen aufgefallen, dass keine einzige Frau am Tisch sitzt? Jeder zweite Stuhl ist leer.«

»Er hat nie Frauen gemalt.«

»Frauenhasser?«

»Witwer und untröstlich.«

»Das war nur ein Test! Kommen Sie, mein Magen rebelliert, wenn ich ihn zu lange ignoriere.«

Clara schaltete die Monitorüberwachung ein, machte die Lichter aus, stellte die Alarmanlage an und schloss die Tür hinter sich ab. Peter lief noch immer auf dem Bürgersteig auf und ab und machte ihnen ein Zeichen, dass sein

Gespräch gleich beendet sei und er sich zu ihnen gesellen würde.

»Ihr Freund hat einen Akku, der nie leer wird, oder aber er kennt einen Trick und benutzt den seines Gesprächspartners.«

»Er hat dermaßen viel Energie, dass er ihn ganz allein auflädt.«

»So etwas Ähnliches muss es sein. Kommen Sie, es ist fast gegenüber.«

Jonathan und Clara überquerten die Straße, betraten ein kleines japanisches Restaurant und nahmen in einer Nische Platz. Jonathan reichte Clara die Menükarte, als Peter hereinplatzte und sich zu ihnen gesellte.

»Reizend, das Lokal«, sagte er und setzte sich. »Tut mir leid, ich habe euch warten lassen. Ich dachte, mit dem Zeitunterschied hätte ich einen ausreichenden Vorsprung, doch diese Hunde in meinem Büro sind Frühaufsteher.«

»Hast du Hunger?«, fragte Jonathan und reichte seinem Freund die Karte.

Peter legte sie auf den Tisch zurück und runzelte die Stirn. »Mögt ihr wirklich rohen Fisch? Ich muss sagen, ich ziehe Gerichte vor, die mich vergessen machen, dass er gelebt hat, bevor er auf meinem Teller liegt.«

»Kennen Sie sich schon lange?«, fragte Clara belustigt.

Es wurde ein heiteres Mittagessen. Peter bot seinen ganzen Charme auf und brachte Clara mehrmals zum Lachen. Diskret kritzelte er etwas auf seine Papierserviette, die er Jonathan hinschob. Der entfaltete sie auf seinem Schoß; nachdem er gelesen hatte, zerknüllte er sie zu einer Kugel und ließ sie auf den Boden fallen. Auf der anderen Straßenseite, unter dem Londoner Himmel, der sich mit Wolken bezog, erstrahlte das Bild eines alten Malers vom Licht eines lange zurückliegenden Sommers, der nie aufhören würde zu existieren.

Nach dem Essen suchte Peter die Büros von Christie's auf, und Jonathan kehrte mit Clara in die Galerie zurück. Er verbrachte den Nachmittag auf einem Hocker vor dem Bild. Er untersuchte jedes Detail mit der Lupe und hielt seine Anmerkungen systematisch in einem großen Spiralheft fest.

Peter hatte einen Fotografen geschickt, der sich am frühen Abend in der Galerie einfand und sein Material mit ungeheurer Sorgfalt aufstellte. Zu beiden Seiten des Bildes öffneten sich große weiße Schirme, die durch Kabel mit seiner SLR-6X6-Kamera verbunden waren.

Das Schaufenster wurde im Dämmerlicht von einem Dutzend aufeinanderfolgender Blitze erhellt. Von der Straße aus gesehen, hätte man meinen können, im Inneren der Galerie würde ein Gewitter toben. Nach getaner Arbeit verstaute der Fotograf seine Gerätschaften im Hinterzimmer und verabschiedete sich von Clara und Jonathan; er würde am folgenden Tag um dieselbe Zeit zurückkommen, um das zweite Bild zu fotografieren. Als er gegangen war, nahm Jonathan die Signatur auf dem Bild unter die Lupe. Es handelte sich in der Tat um *Das Mittagessen auf dem Lande* von Wladimir Radskin. Das Werk war zu Beginn des Jahrhunderts in Paris ausgestellt worden, dann im Rom der Vorkriegszeit und sollte nun in den neuen Werkkatalog des Künstlers aufgenommen werden.

Schon lange kämpfte Jonathan mit den Auswirkungen des Jetlags. Er schlug Clara vor, ihr beim Schließen der Galerie zu helfen. Sie dankte ihm, erklärte aber, sie habe noch zu tun. Sie begleitete ihn zur Tür.

»Das war ein herrlicher Tag«, sagte er, »ich bin Ihnen sehr dankbar.«

»Ich habe nicht viel dazu beigetragen«, erwiderte Clara mit sanfter Stimme. »Ihm müssen Sie danken«, fügte sie hinzu und deutete auf das Bild.

Als er auf die Straße trat, konnte er nur schwer ein Gähnen unterdrücken. Er drehte sich noch einmal um und sah Clara in die Augen.

»Ich habe noch tausend Fragen an Sie«, sagte er.

Sie lächelte. »Ich denke, uns bleibt noch die ganze Woche dafür. Jetzt müssen Sie aber schlafen. Ich habe mich schon die ganze Zeit gefragt, wie Sie sich überhaupt noch auf den Beinen halten können.«

Jonathan trat zurück und hob die Hand zum Gruß. Clara tat das Gleiche, und ein Taxi hielt am Bürgersteig.

»Danke«, sagte Jonathan. Er stieg ein und winkte ihr noch einmal zu.

Clara trat in die Galerie und schloss die Tür hinter sich. Am Fenster sah sie dem Taxi nach und blieb noch eine Weile nachdenklich stehen. Eine Frage beschäftigte sie seit dem Mittagessen. Der Eindruck, Jonathan schon einmal begegnet zu sein, ließ sie nicht mehr los. Als er auf seinem Hocker gesessen und das Bild betrachtet hatte, waren ihr manche seiner Gesten fast vertraut vorgekommen. Doch wie sehr sie sich auch bemühte, der Frage auf den Grund zu gehen, sie konnte diesem Gefühl weder Ort noch Zeit zuordnen. Sie zuckte mit den Schultern und setzte sich an ihren Schreibtisch.

Als Jonathan sein Hotelzimmer betrat, sah er das rote Licht auf dem Display des Telefons blinken. Er zog sein Jackett aus, hob den Hörer ab und drückte auf den Knopf »Nachrichten abhören«. Peters Stimme hatte nichts von ihrer Energie verloren. Alle beide seien auf eine Vernissage eingeladen mit anschließendem Abendessen in einem eleganten Restaurant – mit »gekochtem« Essen, hatte er hinzugefügt. Er bat ihn, sich um einundzwanzig Uhr in der Hotelhalle einzufinden.

Jonathan tat so, als würde er den wahren Grund seiner leichten Enttäuschung nicht kennen. Er hinterließ seinerseits eine Nachricht auf Peters Anrufbeantworter: Er sei zu müde und ziehe es vor zu schlafen, sie würden sich morgen früh sehen. Anschließend wählte er seine eigene Nummer in Boston. Niemand antwortete. Vielleicht war Anna in ihrem Atelier und hatte die Klingel an ihrem Apparat abgestellt, oder aber sie war ausgegangen und hatte vergessen, den Anrufbeantworter einzuschalten. Jonathan zog sich aus und verschwand im Bad.

Als er, in einen dicken Frotteemantel gehüllt, wieder im Zimmer war, nahm er sein Spiralheft zur Hand und ging noch einmal seine Notizen durch. Er strich sanft mit dem Finger über die kleine Skizze, die er am Nachmittag unten auf einer Seite gezeichnet hatte. Obwohl sie nur flüchtig hingeworfen war, konnte man doch deutlich Claras Profil erkennen. Jonathan seufzte, legte das Heft zur Seite, schaltete das Licht aus, verschränkte die Hände im Nacken und wartete auf den Schlaf.

Eine Stunde später war er immer noch wach. Er sprang aus dem Bett, nahm einen Anzug aus dem Schrank, zog ein sauberes Hemd an und verließ sein Zimmer. Er lief über den langen Flur, der zu den Aufzügen führte, schnürte seine Schuhe in der Liftkabine und rückte gerade seine Krawatte zurecht, als sich die Türen im Erdgeschoss wieder öffneten. Er sah sich um und erblickte Peter, der am anderen Ende der Eingangshalle an einer Marmorsäule lehnte. Er wollte ihm entgegeneilen, als sich eine andere Gestalt, diese sehr feminin, von der Säule löste. Peter hielt die Taille einer jungen Schönheit, deren Kleidung nur das Nötigste bedeckte, mit einem Arm umfangen. Lächelnd blieb Jonathan stehen, während Peter und seine Begleitung durch die Drehtür entschwebten. Allein in der Halle des *Dorchester*, zögerte Jonathan einen Augenblick und beschloss dann, die Hotelbar aufzusuchen. Dort drängten sich die Gäste. Der Barkeeper wies ihm einen kleinen Tisch zu, und Jonathan ließ sich in einen schwarzen Ledersessel sinken. Ein Bourbon und ein Club Sandwich würden ihm vielleicht helfen, die Auswirkungen des Jetlags und seiner wechselnden Gelüste in Einklang zu bringen.

Er schlug eine Zeitung auf, als seine Augen vom silbergrauen Haar einer Frau, die an der Bar saß, angezogen wurden. Jonathan beugte sich vor, doch sein Blickfeld wurde von mehreren Personen versperrt, die vor der Theke standen, sodass er ihr Gesicht nicht sehen konnte. Jonathan ließ sie für eine Weile nicht aus den Augen; sie schien den Barmann zu fixieren.

Er wollte sich eben in die Lektüre der Zeitung vertiefen, als ihm auffiel, wie die mit Altersflecken übersäte Hand der Frau das Whiskyglas mit den Eiswürfeln darin kreisen ließ. Dann bemerkte er den Diamantring an ihrem Finger. Sein Herz schlug höher, und er sprang auf. Mit Mühe bahnte er sich seinen Weg durch die Menge und gelangte schließlich an die Theke.

Doch eine andere, sehr viel jüngere Frau hatte auf dem Barhocker Platz genommen. Sie war von einer Gruppe von Nachtschwärmern umgeben, zupfte ihn am Ärmel und lud ihn ein, sich ihnen anzuschließen. Jonathan hatte Mühe, sich davonzustehlen. Er stellte sich auf die Zehenspitzen und – wie über einem imaginären Meer – sah den silbergrauen Haarschopf auf den Ausgang zustreben. Als er die Hotelhalle erreichte, war sie leer. Er rannte zur Drehtür unter das Vordach und fragte den Portier, ob vor wenigen Sekunden eine Frau das Hotel verlassen habe. Leicht verlegen, aber bestimmt gab ihm der Mann zu verstehen, dass es ihm sein Beruf verbiete, auf diese Art von Fragen zu antworten. Man sei schließlich in London.

Jonathan und Peter trafen sich früh am Morgen, um im Hyde Park zu joggen.

»Du siehst vielleicht aus!«, meinte Peter, an seinen Freund gewandt. »Scheint dir nicht gut zu bekommen, zwölf Stunden am Stück zu schlafen. Oder bist du noch mal ausgegangen?«

»Nein, ich hab kein Auge zugetan, das ist alles. Und wie war dein Abend?«

»Todlangweilig – stell dir vor, die ganze Londoner High Snobiety.«

»Ach, tatsächlich? Und wie war sie?«

»Eine Todsünde wert!«

»Den Eindruck hatte ich auch.«

Peter legte die Hand auf Jonathans Schulter.

»Gut, zugegeben, ich habe mein Programm im letzen Augenblick geändert. Aber nur, weil du mich nicht begleiten wolltest. Ich brauche dringend einen Kaffee«, sagte er vergnügt. »Ich hab nämlich auch nicht besonders viel geschlafen.«

»Sei so gut und erspare mir die Details«, gab Jonathan zurück.

»Du hast eine Bombenlaune, wie man sieht. Unsere Konkurrenten haben ihre Teams nicht vor Freitag zusammengestellt; somit haben wir eine Woche Vorsprung, um den Zuschlag für diese Auktion zu bekommen. Also setz eine verführerische Miene auf, wenn wir bei unserer Galeristin erscheinen. Ich weiß noch nicht, wem diese Bilder gehören, aber ihre Empfehlung ist ausschlaggebend, und ich habe den leisen Verdacht, sie ist nicht ganz unempfänglich für deinen Charme.«

»Du gehst mir auf die Nerven, Peter.«

»Ich sagte doch schon, du bist großartig gelaunt!«, erwiderte Peter außer Atem. »Du solltest jetzt gehen.«

»Wie bitte?«

»Du hast nur eines im Sinn, und das ist, zu deinem Bild zu kommen. Also zieh Leine!«

»Begleitest du mich nicht?«

»Ich hab zu tun. Die Bilder von Radskin in die Staaten transportieren zu lassen ist kein Kinderspiel.«

»Dann mach deine Auktion doch in London.«

»Kommt gar nicht infrage. Ich brauche dich vor Ort.«

»Ich weiß nicht, wo das Problem liegt.«

»Wenn du dich gleich im Hotel umziehst, dann wirf mal einen Blick in deinen Terminkalender und überprüfe, was ich dir jetzt sage: Du heiratest Ende Juni in Boston.«

»Willst du diese Bilder etwa innerhalb eines Monats verkaufen?«

»Der Generalkatalog erscheint in zehn Tagen. Ich könnte es also schaffen.«

»Du weißt selbst, dass du es im Grunde nicht ernst meinst, oder?«

»Ich weiß, es ist ein wahnsinniges Risiko, doch mir bleibt keine andere Wahl«, erwiderte Peter.

»Ich glaube nicht, dass du wahnsinnig bist, es ist noch viel schlimmer.«

»Jonathan, dieser Artikel hat mein Büro auf den Kopf gestellt. Gestern auf den Fluren haben mich die Leute angesehen, als läge ich im Sterben.«

»Du steckst mitten in einer Paranoia!«

»Schön wär's ...« Peter seufzte. »Nein, ich kann dir versichern, die Dinge nehmen eine schlimme Wendung. Diese Auktion kann mich retten, und ich brauche dich so sehr wie nie. Sorg dafür, dass wir deinen alten Maler übernehmen. Wenn wir den Zuschlag nicht erhalten, komme ich nie mehr auf die Beine und du übrigens auch nicht.«

In dieser Woche ging es in den Londoner Büros von

Christie's hoch her. Experten und Verkäufer, Kommissionäre und Käufer lösten einander in den verschiedenen Sitzungsräumen ab. Die Spezialisten einer jeden Abteilung kamen hier zusammen, um die Auktionstermine der verschiedenen Niederlassungen auf der ganzen Welt festzulegen, die Kataloge zu aktualisieren und die wichtigsten Werke unter den Auktionatoren zu verteilen. Peter würde seine Geschäftspartner davon überzeugen müssen, dass es von Vorteil sei, die Bilder von Wladimir Radskin durch ihn in Boston versteigern zu lassen. In gut einem Monat würde unter seinem Hammer ein Verkauf von Werken alter Meister des neunzehnten Jahrhunderts stattfinden, die in den internationalen Kunstmagazinen nicht unbeachtet bleiben würden. Seine Auftraggeber waren es jedoch nicht gewohnt, so kurzfristig zu planen. Peter wusste, dass er kein leichtes Spiel haben würde, und manchmal begann er, in seinem Innersten an sich selbst zu zweifeln.

Es war kurz nach zehn Uhr, als Jonathan in der Albermarle Street erschien. Clara war schon in der Galerie. Sie sah ihn aus dem Taxi steigen, die Straße überqueren und in dem kleinen Café verschwinden. Wenige Minuten später kam er mit zwei großen Cappuccino in Pappbechern zurück, und sie öffnete ihm die Tür. Gegen elf Uhr hielt der Transporter der Speditionsfirma vor der Galerie. Die Kiste mit dem zweiten Bild wurde mitten im Raum auf Böcke gestellt, und Jonathan spürte eine gewisse Ungeduld in sich aufsteigen, die vermischt war mit Erinnerungen. Aus der Kindheit, von der er sich nie ganz hatte lösen können, hatte er sich seine

Begeisterungsfähigkeit bewahrt. Wie viele Erwachsene in seinem Umfeld hatten dieses großartige Gefühl längst vergessen! So altmodisch das für manche erscheinen mochte, die Farben des Abendhimmels, die Gerüche einer Jahreszeit konnten Jonathan zum Schwärmen bringen, er konnte sich freuen über das Lächeln einer Passantin, den Blick eines Kindes, die Geste eines Greises oder über eine dieser einfachen Aufmerksamkeiten des Herzens, die den Alltag so versüßen können. Und auch wenn Peter sich manchmal über ihn lustig machte, hatte sich Jonathan doch geschworen, sein ganzes Leben lang dem Versprechen treu zu bleiben, das er eines Tages seinem Vater gegeben hatte – nie seinen Enthusiasmus zu verlieren. Seine Ungeduld zu kaschieren erschien ihm an diesem Tag noch schwieriger als am Tag zuvor. Vielleicht würde er noch warten müssen, um das Werk in Augenschein zu nehmen, von dem er so träumte, vielleicht gehörte es nicht einmal zu dieser Sammlung, doch Jonathan glaubte an sein Glück.

Er sah den Männern zu, während sie die Nägel aus dem hellen Holz zogen. Bei jeder Latte, die sie entfernten, fühlte er sein Herz höherschlagen. Clara, die neben ihm stand, verschränkte die Hände hinter dem Rücken. Auch sie hielt es vor Ungeduld kaum aus.

»Ich wünschte, sie würden alle Latten gleichzeitig wegbrechen, damit ich es sofort sehen kann«, raunte Jonathan ihr zu.

»Und ich habe mich für diese Firma entschieden, weil sie genau das Gegenteil tut!«, erwiderte sie im Flüsterton.

Die Lattenkiste war größer als die vom Vortag. Das Auspacken des Bildes würde noch eine gute Stunde in Anspruch nehmen. Die Spediteure legten eine Pause ein. Sie setzten sich auf die Heckklappe ihres Wagens, um den schönen Sommertag ein wenig zu genießen. Clara schloss die Galerie ab und lud Jonathan ein, etwas frische Luft zu schnappen. Als sie ein Stück gegangen waren, winkte sie plötzlich ein Taxi heran.

»Haben Sie schon einmal einen Spaziergang an der Themse gemacht?«

Sie liefen im Schatten der Bäume am Ufer der Themse entlang. Jonathan antwortete auf alle Fragen, die Clara ihm stellte. So fragte sie ihn zum Beispiel, was ihn dazu bewogen habe, sich für den Beruf des Kunstexperten zu entscheiden, und ohne es selbst zu bemerken, öffnete er ein Fenster zu seiner Vergangenheit. Sie setzten sich auf eine Bank, und Jonathan erzählte ihr von jenem Herbstnachmittag, als sein Vater ihn zum ersten Mal mit ins Museum genommen hatte. Er beschrieb ihr die Ausmaße des riesigen Saals, in den sie getreten waren. Sein Vater hatte zum Zeichen seiner Freiheit seine Hand losgelassen. Der Junge war plötzlich vor einem Bild stehen geblieben. Der Mann, der auf dem Gemälde in der Mitte der großen Wand abgebildet war, schien nur ihn anzusehen.

»Das ist ein Selbstporträt«, hatte sein Vater gemurmelt. »Er hat sich selbst gemalt wie viele andere Maler auch. Ich stelle dir Wladimir Radskin vor.«

Und der Junge hatte begonnen, mit dem alten Maler zu spielen. Ganz gleich, ob er sich hinter einer Säule versteckte, in eine Ecke des Saals oder eine andere lief, sich gemächlich oder im Laufschritt bewegte, der Blick folgte ihm, ganz allein ihm. Und selbst wenn er die Lider halb schloss und nur blinzelte, wusste der Junge, dass »der Mann der Malerei« ihn weiter fixierte. Fasziniert war er näher an die Leinwand herangetreten, und die Stunden, die er vor dem Bild verbrachte, vergingen, ohne dass er es bemerkte. Als hätten alle Pendel auf ihr Ticktack verzichtet, als würden sich zwei Epochen durch die Kraft eines einzigen Gefühls, eines Blicks vereinen. Mit einem Pinselstrich, der allen physikalischen Regeln widersprach, sagten ihm die Augen eines Mannes über die Jahrhunderte hinweg Worte, die nur ein Kind zu hören vermag. Sein Vater hatte hinter ihm auf einer Bank Platz genommen. Jonathan betrachtete gefesselt das Bild; der Vater betrachtete gerührt seinen Sohn – für ihn das schönste Bild.

»Und wenn er Sie an diesem Tag nicht mit ins Museum genommen hätte – was hätten Sie aus Ihrem Leben gemacht?«, fragte Clara mit sanfter Stimme.

War es sein Vater, dieser Mann mit dem ewigen Lächeln, der seine Schritte zu diesem Bild gelenkt hatte, war es das Schicksal, oder waren an diesem Tag beide zusammengekommen? Jonathan gab keine Antwort. Stattdessen fragte er Clara, was sie mit dem alten Maler verband. Sie lächelte, sah in der Ferne die Uhr am Glockenturm von Big Ben, erhob sich und hielt ein Taxi an.

»Wir haben noch eine ganze Menge Arbeit vor uns«, sagte sie.

Jonathan insistierte nicht; zwei Tage blieben ihm noch,

und wenn ihm das Glück hold war, wenn dieses fünfte Bild wirklich existierte, so würde er vielleicht sogar noch drei in ihrer Gesellschaft verbringen.

Am folgenden Morgen suchte Jonathan Clara erneut in der Galerie auf, und der Spediteur lieferte das dritte Bild. Doch als sie noch mit dem Auspacken beschäftigt waren, hielt ein nagelneuer Mini Cooper vor dem Schaufenster. Ein junger Mann stieg aus und trat mit einem Stapel Dokumente in die Galerie. Clara machte ihm ein Zeichen und verschwand im Hinterzimmer. Der Unbekannte musterte Jonathan schon seit zehn Minuten, ohne ein Wort zu sagen, als Clara in einer schwarzen Lederhose und einem Top von einem großen Modeschöpfer erschien. Jonathan war fasziniert von der Sanftheit und Sinnlichkeit, die von ihr ausgingen.

»Wir sind in zwei Stunden wieder zurück«, sagte sie zu dem jungen Mann. Sie griff eilig nach den Akten, die er auf ihrem Schreibtisch abgelegt hatte, steuerte auf die Eingangstür zu und drehte sich nach Jonathan um. »Sie begleiten mich«, sagte sie. Auf dem Bürgersteig beugte sie sich zu ihm vor und flüsterte: »Er heißt Frank und arbeitet in meiner anderen Galerie. Zeitgenössische Kunst!«, fügte sie hinzu und zog ihr Top zurecht.

Der leicht verdutzte Jonathan öffnete ihr die Wagentür. Clara stieg ein und kletterte über den Schalthebel auf den Fahrersitz.

»Das Lenkrad ist bei uns auf der anderen Seite«, sagte sie, lachte und ließ den Motor des Mini an.

Die Galerie in Soho war fünfmal so groß wie die in Mayfair. Die Werke, die hier ausgestellt waren, gehörten nicht in Jonathans Fachbereich, doch er erkannte an den Wänden drei Basquiat, zwei Andy Warhol, einen Willem de Kooning und, in der Mitte zwischen anderen Werken, verschiedene moderne Skulpturen, darunter zwei von Giacometti und von Chillida.

Clara unterhielt sich eine halbe Stunde mit einem Kunden, bat einen Assistenten, zwei Bilder umzuhängen, überprüfte die Sauberkeit eines Möbelstücks, indem sie diskret mit dem Zeigefinger darüberstrich, unterschrieb zwei Schecks, die ihr eine Frau mit rotem Haar und grünen Strähnchen in einer orangefarbenen Mappe überreichte. Dann schrieb sie einen Brief auf einem Computer, der genauso ein Kunstgegenstand hätte sein können, und schlug Jonathan schließlich zufrieden vor, sie zu einem Kollegen zu begleiten. Sie bat, man möge Frank mitteilen, dass er ein wenig länger in Mayfair bleiben müsse, und nachdem sie sich von vier ihrer Mitarbeiter verabschiedet hatte, kletterten sie wieder in den Mini.

Sie fuhr zügig durch die engen Straßen von Soho und parkte den Wagen geschickt in der einzigen kleinen Parklücke an der Greek Street ein. Jonathan wartete, während sie mit einem Galeristen über den Kaufpreis einer monumentalen Skulptur verhandelte. Am frühen Nachmittag waren sie wieder in der Albermarle Street. Das Bild war nicht dasjenige, auf das Jonathan gehofft hatte, doch seine Schönheit half ihm über seine Enttäuschung hinweg.

Das Eintreffen des Fotografen beendete eine flüchtige

Zweisamkeit, die beide, ohne es sich einzugestehen, sehr genossen hatten. Während Jonathan die Expertise des Bildes vornahm, setzte sich Clara an ihren Schreibtisch, ordnete Papiere und machte sich Notizen. Hin und wieder hob sie die Augen und beobachtete ihn; ab und zu tat er das Gleiche, und die seltenen Male, da sich ihre Blicke kreuzten, wichen sie sich auch gleich wieder aus – scheu, ja fast schüchtern.

Peter hatte den Tag bei Christie's zugebracht, hatte alles gesammelt, was er für die Vorbereitung seiner Auktion benötigte. Er hatte sich die Negative der vorherigen Tage kommen lassen, hatte diejenigen ausgewählt, die vielleicht in seinen Katalog aufgenommen würden. Wenn er nicht gerade dabei war, einem seiner Chefs klarzumachen, dass er alles rechtzeitig unter Dach und Fach bringen würde, schloss er sich im Archiv ein. Vor dem Bildschirm eines Terminals, das an eine der größten privaten Datenbanken für Kunstversteigerungen angeschlossen war, sortierte und archivierte er alle erfassten Artikel und alles Bildmaterial, das innerhalb eines Jahrhunderts über das Werk von Wladimir Radskin erschienen war. Die Vorstandssitzung, im Laufe derer über sein Schicksal entschieden würde, war auf den nächsten Tag verschoben worden, und Peter hatte nach und nach den Eindruck, sein Hemdkragen würde seinen Hals mit jeder Stunde ein wenig mehr einschnüren.

Er traf Jonathan im Hotel und schleppte ihn mit auf eine mondäne Abendgesellschaft, was Jonathan über alles hasste. Doch Beruf verpflichtet, und so machte er gute Miene zum bösen Spiel, während er ein Varietéspektakel über sich ergehen ließ, bei dem alle großen Sammler und Käufer anwesend waren. Nach Ende der Vorstellung machte sich Jonathan umgehend auf den Weg ins Hotel. Während er durch die Straßen von Covent Garden lief, dachte er an das Leben, das sich hier früher abgespielt hatte. Damals waren die jetzt prächtigen Fassaden unverputzt, die Straßen dieses Viertels, das heute zu den bevorzugten der großen Metropole gehörte, ärmlich und heruntergekommen gewesen. Irgendwo im schwachen Licht einer der Laternen, die das nass glänzende Pflaster erleuchteten, hätte er hundertfünfzig Jahre zuvor einem russischen Maler begegnen können, der mit einem Stück zugespitzter Kohle die Passanten am Rande des Marktes skizzierte.

Peter war zufällig einer ehemaligen italienischen Freundin begegnet, die gerade auf der Durchreise in London war. Er hatte kurz gezögert, ob er sie zu einem letzten Drink einladen sollte oder nicht. Schließlich würde seine Versammlung erst am frühen Nachmittag stattfinden, dem Augenblick des Tages, an dem er richtig in Schwung kam. Es war erst Mitternacht, und so begab er sich am Arm der schönen Melena in einen Klub.

Jonathan stand früh auf, Peter erschien nicht zum Treffen in der Hotelhalle, und so nutzte er die Gelegenheit, um zu Fuß zur Galerie zu laufen. Er fand das Gitter noch verschlossen vor, kaufte eine Zeitung und wartete im Café auf Clara. Frank erschien kurz darauf und reichte ihm einen Umschlag. Jonathan riss ihn auf.

*Lieber Jonathan,
entschuldigen Sie, dass ich heute Morgen nicht in der
Galerie sein kann. Frank wird das Bild für mich in
Empfang nehmen, und natürlich stehen Ihnen die Türen
zur Galerie offen. Ich weiß, dass Sie es gar nicht erwarten
können, das Bild des Tages zu sehen, es ist großartig.
Diesmal überlasse ich Ihnen die Beleuchtung ganz allein,
und ich weiß, dass es Ihnen bestens gelingen wird. Ich
komme, sobald es mir möglich ist. Ich wünsche Ihnen
einen schönen Tag an der Seite von Wladimir. Ich wäre
gern in Ihrer beider Gesellschaft gewesen.
Herzlichst, Clara*

Nachdenklich faltete er den kleinen Brief zusammen und steckte ihn in seine Westentasche. Als er den Kopf hob, war der junge Mann schon wieder im Inneren der Galerie. Der Wagen der Speditionsfirma hielt vor dem Schaufenster. Jonathan blieb an der Theke sitzen und las noch einmal Claras Nachricht. Um elf Uhr gesellte er sich zu Frank. Bis mittags hatten sie kein einziges Wort gewechselt. Der Teamchef der Transporteure teilte ihnen mit, dass das Auspacken des Bildes noch einige Zeit in Anspruch nehmen würde. Jonathan sah auf die Uhr und seufzte. Er verspürte nicht einmal die Lust, die schon aufgehängten Bildern erneut in Augenschein zu nehmen.

Er trat ans Schaufenster, zählte zunächst die vorbeifahrenden Wagen, schätzte dann, wie viel Zeit die Politesse auf dem Bürgersteig gegenüber im Durchschnitt brauchte, um ein Strafmandat zu schreiben. Sieben Gäste hatten das kleine Café betreten, nur vier hatten vor Ort konsumiert. Die Laterne musste zwei Meter zehn hoch sein. Ein roter Cooper kam die Straße entlang, hielt aber nicht. Jonathan seufzte erneut, trat an Claras Schreibtisch und griff zum Telefon.

»Wo bist du?«, fragte er Peter.

»In der Hölle. Ich habe einen teuflischen Kater, und meine Versammlung wurde um eine Stunde vorverlegt.«

»Bist du so weit?«

»Ich bin bei der vierten Tablette Aspirin, wenn es das ist, was du wissen wolltest, und ich liebäugele schon mit der fünften. Was ist mit deiner Stimme?«, fragte Peter, als er schon auflegen wollte.

»Was soll mit meiner Stimme sein?«

»Nichts, man könnte nur meinen, du beerdigst gerade deine Großmutter.«

»Das ist leider schon geschehen, mein Bester.«

»Tut mir leid, entschuldige, ich hab solches Lampenfieber.«

»Ich bin im Geiste bei dir, keine Sorge, alles wird gut gehen.«

Jonathan legte auf und beobachtete Frank, der sich im Hinterzimmer zu schaffen machte. »Arbeiten Sie schon lange hier?«, fragte er leichthin.

»Ich bin jetzt seit drei Jahren in Claras Galerie beschäftigt«, erwiderte der junge Mann und schloss die Lade mit Akten.

»Und verstehen Sie sich gut?«, wollte Jonathan weiter wissen.

Frank sah ihn verdutzt an und wandte sich wieder seiner Arbeit zu. Eine Stunde später brach Jonathan erneut das Schweigen und schlug dem jungen Mann vor, einen Hamburger essen zu gehen. Frank war Vegetarier.

Peter trat in den Sitzungsraum und nahm den einzigen Platz ein, der an dem großen Mahagonitisch noch frei war. Er rückte seinen Stuhl zurecht und wartete, bis die Reihe an ihm war. Jedes Mal, wenn einer seiner Kollegen das Wort ergriff, hatte er den Eindruck, eine ganze Division von Panzern auf rostigen Ketten würde über sein Trommelfell rollen, um Schießübungen in seinen Schläfen zu machen. Die Diskussionen zogen sich ewig hin. Sein Nachbar zur Rechten beendete seine Darlegung, und Peter wurde endlich aufgefordert, die seine zu beginnen. Die Mitglieder des Komitees konsultierten das Dossier, das er verteilt hatte. Er erläuterte die Daten seiner Auktionen und konzentrierte sich in seinem Exposé besonders auf diejenige, die er gegen Ende Juni in Boston organisieren würde. Als er seine Absicht kundtat, die erst kürzlich angekündigten Bilder von Wladimir Radskin hinzuzufügen, ging ein Raunen durch die Versammlung.

Der Vorsitzende ergriff das Wort. Er erinnerte Peter daran, dass die Kundin, die die Bilder von Radskin anbot, eine namhafte Galeristin sei. Wenn sie Christie's die Werke dieses Malers anvertraute, könne sie erwarten, dass man sich ihren Interessen mit der größten Sorgfalt annehmen werde. Es bestehe keine Notwendigkeit, die Dinge zu überstürzen. Die Auktionen, die im zweiten Halbjahr in London stattfinden würden, wären ganz und gar angemessen. »Wir haben alle diesen Artikel gelesen, und es tut uns sehr leid für Sie, mein lieber Peter, doch ich habe meine Zweifel, dass es Ihnen gelingen wird, ein großes Event rund um den Verkauf von Radskin zu machen. Schließlich handelt es sich nicht um van Gogh!«, fügte der Vorsitzende leicht spöttisch hinzu.

Das unterdrückte Lachen seiner Kollegen brachte Peter so auf, dass er vorübergehend um Argumente verlegen war.

Eine Assistentin kam mit einer schweren silbernen Teekanne herein. Das Gespräch wurde unterbrochen, bis sie ihre Runde um den Tisch gemacht und denjenigen nachgeschenkt hatte, die es wünschten. Durch die offen stehende Tür konnte Peter sehen, wie James Donovan gerade sein Büro verließ. Es war Donovan gewesen, der ihm letzten Sonntag nach Boston gemailt hatte.

»Entschuldigen Sie mich einen Augenblick«, stammelte er und eilte zur Tür hinaus auf den Flur. Er erwischte Donovan am Ärmel und zog ihn ein Stück weiter den Flur entlang. »Sagen Sie«, stieß Peter mit gepresster Stimme hervor. »Ich habe Ihnen innerhalb von zwei Tagen sechs Nachrichten auf Ihrer Mailbox hinterlassen. Haben Sie meine Nummer verloren?«

»Guten Tag, Mister Gwel«, gab sein Gesprächspartner nüchtern zurück.

»Warum haben Sie mich nicht zurückgerufen? Lesen Sie auch zu viel Zeitung?«

»Mir wurde mein Handy gestohlen. Ich weiß gar nicht, wovon Sie reden, Sir.«

Peter versuchte, wieder zur Ruhe zu kommen. Er zupfte ein Haar von Donovans Jackettkragen und zog ihn in eine Ecke. »Ich muss Ihnen eine für mich äußerst wichtige Frage stellen, und Sie werden all Ihren Verstand zusammennehmen, um mir die einzige Antwort zu geben, die ich hören will.«

»Ich werde mein Bestes tun, Sir«, gab Donovan ernst zurück.

»Was Radskin betrifft, so haben Sie mir doch gemailt, dass fünf Bilder angekündigt sind, oder nicht?«

Der junge Mann zog ein kleines ledernes Notizbuch aus seiner Tasche und blätterte darin vor und dann wieder zurück. Schließlich hatte er die richtige Seite gefunden und verkündete hocherfreut: »Genauso ist es, Sir.«

»Und wie genau sind Sie auf diese Zahl gekommen, wenn ich fragen darf?«, erkundigte sich Peter, der Verzweiflung nahe.

Sein Informant erklärte ihm, eine Galerie sei an Christie's herangetreten, und er sei zu einem Termin, der für letzten Freitag um vierzehn Uhr dreißig anberaumt gewesen sei, in die Albermarle Street geschickt worden. Die Leiterin der Galerie habe ihn persönlich empfangen und ihm alle Informationen gegeben. Um Punkt sechzehn Uhr sei er wieder im Büro gewesen und habe sofort einen Besuchsbericht verfasst, den er um sechzehn Uhr fünfundvierzig dem Leiter seiner Abteilung ausgehändigt habe. Letzterer habe sich erkundigt, ob ein Auktionator des Hauses ein besonderes Interesse an diesem Maler habe, und Miss Blenz vom Recherchebüro habe den Namen Peter Gwel erwähnt, der regelmäßig mit Jonathan Gardner zusammenarbeite, dem anerkannten Experten und Spezialisten für Wladimir Radskin.

»Ich habe Ihnen daraufhin am späten Samstagnachmittag von zu Hause aus eine Mail geschrieben und abgeschickt.«

Peter musterte ihn eine Weile und erwiderte dann lakonisch: »Das ist in der Tat präzise, Donovan.«

Er dankte ihm, holte tief Luft und trat erneut in das Sitzungszimmer. »Ich bin sicher, diese Bilder am einundzwanzigsten Juni in Boston erfolgreich zum Verkauf anbieten zu können«, verkündete er der Versammlung stolz.

Das Komitee kam zu folgendem Beschluss: Wenn das letzte Bild von Radskin tatsächlich existierte, wenn es das Hauptwerk des Malers war und wenn Jonathan Gardner innerhalb kürzester Zeit eine Expertise vornehmen könne – in diesem Fall, und nur in diesem Fall könne Peter den Verkauf im Juni übernehmen. Bevor er ihn gehen ließ, richtete der Vorsitzende eine ausdrückliche Warnung an Peter. Bei diesem Unterfangen, das ihm äußerst riskant erscheine, dürfe ihm kein noch so kleiner Fehler unterlaufen; Peters Ruf und somit der seiner Kollegen stehe auf dem Spiel.

Clara erschien den ganzen Tag nicht in der Galerie. Am Nachmittag hatte sie angerufen und sich entschuldigt. Jonathan kümmerte sich zusammen mit Frank um die Hängung und Ausleuchtung des vierten Bildes. Die restliche Zeit brachte er mit der Expertise zu. Als der Fotograf kam, um seine Aufnahmen zu machen, ging Jonathan ins Café. Während er seine Taschen nach Kleingeld absuchte, stieß er auf die zusammengefaltete Papierserviette, die er

Clara bei ihrer ersten Begegnung überreicht hatte. Er sog den Moschusduft, den sie noch immer verströmte, tief ein. Zu Fuß machte er sich auf den Weg ins Hotel. Später gesellte sich Peter zu ihm. Im Laufe des Abends wurden nur wenige Worte gewechselt, so sehr war jeder mit seinen Gedanken beschäftigt. Erschöpft und mit leichten Kopfschmerzen ging Peter direkt nach dem Essen schlafen.

Als auch Jonathan wieder in seinem Zimmer war, hinterließ er Anna eine Nachricht auf dem Anrufbeantworter und streckte sich auf dem Bett aus, um sich Notizen vom vergangenen Tag zu machen.

Spätabends, nach einem hektischen Arbeitstag, ließ Clara das Eisengitter vor ihrer Galerie in Soho herunter. Um den üblichen Stau nach Theaterschluss zu vermeiden, wählte sie einen anderen Heimweg.

Jonathan schaltete den Fernseher ein. Nachdem er sich durch alle Programme gezappt hatte, erhob er sich und trat ans Fenster. Vereinzelte Autos fuhren zügig die Park Lane entlang. Er betrachtete die Farbstreifen, die ihre Rücklichter hinter sich herzogen. An der Kreuzung verlangsamte ein roter Mini das Tempo und bog nach Notting Hill ab.

Kapitel 4

Dieser Freitag, Anfang Juni, sollte vielleicht einer der wichtigsten Tage in seinem Leben werden. Jonathan war zeitig aufgestanden. Die menschenleere Straße unter seinem Fenster deutete auf die noch frühe Stunde hin. Er setzte sich an den Schreibtisch in der Ecke des Zimmers und schrieb einen Brief, den er Anna faxen wollte, wenn er das Hotel verlassen würde.

Clara,
jeden Abend habe ich versucht, Dich telefonisch zu erreichen – ohne Erfolg. Du solltest den Anrufbeantworter neu besprechen, dann würde ich wenigstens Deine Stimme hören, wenn ich zu Hause anrufe. Während ich Dir diese Worte schreibe, schläfst Du noch. Die Sonne geht über meinem Tag auf, und ich wünschte, Du wärst hier bei mir, vor allem jetzt. Heute Vormittag werde ich vielleicht jenes Bild zu Angesicht bekommen, das mich schon so lange beschäftigt. Ich will nicht übertrieben optimistisch sein, doch im Laufe dieser Tage in London habe ich begonnen, wirklich daran zu glauben. Wird es das Ende meiner fast zwanzigjährigen Suche sein?

Ich erinnere mich an die Nächte in meiner Studentenzeit, die ich allein in meinem Zimmer damit zubrachte, die wenigen Bücher zu lesen, die von der Existenz dieses einzigartigen Werks ausgingen. Wladimir Radskins letztes Bild wird meine wichtigste Expertise sein. Ich habe so lange darauf gewartet.
Ich wünschte, diese Ereignisse, die uns jetzt trennen, würden nicht gerade mit unseren Hochzeitsvorbereitungen zusammenfallen. Doch vielleicht tun uns diese wenigen Tage der Trennung auch gut, wer weiß? Ich wünsche mir, dass die Spannungen, die uns seit zu langen Wochen voneinander entfernt haben, bei meiner Rückkehr nach Boston vergessen sind.
Ich denke an Dich und hoffe, es geht Dir gut. Lass von Dir hören.
Jonathan

Er faltete den Brief zusammen, schob ihn in die Jackentasche und beschloss, einen kleinen Spaziergang in der lauen Morgenluft zu machen. Als er an der Rezeption vorbeikam, übergab er dem Portier das Blatt mit der Bitte, es nach Boston zu faxen, und trat hinaus ins Freie. Auf der anderen Seite der Straße begann der Hyde Park. Die Bäume waren grün, und die Blumenbeete schienen einander an Schönheit übertreffen zu wollen. Jonathan lief bis zum See in der Mitte des Parks und betrachtete die majestätischen Pelikane, die auf dem ruhigen Wasser schwammen. Während er weiter am Ufer entlangspazierte, sagte er sich, dass er gerne in dieser Stadt leben würde, die ihm so vertraut vorkam. Er sah auf die Uhr, kehrte um und lief zu Fuß zur Galerie. Er ließ sich in dem kleinen Café nieder und wartete auf Clara. Kurz darauf parkte der Mini vor der blauen Tür. Clara schob den Schlüssel in das kleine Metallgehäuse an der Fassade, und das Eisengitter öffnete sich. Sie schien zu zögern, das Gitter hielt auf halber Höhe inne und schloss sich dann wieder. Sie drehte sich um und überquerte die Straße. Entschlossen betrat sie das Café und kam einige Minuten später mit zwei Tassen Cappuccino zu ihm.

»Cappuccino ohne Zucker! Vorsicht, er ist glühend heiß.«

Jonathan sah sie verblüfft an.

»Um die Gewohnheiten eines Menschen kennenzulernen, muss man sich nur die Zeit nehmen, ihn zu beobachten«, erklärte sie und schob ihm seine Tasse zu. Vorsichtig führte sie die ihre an die Lippen. »Ich liebe diesen Himmel«, sagte sie, »die Stadt ist so anders bei schönem Wetter.«

»Mein Vater hat immer gesagt, wenn eine Frau vom Wetter spricht, dann um von anderen Themen abzulenken«, antwortete Jonathan.

»Und was hat Ihre Mutter dazu gesagt?«

»Dass man sie in einem solchen Fall unter keinen Umständen darauf hinweisen dürfe.«

»Ihre Mutter hatte recht!«

Sie sahen sich eine Weile schweigend an, schließlich lächelte Clara.

»Sie sind sicher verheiratet, nicht wahr?«

In diesem Moment betrat Peter das Café. Er begrüßte Clara und wandte sich sogleich an Jonathan. »Ich muss dich sprechen.«

Clara nahm ihre Tasche, sah Jonathan fest an und erklärte, sie würde die Galerie öffnen und sie ihrem Gespräch überlassen.

»Ich hoffe, ich habe Ihre Unterhaltung nicht unterbrochen?«, fragte Peter und nahm Clara die leere Tasse ab.

»Was machst du denn für ein langes Gesicht?«, erkundigte sich Jonathan.

»Weißt du, wenn man allen Idioten den Tod wünschen würde, müsste man sich in Acht nehmen, man könnte leicht ein Massensterben verursachen! Meine englischen Partner sind im Begriff, ihre Entscheidung rückgängig zu machen. Sie behaupten, Radskin hätte den größten Teil seiner Werke in England gemalt, und darum müssten seine Gemälde auch in England versteigert werden.«

»Wladimir Radskin war Russe und kein Engländer!«

»Ja, vielen Dank, das habe ich ihnen auch schon gesagt.«

»Was wirst du tun?«

»Was ich schon getan habe, meinst du. Ich habe darauf bestanden, dass der Verkauf dort stattfindet, wo der größte zuständige Experte lebt.«

»Ah ja?«

»Der größte zuständige Experte bist du, du Idiot!«

»Aus deinem Mund hör ich das immer gerne.«

»Das Problem ist, dass der Vorstand nichts dagegen hat, deinen Aufenthalt in London zu bezahlen, egal wie lange du bleiben willst.«

»Wie nett von ihnen.«

»Sag mal, bist du jetzt völlig übergeschnappt? Du weißt doch, dass das unmöglich ist!«

»Und warum?«

»Weil du in drei Wochen in Boston heiratest und meine Auktion zwei Tage später stattfinden wird. Diese Galeristin bringt dich noch um den Verstand, ich mache mir ernsthafte Sorgen um dich.«

»Und haben sie diesen Vorwand akzeptiert?«

»Sie stehen meiner Eile ablehnend gegenüber. Diese Leute halten an ihrer Tradition fest. Sie würden lieber bis zum Herbst warten.«

»Und du meinst nicht, das wäre besser? Schließlich hätten wir dann mehr Zeit.«

»Ich meine, dass du mich seit zwanzig Jahren mit zu deinen Vorträgen schleppst, ich meine, dass Radskin einen großen Verkauf verdient. Und die Auktionen im Juni ziehen bekanntlich die meisten Sammler an.«

»Und ich meine, dass Wladimir Radskins Bilder deine Versteigerung außergewöhnlich machen werden, ich meine, dass du die bösen Zungen der Kritik fürchtest, und ich meine auch, dass ich dir als dein Freund helfen werde, so gut ich kann.«

Peter sah Jonathan herausfordernd an. »Und ich meine, dass du ganz schön eingebildet bist.«

»Peter, jetzt mal im Ernst. Wenn mir das Glück hold ist und dieses letzte Bild heute auftaucht, wird mich die Expertise verdammt viel Zeit kosten, ich werde Recherchen einleiten müssen, und ich habe vorher noch die vier anderen Berichte fertigzustellen.«

»Wenn uns das Glück hold ist, wird das die Versteigerung des Jahrzehnts. Ich muss jetzt gehen, ich rechne damit, dass wir am Montag einen unterschriebenen Vertrag mit der bezaubernden jungen Dame haben, die gegenüber arbeitet. Wenn ich diese Auktion nicht bekomme, bedeutet das einen erheblichen Rückschlag für meine Karriere. Ich bin wirklich auf deine Hilfe angewiesen!«

»Ich tue mein Bestes.«

»Aber übertreib nicht, ich darf dich daran erinnern, dass ich dein Trauzeuge bin! Denkst du noch daran?«

»Manchmal bist du richtig vulgär.«

»Ja, aber aus deinem Mund höre ich das gern.«

Peter klopfte seinem Freund auf die Schulter und verließ das Café.

Jonathan sah, wie er in ein Taxi sprang, und ging ebenfalls. Auf dem Bürgersteig blieb er stehen und beobachtete Clara durch das Schaufenster. Sie war damit beschäftigt, die Spots über dem am Tag zuvor gelieferten Bild neu auszurichten. Sie schien leicht verlegen, stieg von der Leiter und öffnete ihm die Tür. Er enthielt sich jeglichen Kommentars und begnügte sich damit, auf seine Uhr zu sehen; der Transporter musste bald eintreffen, und er hielt es vor Ungeduld kaum noch aus. Er verbrachte den Vormittag vor den vier Bildern. Alle Viertelstunde erhob er sich und spähte verstohlen auf die Straße. Clara saß an ihrem Schreibtisch und beobachtete ihn aus den Augenwinkeln. Er trat erneut ans Fenster und betrachtete den Himmel.

»Sieht ganz so aus, als würde es zuziehen«, sagte er.

»Trifft das auch auf die Männer zu?«, fragte Clara und hob den Kopf.

»Was soll auf die Männer zutreffen?«

»Die Gespräche über das Wetter.«

»Ich nehme an«, sagte Jonathan verlegen.

»Ist Ihnen aufgefallen, dass die Straßen menschenleer sind? Heute ist Feiertag in England. Niemand arbeitet ... außer uns. Und da Freitag ist, haben die Leute ein verlängertes Wochenende genommen. Die Londoner lieben es, aufs Land zu fahren. Auch ich fahre heute Nachmittag in mein Haus.«

Jonathan sah Clara schweigend an, drehte sich dann wütend um und arbeitete weiter. Es war Nachmittag, und die Geschäfte waren geschlossen. Jonathan erhob sich und teilte Clara mit, er würde gegenüber einen Kaffee trinken. Als er schon an der Tür angelangt war, griff sie nach ihrem Mantel, der über einer Stuhllehne lag, und folgte ihm.

»Nun seien Sie doch nicht so ungeduldig«, sagte sie, »diese finstere Miene steht Ihnen gar nicht. Ich habe eine Idee, ich fahre nicht aufs Land, sondern bleibe heute Abend in London. Da es dann dunkel ist, können wir nicht übers Wetter reden, und die Vorhersage fürs Wochenende kenne ich schon: Samstag Regen, Sonntag Sonne – oder umgekehrt, das weiß man hier nie so genau!«

Sie betraten das kleine Café.

Am Nachmittag war Clara verabredet und ließ ihn allein in der Galerie arbeiten. Jonathan hatte das Gefühl, sich im Kreis zu drehen. Gegen siebzehn Uhr rief Peter an.

»Und?«, fragte er ungeduldig.

»Und nichts«, gab Jonathan trübsinnig zurück.

»Wie nichts?«

»So wie die sechs Buchstaben! Ich kann es auch nicht ändern.«

»Scheiße!«

»Mit anderen Worten, ich bin ganz deiner Meinung.«

»Dann ist es vorbei«, murmelte Peter.

»Vielleicht nicht wirklich. Man ist nie sicher vor guten Nachrichten.«

»Ist das Intuition oder ein Hoffnungsschimmer?«

»Vielleicht beides«, sagte Jonathan zögernd.

»Genau das habe ich befürchtet. Ich warte auf deinen Anruf.« Damit legte Peter auf.

Gegen Abend kam der unerschütterliche Frank, um die Galerie abzuschließen. Clara sei aufgehalten worden, sie würde Jonathan an der Adresse treffen, die ihr junger Mitarbeiter auf ein Stück Papier kritzelte.

Zurück im Hotel, fand Jonathan keine Antwort auf den Brief vor, den er an Anna gefaxt hatte. Nachdem er sich umgezogen hatte, wählte er noch einmal die Nummer in Boston. Und wieder hörte er nur seine eigene Stimme auf dem Anrufbeantworter. Er seufzte und legte auf, ohne eine Nachricht zu hinterlassen.

Clara hatte ihn in eine kleine Szenebar mit Kerzenbeleuchtung und gedämpfter Musik in Notting Hill bestellt. Sie war noch nicht da, als er eintraf, und so wartete er an der Theke auf sie. Als er schon zum zehnten Mal das Tellerchen mit den Mandeln vor sich hin und her geschoben hatte, sah er sie schließlich eintreten und erhob sich. Unter dem leichten Gabardinemantel trug sie ein enges schwarzes Kleid.

»Entschuldigen Sie bitte«, sagte sie, als sie ihn entdeckte. »Ich bin spät dran. Mein Wagen hat eine hübsche Kralle am rechten Hinterrad, und es gibt nur wenige Taxis.«

Jonathan bemerkte die bewundernden Blicke, die Clara folgten. Während sie die Cocktailkarte studierte, musterte er sie. Das Kerzenlicht umschmeichelte ihre hohen Wangenknochen und ihre fein geschwungenen Lippen. Jonathan wartete, bis sich der Kellner entfernt hatte, dann beugte er sich schüchtern zu ihr vor.

Sie begannen gleichzeitig zu sprechen, und ihre Stimmen vermischten sich.

»Sie zuerst«, sagte Clara schließlich und lachte.

»Das Kleid steht Ihnen hervorragend.«

»Ich habe sechs anprobiert, und beinahe hätte ich es mir im Taxi noch mal anders überlegt.«

»Bei mir war es die Krawatte ... Vier Versuche!«

»Aber Sie tragen doch einen Rollkragenpullover!«

»Ich konnte mich einfach nicht entscheiden.«

»Ich freue mich, mit Ihnen zu Abend zu essen«, sagte Clara, die jetzt ihrerseits mit den Mandeln spielte.

»Ich auch«, erwiderte Jonathan.

Clara ließ sich vom Barkeeper beraten. Der empfahl ihr einen Sancerre, doch sie schien nicht überzeugt. Jonathans Züge erhellten sich, und er erklärte dem Barkeeper belustigt: »Meine Frau trinkt lieber Rotwein.«

Clara sah ihn mit großen Augen an, fasste sich aber schnell wieder, reichte Jonathan die Karte und verkündete, sie würde ihren Mann wählen lassen. Er wisse immer, was ihr am besten schmeckte.

Jonathan bestellte zwei Gläser Pomerol, und der Kellner entfernte sich.

»Wenn Sie entspannt sind, sehen Sie aus wie ein Junge. Humor steht Ihnen gut.«

»Wenn Sie mich als Jungen gekannt hätten, würden Sie das nicht sagen.«

»Wie waren Sie denn?«

»Um in Anwesenheit einer Frau witzig sein zu können, brauchte ich sechs Monate.«

»Und heute?«

»Heute geht es schneller. Mit dem Alter bin ich selbstsicherer geworden, jetzt reichen drei Monate! Ich glaube, mit dem Wetter ging es mir besser«, murmelte Jonathan.

»Nun, ich fühle mich sehr wohl in Ihrer Gegenwart – falls Ihnen das eine Hilfe ist«, sagte Clara, deren Wangen sich gerötet hatten.

Nachdem sie den Wein getrunken hatten, wollte Clara frische Luft schnappen, und so verließen sie die Bar. Jonathan winkte ein Taxi heran, und sie fuhren zur Themse. Schweigend schlenderten sie den Uferweg entlang. Der Mond spiegelte sich auf der glatten Wasseroberfläche. Ein sanfter Windhauch strich durch die Zweige der Platanen.

Jonathan fragte Clara nach ihrer Kindheit. Aus Gründen, die ihr niemand hatte erklären können, war sie im Alter von vier Jahren von ihrer Großmutter aufgenommen worden und mit acht in ein englisches Internat gekommen. Es hatte ihr nie an etwas gefehlt, und jedes Jahr zu ihrem Geburtstag bekam sie Besuch von ihrer begüterten Großmutter. Clara erinnerte sich noch immer an das einzige Mal, als sie im Wagen von ihr abgeholt worden war. Sie war sechzehn Jahre alt gewesen.

»Es ist merkwürdig«, fügte sie hinzu, »es heißt immer, dass man sich an die ersten drei Lebensjahre nicht erinnern könne, und doch ist mir bis heute das Bild meines Vaters am Ende der Straße, in der wir wohnten, gegenwärtig. Ich glaube zumindest, dass er es war. Er winkte ungeschickt, als wollte er sich von mir verabschieden, dann stieg er in ein Auto und fuhr davon.«

»Vielleicht haben Sie das geträumt«, sagte Jonathan.

»Das ist möglich, ich habe ohnehin nie erfahren, wohin er ging.«

»Und Sie haben ihn auch nie wiedergesehen?«

»Nie, dabei hoffte ich jedes Jahr darauf. Weihnachten war eine merkwürdige Zeit. Die meisten Mädchen des Internats verbrachten die Feiertage bei ihren Familien, und ich betete bis zu meinem dreizehnten Lebensjahr zu Gott, dass meine Eltern mich abholen würden.«

»Und dann?«

»Dann betete ich für das Gegenteil: dass sie vor allem nicht kommen und mich aus diesem Umfeld reißen würden, das schließlich mein Zuhause geworden war. Ich weiß, das ist schwer zu verstehen. Als kleines Kind habe ich darunter gelitten, nie lange an einem Ort zu bleiben. Als ich noch mit meinen Eltern lebte, schliefen wir nie länger als drei Monate unter demselben Dach.«

»Und warum sind Sie so viel gereist?«

»Ich weiß es nicht, meine Großmutter hat es mir nie sagen

wollen. Es gab auch niemand anders, von dem ich etwas hätte erfahren können.«

»Und was haben Sie an Ihrem sechzehnten Geburtstag unternommen?«

»Meine Beschützerin, so nannte ich meine Großmutter, holte mich in einem wundervollen Wagen vom Internat ab. Es ist albern, aber wenn Sie wüssten, wie stolz ich war. Nicht weil der Wagen ein unglaublicher Bentley war, sondern weil sie am Steuer saß. Wir fuhren durch London, und trotz meiner Proteste wollte sie nicht anhalten. Also verschlang ich mit Blicken die Fassaden der alten Kirchen und der Pubs, die Straßen voller Fußgänger – kurz, alles was an unserem Fenster vorbeizog, vor allem die Ufer der Themse.«

Und seither hatte Clara immer und überall eine Verabredung mit einem Fluss gehabt. Auf jeder ihrer Reisen versuchte sie, sich von ihren Verpflichtungen freizumachen, um am Wasser spazieren zu gehen und den Kopf zu den Brückenbogen zu heben, die die beiden Ufer eines Flusses miteinander verbanden. Kein Kai barg für sie ein Geheimnis. Auf ihren Spaziergängen an der Moldau in Prag, der Donau in Budapest, am Arno in Florenz, an der Seine in Paris oder am Jangtse in Schanghai – dem mysteriösesten aller Flüsse – lernte sie die Geschichte der Städte und ihre Bewohner kennen. Jonathan erzählte ihr von den Ufern des Charles River, vom alten Hafenviertel in Boston, durch das er so gerne flanierte. Und er versprach, ihr die gepflasterten Gässchen des Marktes zu zeigen.

»Wohin sind Sie an jenem Tag gefahren?«, erkundigte sich Jonathan.

»Aufs Land. Ich war wütend, ich kam schließlich vom Land! Wir haben in einem Hotelzimmer übernachtet, von dem ich noch heute jedes Detail beschreiben könnte. Ich erinnere mich an den Stoff, mit dem die Wände bespannt waren, an die quietschende Kommode, an den Bienenwachsgeruch des Nachtkästchens, neben dem ich schließlich eingeschlummert war, nachdem ich vergeblich gegen den Schlaf angekämpft hatte. Ich wollte ihren Atem neben mir hören, ihre Gegenwart spüren. Am nächsten Morgen, ehe sie mich ins Internat zurückbrachte, zeigte sie mir ihren Landsitz.«

»Ein schöner Landsitz?«

»In dem Zustand, in dem er sich damals befand, konnte man das nicht eben behaupten.«

»Warum ist sie dann den weiten Weg gefahren, um ihn Ihnen zu zeigen?«

»Großmutter war eine eigenartige Frau. Sie hatte mich dorthin gebracht, um einen Handel mit mir abzuschließen. Wir saßen im Auto vor dem geschlossenen Gittertor, und sie sagte mir, mit sechzehn sei man alt genug, um sein Wort zu geben.«

»Und welches Versprechen sollten Sie halten?«

»Meine Geschichten langweilen Sie, nicht wahr?«

Sie setzten sich auf eine Bank, die von einer Laterne beleuchtet war. Jonathan bat sie weiterzuerzählen.

»Letztlich waren es drei. Ich musste ihr schwören, dass ich das Anwesen nach ihrem Tod sofort verkaufen und nie einen Fuß hineinsetzen würde.«

»Warum?«

»Um das zu verstehen, müssen Sie die beiden anderen Versprechen abwarten. Großmutter war sehr geschickt im Verhandeln. Sie wollte, dass ich eine wissenschaftliche Laufbahn einschlage, dass ich Chemikerin werde. Vermutlich sah sie in mir eine Art neue Marie Curie.«

»Allem Anschein nach haben Sie in diesem Punkt nicht Wort gehalten.«

»Das ist noch gar nichts, verglichen mit der letzten Auflage! Ich musste schwören, mich nie im Leben, sei's aus der Nähe oder der Ferne, der Welt der Malerei zu nähern.«

»Das ist in der Tat verwunderlich«, sagte Jonathan verblüfft, »aber was bekamen Sie im Gegenzug?«

»Sie hinterließ mir ihr gesamtes Vermögen, und glauben Sie mir, es war beträchtlich.«

»Und Sie haben den Landsitz an diesem Tag nicht betreten?«

»Wir sind nicht einmal aus dem Wagen gestiegen.«

»Haben Sie das Anwesen verkauft?«

»Als meine Großmutter starb, war ich zweiundzwanzig Jahre alt und im Begriff, im dritten Studienjahr Chemie zu verkümmern. Ich habe die Universität noch am selben Tag verlassen. Es gab keine Beerdigungszeremonie, denn neben den vielen anderen testamentarischen Schrullen hatte sie dem Notar auch verboten, mir zu sagen, wo sie begraben liegt.«

Und Clara, die sich geschworen hatte, nie wieder in ihrem Leben ein Reagenzglas anzurühren, war nach London gezogen, um an der National Gallery Kunstgeschichte zu studieren. Dann hatte sie ein Jahr in Florenz verbracht und ihre Ausbildung an der École des Beaux-Arts in Paris abgeschlossen.

»Dort war ich auch«, rief Jonathan begeistert, »vielleicht waren wir sogar zur gleichen Zeit da?«

»Kein Glück«, entgegnete Clara schmollend. »Es tut mir leid, doch Sie scheinen vergessen zu haben, dass Sie ein paar Jährchen älter sind als ich.«

Jonathan blickte verlegen drein.

»Ich meinte natürlich, dass ich dort Vorlesungen gehalten habe.«

»Sie machen die Sache nur noch schlimmer«, rief sie und lachte auf.

Die Zeit war vergangen, ohne dass es einer von beiden bemerkt hätte. Jonathan und Clara sahen sich verschwörerisch an.

»Hatten Sie schon einmal ein Déjà-vu-Gefühl?«, fragte sie.

»Ja, das passiert mir öfter, im Moment aber ist das ganz normal, denn wir sind erst vor Kurzem hier entlanggegangen.«

»Das meinte ich nicht«, fuhr sie fort.

»Um ganz ehrlich zu sein, wenn ich nicht gefürchtet hätte, in Ihren Augen wie ein Trottel dazustehen, hätte ich Sie gefragt, ob wir uns nicht schon einmal in diesem Bistro gesehen hätten, wo wir uns zum ersten Mal begegnet sind.«

»Ich weiß nicht, ob unsere Wege sich schon einmal gekreuzt haben«, sagte sie und sah ihn fest an, »aber manchmal kommt es mir so vor, als würde ich Sie bereits kennen.«

Sie stand auf, und sie entfernten sich Seite an Seite vom

Flussufer und setzten ihren Weg fort. Das Pendel einer ungreifbaren Uhr schlug seinen Rhythmus in der stillen Nacht, so als wollte das Jetzt die beiden hier auf der verlassenen Kopfsteinpflasterstraße in der keimenden Magie des Augenblicks festhalten, geschützt durch einen nur von ihnen selbst wahrnehmbaren Schleier. Wenn sich ihre Körper streiften, erfanden sie ein neues Universum, das ihnen folgte und sich unmerklich veränderte. Ein schwarzes Taxi näherte sich ihnen. Ein trauriges Lächeln um die Lippen, sah Jonathan Clara an. Er hob die Hand, und der Wagen hielt am Bordstein. Ehe Clara einstieg, wandte sie sich zu ihm um und sagte sanft, sie habe einen sehr schönen Abend verbracht.

»Ich auch«, erwiderte Jonathan, den Blick auf seine Schuhspitzen gesenkt.

»Wann fahren Sie zurück nach Boston?«

»Peter fährt morgen … Und ich weiß es noch nicht.«

Sie trat einen kleinen Schritt auf ihn zu. »Also, dann bis bald.«

Sie küsste ihn auf die Wange. Es war das erste Mal, dass sich ihre Haut berührte, und auch das erste Mal, dass sich dieses unglaubliche Phänomen ereignete.

Jonathan spürte zuerst, wie sich alles um ihn zu drehen begann, wie der Boden unter seinen Füßen nachgab. Er schloss die Augen, und unter seinen Lidern funkelten tausend Sterne. Der eigenartige Schwindel zog ihn an einen anderen Ort. Die Ventile seines Herzens öffneten sich und ließen den Blutstrom passieren, der heftig in seine Venen schoss. Seine Schläfen hämmerten. Langsam begann sich die Straße um ihn herum zu verändern. Die Wolken am Himmel jagten nach Westen und ließen immer wieder einen hellen Vollmond durchscheinen. Die Bürgersteige überzogen sich mit Nebelschleiern, in den Glaskugeln der Laternen trat die Flamme einer Kerze an die Stelle des elektrischen Lichts. Mit einem dumpfen Grollen – gleich dem der Brandung, die sich eilig vom Strand zurückzieht – wich der Asphalt auf den Straßen einem hölzernen Pflaster. Die Fassaden der Häuser verloren, eine nach der anderen, ihren Putz, unter dem hier Ziegelsteine, dort ein Kalkanstrich zum Vorschein kamen. Zu Jonathans Rechten tauchte das Gitter einer Sackgasse auf, das in seinen bereits rostigen Angeln quietschte.

Hinter sich vernahm er die Hufe eines Pferdes, das im Trab näher kam. Gern hätte er sich umgesehen, doch seine Muskeln reagierten nicht. Eine Stimme, die er nicht erkannte, flüsterte ihm ins Ohr: »Schnell, schnell, machen Sie schnell, ich flehe Sie an.« Jonathan hatte den Eindruck, sein Trommelfell müsse platzen. Das Pferd war jetzt ganz nah, er konnte es nicht sehen, spürte aber seinen dampfenden Atem im Nacken. Der Schwindel nahm zu, Lunge und Herz schnürten sich zusammen.

Mit einer letzen Anstrengung rang er nach Luft.

In der Ferne hörte er Claras Stimme, die ihn rief; alles erstarrte.

Dann verhüllten die Wolken langsam wieder den Mond, der Asphalt bedeckte das Holzpflaster, die Mauern überzogen sich wieder mit Putz. Jonathan öffnete die Augen. Die Straßenlaterne, deren schlecht festgeschraubte Birne blinkte, war erneut an ihren Platz, und das Motorengeräusch des wartenden Taxis trat an die Stelle des schnaubenden Pferdes, das verschwunden war.

»Ist alles in Ordnung, Jonathan?«, fragte Clara zum dritten Mal.

»Ich glaube, ja«, sagte er, während er wieder zu sich kam, »ich hatte einen Schwindelanfall.«

»Sie haben mir vielleicht einen Schrecken eingejagt, Sie sind ganz blass geworden.«

»Das müssen die Spätfolgen des Jetlags sein, machen Sie sich keine Sorgen.«

»Steigen Sie ins Taxi ein, ich setze Sie unterwegs ab.«

Jonathan lehnte dankend ab. Sein Hotel war ganz in der Nähe, das Laufen würde ihm guttun, und die Nacht war milde.

»Jetzt haben Sie wieder etwas Farbe bekommen«, sagte Clara beruhigt.

»Ja, alles ist in Ordnung, ganz bestimmt, es war nur ein belangloser Schwindelanfall. Fahren Sie nach Hause, es ist spät.«

Clara zögerte kurz, dann stieg sie ins Taxi und zog die Tür zu. Jonathan blickte dem davonfahrenden Wagen nach. Durch die Heckscheibe winkte sie ihm noch einmal zu. Als das Taxi um die Ecke gebogen war, machte sich Jonathan auf den Weg.

Er war wieder völlig bei Sinnen, doch eine Sache machte ihn stutzig. Das Dekor, das er in seinem Taumel gesehen hatte, war ihm nicht völlig unbekannt. Da war etwas, tief in seiner Erinnerung, das ihm diese Gewissheit gab. Ein feiner Sprühregen setzte ein, er blieb stehen und hob ihm das Gesicht entgegen. Diesmal sah er hinter den geschlossenen Lidern, wie Clara die Bar betrat, den köstlichen Augenblick, da sie ihren Mantel ablegte, dann ihr Lächeln, als sie ihn an der Theke entdeckte. In ebendiesem Moment hätte er gerne die Zeiger der Uhr zurückgedreht. Er öffnete die Augen und vergrub die Hände tief in den Taschen. Als er seinen Weg fortsetzte, hatte er das Gefühl, Blei in den Schultern zu haben.

In der Halle des *Dorchester* begrüßte er den Portier mit einer Handbewegung und steuerte auf den Aufzug zu. Dann überlegte er es sich anders und nahm die Treppe. Als er sein Zimmer betrat, fand er auf der Schwelle einen Brief, vermutlich die Bestätigung für das Fax, das er am Morgen an Anna geschickt hatte. Er hob ihn auf und legte ihn auf den Schreibtisch. Dann zog er seine nasse Jacke aus, hängte sie über den stummen Diener und ging ins Bad. Der Spiegel warf seine bleichen Züge zurück. Er nahm ein Handtuch und trocknete sich die Haare. Als er auf seinem Bett saß, griff er zum Hörer und rief seine Nummer in Boston an. Wieder einmal der Anrufbeantworter. Jonathan bat Anna, ihn umgehend anzurufen, er sei beunruhigt, weil er nichts von ihr gehört habe. Kurz darauf klingelte das Telefon, und Jonathan nahm eilig ab.

»Wo warst du denn die ganze Zeit, Anna?«, sprudelte er los. »Ich habe dich mindestens zehn Mal angerufen. Ich fing schon an, mir Sorgen zu machen.«

Einige Sekunden lang herrschte Stille, dann ertönte Claras Stimme.

»Ich habe mir auch Sorgen gemacht, ich wollte nur sichergehen, dass Sie gut ins Hotel gekommen sind.«

»Das ist sehr nett. Der Regen hat mir Gesellschaft geleistet.«

»Das habe ich gesehen, und ich habe daran gedacht, dass Sie weder Schirm noch Mantel dabeihatten.«

»Daran haben Sie gedacht?«

»Ja.«

»Ich kann Ihnen nicht sagen, warum, aber das freut mich, es freut mich wirklich.«

Sie zögerte kurz. »Jonathan, nach diesem Abend möchte ich Ihnen etwas Wichtiges sagen.«

Er richtete sich ein wenig auf, presste den Hörer fester ans Ohr und hielt den Atem an. »Ich auch«, sagte er.

»Ich weiß, dass Sie sich zurückgehalten haben, darüber zu sprechen. Sagen Sie nichts, das ehrt Sie nur, und ich verstehe Ihre Diskretion, ja, ich bewundere sie. Ich muss zugeben, dass ich Ihnen die Sache nicht erleichtert habe, ich meine, seit unserem ersten Treffen in der Galerie haben wir beide die Frage umgangen. Nachdem ich Ihnen heute Abend zugehört habe, bin ich mir ganz sicher, und ich glaube, Wladimir Radskin würde mein Verhalten billigen. Ich glaube sogar, er hätte Ihnen sein Vertrauen geschenkt, ich zumindest habe beschlossen, es zu tun. Man hat Ihnen sicher einen Umschlag hinterlegt, ich habe ihn selbst an der Rezeption abgegeben. Darin finden Sie eine Wegbeschreibung. Mieten Sie morgen einen Wagen und kommen Sie zu mir. Ich muss Ihnen etwas Wichtiges zeigen, etwas, das Ihnen sicher Freude machen wird. Ich erwarte Sie mittags, seien Sie pünktlich. Gute Nacht, Jonathan, bis morgen.«

Ohne ihm Zeit für eine Antwort zu lassen, legte sie auf. Jonathan ging zu dem kleinen Schreibtisch, nahm den Umschlag und entfaltete den Plan. Er bestellte bei der Hotelrezeption einen Wagen für den nächsten Tag und nutzte die Gelegenheit, sich zu erkundigen, ob ein Fax für ihn gekommen sei. Der Portier antwortete, am Nachmittag hätte eine gewisse Anna Valton versucht, ihn zu erreichen; die einzige Nachricht, die sie hinterlassen habe, sei gewesen, ihn von ihrem Anruf zu unterrichten. Jonathan zuckte mit den Schultern und legte auf.

Als er im Bett lag, schlief er sofort ein, wurde nachts aber von einem seltsamen Traum heimgesucht. Er ritt im Schritt über das nasse Pflaster eines alten Londoner Viertels. Plötzlich sah er, wie sich vor einem Haus eine aufgeregte Menge drängte. Alle waren im Stil einer früheren Epoche gekleidet. Um den vielen Menschen ringsumher zu entkommen, sprengte er im Galopp davon.

Die kleine Gasse mündete in eine Landschaft aus Feldern und Wiesen. Wieder im Schritt, bog er in eine von hohen Bäumen gesäumte Allee. Eine Frau hatte ihn eingeholt und ritt jetzt zu seiner Rechten. Ein feiner Sprühregen hatte eingesetzt. »Schnell, schnell, beeilen Sie sich«, flehte die Frau und gab ihrem Pferd die Sporen.

Der telefonische Weckdienst, den er am Vorabend bestellt hatte, riss ihn aus seinem Traum. Am Steuer eines Mietwagens verließ er den Parkplatz des Hotels und fuhr auf den

Motorway Richtung Osten. Gemäß Claras Wegbeschreibung nahm er die Ausfahrt nach genau hundert Kilometern. Eine halbe Stunde später passierte er eine kleine Landstraße und musste sich immer wieder daran erinnern, dass in England Linksverkehr herrschte. Zu beiden Seiten große, von Holzzäunen umgebene Weiden. Er gelangte an die auf dem Plan eingezeichnete Kreuzung und kurz darauf an das kleine Gasthaus. Zwei Kurven weiter bog er in einen Feldweg ein, der in einen dichten Wald führte. Der Wagen holperte über Schlaglöcher, ohne dass er sein Tempo gedrosselt hätte. Belustigt sah er, wie hinter ihm Garben von Schlamm aufspritzten. Dann wurde es heller, der Feldweg mündete in eine von Bäumen gesäumte Auffahrt, die vor einem schmiedeeisernen Tor endete. Auf der anderen Seite des imposanten Portals schlang sich ein Kiesweg zu einem etwa hundert Meter entfernten wunderschönen englischen Herrenhaus. Drei Steinstufen führten auf die Terrasse vor dem Haupteingang, der von zwei großen Glastüren flankiert war.

Clara trug einen leichten Regenmantel, in der Hand hielt sie eine Rosenschere. Sie ging zu einer der Kletterrosen, die an der Fassade emporrankten, schnitt ein paar weiße Blüten ab, sog den Duft ein und begann, einen Strauß zusammenzustellen. Sie war unglaublich schön. Die Sonne, die Verstecken zu spielen schien, brach durch die dünne Wolkendecke. Sofort streifte Clara den Regenmantel ab und ließ ihn zu Boden gleiten. Das schulterfreie weiße T-Shirt lag eng an und betonte ihre Figur.

Jonathan stieg aus. Als er auf das Tor zutrat, verschwand Clara im Haus. Er wollte das Gatter mit der linken Hand aufstoßen, dabei fiel sein Blick auf die Uhr, die ihm Anna zur Verlobung geschenkt hatte. Ein goldener Lichtstrahl drang durch die Glastür auf das helle Parkett des Salons. Jonathan zögerte einen Augenblick und traf dann eine Entscheidung, von der er schon jetzt wusste, dass er sie bereuen würde. Er machte kehrt, stieg in den Wagen und legte den Rückwärtsgang ein. Auf dem Weg nach London trommelte er wütend auf das Lenkrad. Er blickte auf die Uhr im Armaturenbrett, nahm sein Handy und rief Peter an. Er erklärte ihm, dass er ihn direkt am Flughafen treffen würde, und bat ihn, das Gepäck aus seinem Zimmer mitzunehmen. Dann wählte er die Nummer von British Airways und bestätigte seine Reservierung.

Den ganzen Weg über war er übel gelaunt – nicht wegen des zerstörten Traums, endlich das Bild zu sehen, auf das er so viele Jahre gewartet hatte, sondern weil ihm eines immer klarer wurde. Je weiter er sich von dem Landsitz entfernte, desto beherrschender wurde Claras Präsenz, vor der er ja fliehen wollte. In Heathrow angekommen, gestand er sich die einzige Wahrheit ein: Clara fehlte ihm.

Kapitel 5

Peter lief ungeduldig die Abflughalle auf und ab. Wenn der Flug nach Boston keine Verspätung hätte, wären Jonathan und er am späten Nachmittag zu Hause.

»Was hast du nicht verstanden?«, fragte Jonathan.

»Seit zwanzig Jahren schleifst du mich zu deinen Kongressen, stöbern wir in Bibliotheken, durchforsten wir Tonnen von Archivmaterial auf der Suche nach dem geringsten Hinweis, der das Geheimnis um deinen Maler lüften könnte, seit zwanzig Jahren sprechen wir fast täglich über ihn, und jetzt hast du leichtsinnig darauf verzichtet herauszufinden, ob das Bild tatsächlich existiert?«

»Wahrscheinlich gibt es kein fünftes Gemälde, Peter.«

»Wie willst du das wissen, wenn du den Landsitz nicht einmal betreten hast? Ich brauche es, Jonathan, ich brauche es unbedingt, damit mich meine Partner nicht feuern. Ich habe den Eindruck, mich in einem Aquarium zu befinden, dessen Wände sich zusammenziehen.«

In London war Peter enorme Risiken eingegangen. Er hatte den Vorstand überredet, den Katalog des angesehenen Hauses später als gewöhnlich drucken zu lassen, was in der Kunstwelt ein eindeutiges Signal war – man hätte ebenso gut gleich verkünden können, dass ein großer Coup bevorstehe. Diese Kataloge und ihr Inhalt machten das Renommee der berühmten Institution aus, bei der er angestellt war.

»Sag mal, du hast dich doch nicht etwa festgelegt?«

»Nach deinem Anruf heute Morgen, bei dem du mir von deinem Gespräch und deinem überstürzten Aufbruch aufs Land erzählt hast, habe ich den Direktor unseres Londoner Büros kontaktiert.«

»Das ist doch wohl nicht dein Ernst«, sagte Jonathan sichtlich beunruhigt.

»Heute ist Samstag, also habe ich ihn zu Hause angerufen!« Peter schlug die Hände vors Gesicht.

»Was hast du ihm gesagt?«

»Dass ich persönlich dafür bürge und dass dieser Verkauf, wenn er mir vertraut, einer der größten des Jahrzehnts werden würde.«

Da hatte Peter nicht ganz unrecht gehabt. Wenn Jonathan und er das letzte Gemälde von Wladimir Radskin aufgespürt hätten, wären die Käufer der berühmtesten Museen gekommen und hätten trotz des Interesses der großen Sammler bei seiner Auktion mitgeboten. Jonathan hätte seinem alten Maler das Ansehen verschaffen können, das er sich immer für ihn erträumt hatte, und Peter wäre wieder einer der angesehensten Auktionatoren geworden.

»Es fehlt ein wichtiges Detail bei deinem idyllischen Plan. Hast du dir eine Alternative überlegt?«

»Ja, du wirst mir per Postmandat Geld auf die einsame Insel überweisen, auf die du mich, auf mein Versprechen hin, mich nicht umzubringen, wenn ich erst einmal zum

Gespött der gesamten Branche geworden bin, in die Verbannung schicken wirst.«

Die amerikanische Küste war schon in Sicht, und die beiden Freunde hatten den ganzen Flug über diskutiert – sehr zum Verdruss der benachbarten Passagiere, die während der Reise kein Auge hatten zutun können. Als die Stewardess ihnen das Essenstablett brachte, hatte Peter unschuldig die Jalousie vor seinem Fenster geöffnet und nach draußen geschaut, um Jonathans Blick auszuweichen. Dann drehte er sich blitzartig um, schnappte sich das Schokoladentörtchen von Jonathans Tablett und stopfte es sich in den Mund.

»Du musst zugeben, dass das Essen hier wirklich ekelhaft ist.«

»Wir befinden uns dreißigtausend Fuß über dem Meer, wir können innerhalb von acht Stunden von einem Kontinent zum anderen gelangen, ohne seekrank zu werden, da wirst du dich doch wohl nicht beschweren, weil das Putenfleisch nicht nach deinem Geschmack ist!«

»Wenn es in diesen Sandwiches wenigstens Putenfleisch gäbe!«

»Bilde es dir doch einfach ein.«

Peter sah Jonathan so lange an, bis dieser es bemerkte.

»Was ist los?«, fragte Jonathan.

»Als ich deine Sachen aus deinem Zimmer geholt habe, bin ich auf das Fax gestoßen, das du Anna geschickt hast. Ich hätte es nicht lesen sollen, aber da ich es nun einmal in Händen hatte ...«

»Und?«, unterbrach ihn Jonathan schroff.

»Und – du hast *Clara* geschrieben statt Anna! Ich wollte dich vorwarnen, ehe deine Verlobte es dir sagt.«

Die beiden Freunde wechselten einen verschwörerischen Blick, und Peter brach in schallendes Gelächter aus.

»Also wirklich, ich muss mich schon fragen«, rief er und rang nach Luft.

»Was fragst du dich?«

»Was du in diesem Flugzeug zu suchen hast!«

»Ich fahre nach Hause.«

»Ich werde meine Frage anders formulieren, und du wirst sehen, dass selbst du es verstehst! Ich frage mich, wovor du Angst hast.«

Jonathan überlegte einen Moment, dann gab er zurück: »Vor mir. Ich habe Angst vor mir selbst.«

Peter schüttelte den Kopf und sah aus dem Fenster auf die Halbinsel Manhattan, die man in der Ferne erahnen konnte.

»Auch ich habe oft Angst vor dir, mein Lieber, und trotzdem bist du mein bester Freund! Pflege etwas öfter Umgang mit dir selbst, dann wirst du dich an all deine Marotten gewöhnen und schließlich von einem alten russischen Maler begeistert sein, von dem du dir den ganzen Tag erzählst. Du wirst dich sehen, wie du mit langem Gesicht deine Hochzeit vorbereitest. Glaub mir, wenn es dir gelingt, dein eigener Freund zu werden, dann wirst du sehen, dass dein Leben voller Höhepunkte ist.«

Jonathan antwortete nicht, sondern griff nach dem Bordmagazin in der Sitztasche. Der Zufall war schon manchmal provokant. Als er beim Hinflug diese Zeitschrift durchgeblättert hatte, war er auf ein kurzes Interview mit einer Galeristin gestoßen, die in London sehr populär war. Der Artikel war mit einem Foto versehen, das Clara vor ihrem Herrenhaus zeigte. Jonathan beugte sich vor und schob das Magazin zurück in die Tasche.

Peter beobachtete ihn aus den Augenwinkeln. »Übrigens, wenn ich ins Exil auf meine einsame Insel gehe«, sagte er, »dann nur allein.«

»Ah, und warum?«

»Weil, wenn du mir folgen müsstest, sie nicht mehr einsam wäre.«

»Und warum sollte ich dir folgen müssen?«

»Weil du dich in deinem Bostoner Leben völlig verrannt und es zu spät bemerkt hast.«

»Worauf willst du hinaus, Peter«, fragte Jonathan gereizt.

»Auf nichts«, antwortete Peter spöttisch und griff nach seinem Bordmagazin.

Nachdem sie den Zoll passiert hatten, steuerten sie den bewachten Parkplatz an.

Auf der Brücke, die über die Zufahrtsstraße zum Terminal führte, beugte sich Peter über das Geländer. »Hast du den Andrang am Taxistand gesehen? Und bei wem bedankt man sich dafür, dass er die geniale Idee hatte, mit dem Wagen zu kommen?«

Jonathan sah die lange Schlange auf dem Bürgersteig, bemerkte aber die Frau mit dem silbergrauen Haar nicht, die in das erste Taxi stieg.

Die Zufahrtsstraßen zur Stadt waren verstopft, und Peter brauchte über eine Stunde, um seinen Freund zu Hause abzusetzen.

Jonathan stellte seinen Koffer ab und hängte seinen Regenmantel an den Garderobenhaken. Die Küche war dunkel. Auf der Treppe rief er nach Anna, bekam aber keine Antwort. Das Schlafzimmer lag im Dämmerlicht, das Bett war unberührt. Er meinte, ein Knarren über sich zu hören, und ging hinauf ins obere Stockwerk. Vorsichtig öffnete er die angelehnte Tür zum Atelier. Keine Spur von Anna. Jonathan trat auf die Staffelei zu, auf der Annas neuestes Bild stand, und betrachtete es. Es zeigte den Blick, den man im letzten Jahrhundert vom Atelier aus gehabt hätte. Er erkannte die wenigen Gebäude, die der Zeit widerstanden hatten und noch heute von ihren Fenstern aus zu sehen waren. In der Mitte des Bildes eine zweimastige Brigg, die im alten Hafen lag. Mehrere Passagiere machten sich an Deck zu schaffen. Eine Familie lief über die Brücke zum Kai. Wäre Jonathan noch näher getreten, so hätte er Annas präzise Pinselführung bewundern können. Sogar die Struktur des Holzes war deutlich zu erkennen. Ein stämmiger Mann hielt ein kleines Mädchen an der Hand; die Kapuze, die sein Gesicht verbarg, war von einem zarten Perlgrau. Seine Frau, die sich an dem Seilgeländer festhielt, trug ein großes Gepäckstück bei sich.

Jonathan dachte an seinen besten Freund, der jetzt allein zu Hause war. Auch wenn sich Peter gelassen gab, kannte Jonathan ihn doch gut genug, um zu wissen, wie beunruhigt er war, und er fühlte sich schuldig. Er ging zu Annas

Schreibtisch und griff zum Telefon. Peters Nummer war besetzt. Jonathans Blick schweifte durch den Raum, der ins Licht der Abenddämmerung getaucht war. Die Farbe der Dielen hatte denselben Goldton wie das helle Parkett eines alten englischen Landsitzes. Sein Herz begann, im Gleichklang mit einem Verlangen zu schlagen, das ihn mit Glück erfüllte. Er legte auf, verließ das Atelier und eilte die Treppe hinab. Im Flur griff er nach dem Koffer, der auf einem kleinen Stuhl stand, und schloss die Tür hinter sich ab. Er winkte ein Taxi heran und stieg ein.

»Zum Logan Airport, bitte so schnell wie möglich!«

Der Fahrer warf einen prüfenden Blick in den Rückspiegel und gab Gas.

Als das Taxi am Ende der Straße um die Ecke gebogen war, ließ Anna die Lamellen der Jalousie sinken. Ein Lächeln huschte über ihre Züge. Sie ging die Treppe hinunter, schaltete den Anrufbeantworter ein und nahm die Schlüssel aus einem Schälchen. Im Eingang fiel ihr Blick auf den Regenmantel, den Jonathan an der Garderobe vergessen hatte. Sie zuckte mit den Schultern, verließ das Haus und lief ein Stück die Straße entlang. Sie stieg in ihren Wagen und fuhr zunächst in nördliche Richtung, auf der Harvard Bridge über den Charles River, dann in Richtung Cambridge. Der Verkehr war dicht. Sie nahm die Mass Avenue, fuhr um den Campus herum und bog dann in die Garden Street ein.

In der Nähe der Nummer 27 stellte sie den Wagen ab, stieg die drei Stufen hinauf und drückte auf die Klingel. Der elektrische Türöffner surrte, die Haustür sprang auf. Sie nahm den Aufzug ins oberste Stockwerk. Die Wohnungstür am Ende des Gangs war angelehnt.

»Es ist offen«, ertönte eine Frauenstimme aus dem Inneren.

Die Wohnung war sehr elegant. Die Stilmöbel im Wohnzimmer waren mit Kunstgegenständen aus Silber dekoriert. Die Gardinen vor der großen Fensterfront bewegten sich leicht im Wind.

»Ich bin im Badezimmer, ich komme gleich«, fuhr die Frau fort.

Anna nahm in einem braunen Samtsessel Platz. Von dort aus hatte sie einen fantastischen Ausblick auf den Danehy Park.

Die Frau, der sie ihren Besuch abstattete, trat ins Zimmer und legte das Tuch, mit dem sie sich die Hände abgetrocknet hatte, über eine Stuhllehne.

»Diese Reisen erschöpfen mich«, sagte sie und umarmte Anna.

Sie nahm einen prächtigen Diamantring mit altem Schliff aus einem fein ziselierten Silberschälchen und steckte ihn sich an den Finger.

Jonathan hatte sich während des Fluges erholt. Er hatte die Augen geschlossen, noch während das Flugzeug abhob, und erst wieder geöffnet, als das Fahrgestell unter der Maschine der British Airways ausgefahren wurde. In einem Mietwagen fuhr er vom Flughafen Heathrow auf die Autobahn. Als er das kleine Gasthaus vor sich sah, gab er kräftig Gas. Wenig später tauchte das imposante Gitterportal vor ihm auf, die Tore waren weit geöffnet. Er fuhr auf das Anwesen und hielt vor der Terrasse.

Die Fassade lag im Sonnenlicht. Die wilden Kletterrosen zogen sich in einer Komposition von Pastelltönen über die Mauern. In der Mitte eines runden Rasenstücks wiegte sich eine Pappel sanft im Wind, ihre Zweige streiften leicht das Dach. Clara trat auf die Terrasse und kam die Stufen herab.

»Sie wären also pünktlich – wenn wir, statt gestern, heute verabredet gewesen wären.«

»Es tut mir wirklich leid, das ist eine lange Geschichte«, antwortete er verlegen.

Sie drehte sich um und ging zurück ins Haus. Jonathan stand eine Weile verdattert da, dann folgte er ihr. In diesem Herrenhaus schien alles dem Zufall überlassen zu sein, und doch hatte jedes Möbelstück seinen festen Platz. Es gibt Orte, an denen man sich, ohne zu wissen warum, auf der Stelle wohlfühlt. Dieses Haus, in dem Clara einen großen Teil ihres Lebens verbrachte, gehörte dazu. Es hatte eine gute Atmosphäre, so als hätte sie es im Laufe der Jahre mit positiven Schwingungen erfüllt.

»Kommen Sie mit«, sagte sie.

Sie betraten eine große, mit Terrakotta gefliese Küche. Die Zeit schien hier stehen geblieben zu sein. Im Kamin glomm noch ein schwaches Feuer. Clara nahm ein Holzscheit aus einem Weidenkorb und warf es hinein. Sofort schlugen erneut kleine Flammen hoch.

»Die Wände sind so dick, dass man hier im Sommer wie im Winter heizen muss. Wenn Sie morgens hier hereinkämen, wären Sie überrascht, wie kalt es ist.« Sie stellte Becher auf den großen Tisch. »Möchten Sie einen Tee?«

Jonathan lehnte an der Wand und sah Clara zu. Selbst ihre einfachsten Gesten wirkten bezaubernd.

»Sie haben also keinen der Wünsche Ihrer Großmutter respektiert?«

»Ganz im Gegenteil.«

»Ist das denn nicht ihr Landsitz?«

»Sie war eine gute Psychologin. Die beste Garantie dafür, dass ich das tun würde, was sie wirklich wollte, war, mich das Gegenteil versprechen zu lassen.«

Der Wasserkessel begann zu pfeifen. Clara brühte den Tee auf, und Jonathan nahm an dem großen Holztisch Platz.

»Bevor sie mich wieder ins Internat brachte, fragte sie mich, ob ich daran gedacht hätte, bei meinen Versprechen die Finger zu kreuzen.«

»Ich nehme an, das ist eine Art, die Dinge zu sehen.«

Clara nahm ihm gegenüber Platz. »Kennen Sie die Geschichte von Wladimir Radskin und seinem Galeristen Sir Edward?«, fragte sie. »Im Laufe der Jahre sind sie unzertrennlich geworden, sie waren wie zwei Brüder. Es heißt, Wladimir Radskin sei in seinen Armen gestorben.«

In ihrer Stimme lag so etwas wie Vorfreude. Jonathan lehnte sich bequem zurück und wartete, dass sie mit ihrer Geschichte beginnen würde.

»Nachdem Radskin 1860 aus Russland geflohen war, kam er nach England. London diente vielen Emigranten als vorübergehendes Exil; man traf hier Türken, Griechen, Schweden, Spanier, ja, selbst Chinesen an. London war damals so kosmopolitisch, dass der verbreitetste Alkohol hier ›das Getränk aller Nationen‹ genannt wurde, doch Wladimir Radskin trank nicht, er war bettelarm. Er lebte in einer erbärmlichen Kammer im berüchtigten Lambeth-Viertel. Radskin war ein stolzer, tapferer Mann und wäre lieber verhungert, als zu betteln. Tagsüber skizzierte er mit einem gespitzten Stück Kohle auf alten Blättern die Passanten auf dem Markt von Covent Garden. Wenn er Glück hatte, verkaufte er eine Zeichnung oder zwei, verdiente sich damit ein paar Pence und kämpfte so gegen sein Elend an. An einem Herbstmorgen in Covent Garden begegnete er Sir Edward, und sein Schicksal nahm seinen Lauf. – Sir Edward war ein wohlhabender und angesehener Kunsthändler. Er hätte sich normalerweise nie auf diesen Markt begeben, doch eine seiner Mägde war von einer schweren Krankheit hinweggerafft worden, und seine Frau brauchte schnell Ersatz. Als Wladimir Radskin ihm das Porträt unter die Nase hielt, das er soeben von ihm gefertigt hatte, während er an einem Gemüsestand wartete, erkannte der Galerist auf der Stelle das Talent dieses in Lumpen gekleideten Mannes. Er kaufte die Skizze und studierte sie den ganzen Abend lang. Am nächsten Morgen kam er zusammen mit seiner Tochter in einer Kalesche zurück und bat den Mann, sie zu zeichnen. Wladimir Radskin lehnte ab. Er malte keine Frauengesichter. Aufgrund seiner mangelhaften Englischkenntnisse konnte er sich nicht richtig verständlich machen, und Sir Edward verlor die Geduld. So hätte das erste Treffen der beiden Männer, die später unzertrennlich werden sollten, beinahe mit einer Schlägerei geendet. Doch Wladimir Radskin präsentierte Sir Edward eine andere Zeichnung: Sie stellte den Galeristen dar, den er aus der Erinnerung gezeichnet hatte, nachdem Sir Edward ihn verlassen hatte.

»Ist das das Bild von Sir Edward, das in San Francisco ausgestellt ist?«

»Ja, diese Skizze war die Grundlage ...« Clara runzelte die Stirn. »Sie kennen all diese Geschichten, und ich mache mich lächerlich. Sie sind der größte Experte dieses Malers, und ich erzähle Ihnen Anekdoten, die man in jedem beliebigen Buch über ihn nachlesen kann.«

Jonathans Hand hatte sich Claras genähert. Er hätte sie gern ergriffen, doch er hielt sich zurück. Stattdessen sagte er: »Zunächst einmal gibt es nur sehr wenige Bücher über Radskin, und ich versichere Ihnen, dass ich diese Geschichte nicht kenne.«

»Machen Sie sich über mich lustig?«

»Nein, aber ich möchte wissen, woher Sie diese Informationen haben. Ich werde sie in meine nächste Monografie aufnehmen.«

Clara zögerte kurz, dann erzählte sie weiter: »Gut, ich glaube Ihnen«, sagte sie und schenkte Tee nach. »Da Sir Edward von Natur aus misstrauisch war, bat er Wladimir Radskin, aus dem Stegreif ein Porträt seines Kutschers anzufertigen.«

»Und diese Skizze war die Vorlage zu dem Bild, das wir am Mittwoch ausgepackt haben?«, fragte Jonathan begeistert.

»Genau. Wladimir Radskin und er sind Freunde geworden, eine gemeinsame Leidenschaft verband sie. Also, ich sage Ihnen, wenn Sie sich über mich lustig machen und all das längst wissen, ich verspreche Ihnen ...«

»Versprechen Sie nichts, erzählen Sie weiter.«

Wladimir Radskin war in seiner Jugend ein sehr guter Reiter gewesen. Viele Jahre später, als das Lieblingspferd des Kutschers mitten auf der Straße zusammenbrach, tröstete Wladimir Radskin den Mann mit einem Bild, das sein Pferd und ihn vor dem Reitstall darstellte. Der Kutscher war inzwischen gealtert, doch Radskin malte sein Gesicht nach der Skizze, die er an einem kalten Herbstmorgen auf dem Markt von Covent Garden aus dem Stegreif angefertigt hatte.

Jonathan meinte, dass diese Geschichte den Wert des Bildes, das verkauft werden sollte, erheblich erhöhen würde. Clara sagte nichts dazu. Dann gewann der Experte in Jonathan die Oberhand, und er versuchte wiederholt herauszufinden, aus welcher Quelle all diese Informationen stammten, was daran Wahrheit und was Legende war. Den ganzen Nachmittag über erzählte sie die Geschichte von Wladimir Radskin und Sir Edward.

Der Galerist suchte Wladimir Radskin jetzt fast täglich auf und gewann allmählich dessen Vertrauen. Nach einigen Wochen bot er ihm mietfrei ein geheiztes Zimmer in einem seiner Häuser in der Nähe des Marktes an. So müsste sich Radskin nicht mehr im ersten Morgenlicht und bei einbrechender Dunkelheit durch die schmutzigen und gefährlichen Straßen Londons wagen. Der Maler lehnte es ab, gratis dort zu wohnen, und bezahlte das Zimmer mit seinen Zeichnungen. Sobald er eingerichtet war, ließ Sir Edward ihm hochwertige Ölfarben und Pigmente bringen, die er aus Florenz bezog. Wladimir Radskin mischte die Farben selbst an, und als die ersten Leinwände geliefert waren, arbeitete er statt mit Kohle wieder mit Ölfarben. Das war der Anfang seiner englischen Periode, die acht Jahre bis zu seinem Tod andauerte. In seinem Zimmer unweit von Covent Garden führte der Maler die Aufträge des Galeristen aus. Sir Edward brachte ihm das Material persönlich. Jedes Mal blieb er etwas länger bei dem Künstler. So gelang es ihm, im Laufe der Zeit, den Stolz des Malers zu durchbrechen. Innerhalb eines Jahres malte der, den er als seinen russischen Freund bezeichnete, sechs große Gemälde. Clara zählte sie auf: Jonathan kannte sie alle und sagte ihr, wo auf der Welt sie sich befanden.

Doch seine Flucht und die harten Lebensbedingungen im Lambeth-Viertel hatten seine Gesundheit geschwächt. Oft wurde er von furchtbaren Hustenanfällen gequält, die Gelenke schmerzten ihn mehr und mehr. Eines Morgens fand Sir Edward ihn am Boden seiner bescheidenen Bleibe vor. Vom Rheuma steif, hatte er nicht allein aus seinem Bett aufstehen können und war gestürzt.

Wladimir Radskin wurde sofort in das Stadthaus des Galeristen gebracht, der jetzt täglich bei ihm wachte. Als ihn sein Leibarzt hinsichtlich der Genesung seines Schützlings beruhigen konnte, ließ er ihn auf seinen Landsitz bringen, wo er sich endgültig erholen sollte. Dort kam Wladimir Radskin wieder ganz und gar zu Kräften. Mit Sir Edwards Unterstützung unternahm er allein mehrere Reisen nach Florenz, um dort selbst die Pigmente zu besorgen, mit denen er seine intensiven Farben herstellte. Sir Edward behandelte ihn wie einen Bruder. In all den Jahren vertiefte sich ihre Freundschaft. Wenn Radskin nicht reiste, malte er. Sir Edward stellte dessen Bilder in seiner Londoner Galerie aus, und wenn eines keinen Käufer fand, hängte der Galerist es in einem seiner Häuser auf und zahlte den Maler aus, als wäre es verkauft worden. Acht Jahre später erkrankte Wladimir Radskin erneut, und diesmal verschlechterte sich sein Zustand schnell.

»Er starb Anfang Juni friedlich in einem Sessel im Schatten eines großen Baums, unter den ihn Sir Edward hatte tragen lassen.«

Claras Stimme hatte einen traurigen Tonfall angenommen, als sie ihre Erzählung beendete. Sie erhob sich, um den Tisch abzuräumen, und Jonathan half ihr dabei. Clara nahm die Tassen, Jonathan die Teekanne, und sie trugen sie zu den beiden rissigen Porzellanbecken mit den imposanten Kupferhähnen. Der Wasserstrahl war kräftig. Jonathan gestand Clara, so gut wie nichts über Wladimir Radskins Zeit auf dem Land gewusst zu haben, und erzählte ihr Details aus anderen Schaffensepochen des alten Malers, dem er sein Leben gewidmet hatte.

Der Nachmittag näherte sich seinem Ende. Clara und Jonathan hatten gemeinsam den Nebel des alten London durchschritten, das Haus in der Nähe von Covent Garden aufgesucht, in dem Wladimir Radskin gelebt hatte, die Rosengärten in Augenschein genommen, durch die er während seines Aufenthalts auf dem Land so gerne spaziert war. Sie hatten so viel über den Maler gesprochen, dass sie fast das

Stroh im Pferdestall unter seinen Füßen rascheln hörten, wenn er seinen Freund, den Kutscher, besuchte. Jonathan spülte das Geschirr, Clara stand neben ihm und trocknete ab. Er war überwältigt von der Sinnlichkeit, die von ihr ausging. Sie reckte sich auf die Zehenspitzen, um die Teller in ein über seinem Kopf befestigten Bord zu räumen. Unzählige Male verspürte er das Bedürfnis, sie in die Arme zu schließen, immer wieder verbot er es sich.

Clara drehte den Wasserhahn ab. Sie wischte sich die Hände an der Schürze trocken, nahm sie ab und legte sie neben den alten Küchenherd. Dann machte sie ihm ein lebhaftes Zeichen. »Kommen Sie, ich muss Ihnen etwas zeigen«, sagte sie.

Sie zog ihn zur Tür, die auf den Hinterhof des Landsitzes führte. Sie überquerten ihn und blieben vor einer großen Scheune stehen. Als sie den Schlüssel im Schloss umdrehte, spürte Jonathan sein Herz klopfen. Energisch schob sie die beiden mächtigen Türflügel auf. Im Inneren blitzte der verchromte Kühlergrill eines Roadster Morgan. Clara setzte sich hinter das alte Holzlenkrad und ließ den Motor an.

»Nun ziehen Sie nicht so ein Gesicht, steigen Sie ein. Ich habe im Dorf ein paar Besorgungen zu machen. Wenn wir zurück sind, bekommen Sie das zu sehen, was Sie hergeführt hat. Wer hatte schließlich vierundzwanzig Stunden Verspätung?«, sagte sie, und ihre Augen blitzten schelmisch auf.

Jonathan nahm neben ihr Platz; sie lachte und fuhr mit quietschenden Reifen los.

Das Cabriolet sauste durch die baumbestandene Landschaft. Vor einem kleinen Krämerladen hielten sie an. Clara kaufte für das Abendessen ein. Jonathan trug eine voll beladene Kiste hinaus und verstaute sie auf den schmalen Notsitz. Auf dem Rückweg überließ ihm Clara das Steuer. Nervös legte er den ersten Gang ein und würgte prompt den Motor ab.

»Die Kupplung ist etwas hart, daran muss man sich erst gewöhnen!«, erklärte sie.

Jonathan schluckte seinen gekränkten Stolz hinunter und versuchte, seine Ungeduld zu verbergen. Wieder im Haus angekommen, entspannte er sich allmählich wieder. Nachdem sie die Einkäufe in der Küche abgestellt hatten, zog Clara ihn mit. Sie führte ihn über einen langen Flur, der in eine Bibliothek mündete. Die verwitterten holzgetäfelten Wände waren bis zur Decke mit alten Werken tapeziert. Die große Uhr über dem Kamin war auf sechs stehen geblieben, wobei niemand wusste, ob es abends oder morgens gewesen war. Auf einem Mahagonitisch in der Mitte des Zimmers lagen einige Bücher mit abgegriffenen Ledereinbänden. Durch die Fenster mit den kleinen Scheiben sah man die Sonne hinter den Hügeln untergehen. Jonathan bemerkte eine Tür in einer Nische, auf die Clara jetzt zusteuerte. Er wollte beiseitetreten, um sie vorbeizulassen. Als sie die Hand auf die Klinke legte, streiften ihre Körper einander, und der eigenartige Schwindel ergriff Jonathan wieder.

Schwere Wolken jagten über den Himmel. Es wurde mit einem Mal finster, und ein abendlicher Regen setzte ein.

Eines der Fenster in der Bibliothek gab unter einem heftigen Windstoß nach. Jonathan eilte hin und versuchte, es zu schließen, doch sein Arm versagte ihm den Dienst. All seine Muskeln waren erstarrt. Er wollte Clara rufen, brachte aber keinen Ton heraus. Draußen veränderte sich alles. Die edlen Kletterrosen an der Fassade rankten plötzlich in wildem Durcheinander die Mauern empor. Im oberen Stockwerk quietschten die abgeblätterten Fensterläden unter dem Ansturm des Windes. Dachziegel fielen herunter und zerbarsten auf der Terrasse. Jonathan hatte den Eindruck zu ersticken, seine Lunge quälte ihn. Der Regen peitschte seine Wangen. Vor dem Haus stand ein Pferd, das vor eine erbärmliche Kutsche gespannt war. Das Stampfen seiner Hufe verriet seine Nervosität. Ein Kutscher mit Zylinder versuchte, es zu bändigen, indem er die Zügel so kurz wie möglich hielt. In dem Wagen saß eine junge, in einen grauen Umhang gehüllte Gestalt, deren Gesicht unter einer Kapuze verborgen war. Ein Paar in fortgeschrittenem Alter eilte aus dem Haus. Der Mann von kräftiger Statur hatte den Arm schützend um die Frau gelegt und half ihr jetzt beim Einsteigen. Er schlug die Tür zu, steckte den Kopf aus dem Fenster und schrie: »Durch den Wald, schnell, sie kommen!«

Der Kutscher gab seinem Pferd die Peitsche, und der Fiaker umrundete den großen Baum. Die Pappel, die über den Park herrschte, hatte keine Blätter mehr. Der Sommer, der gerade erst begann, schien schon wieder zu Ende. Und erneut murmelte die unbekannte Stimme: »Schnell, schnell, beeilen Sie sich!«, und vermischte sich mit dem Heulen des Windes.

Mühsam wandte Jonathan den Blick wieder zurück in die Bibliothek. Das Dekor hatte sich verändert. Auf der anderen Seite flog die Tür auf, die zum Gang führte. Jonathan sah zwei Gestalten, die in den ersten Stock flohen. Eine von ihnen hatte ein großes, in eine Decke geschnürtes Paket unter dem Arm. Jonathan spürte, dass er in wenigen Sekunden keine Luft mehr bekommen würde. Er rang nach Atem und versuchte, mit aller Kraft gegen die Benommenheit anzukämpfen; er trat einen Schritt zurück, und sofort hörte der Schwindel auf. Clara stand ihm noch immer gegenüber. Er befand sich erneut in der Nische.

»Es hat wieder angefangen, nicht wahr?«, fragte sie.

»Ja«, antwortete Jonathan und rang nach Luft.

»Das passiert mir auch, ich habe so eigenartige Träume«, murmelte sie. »Immer dann, wenn wir uns berühren.«

Das Seltsame scheint noch seltsamer, wenn man es ausspricht. Sie sah ihn unverwandt an und betrat dann wortlos das kleine Arbeitszimmer.

Die Staffelei stand in der Mitte des Raums. Als Clara die Decke wegzog, die das Bild schützte, bescherte sie Jonathan jenen einzigartigen Augenblick, von dem er immer geträumt hatte. Er betrachtete das Gemälde und traute seinen Augen nicht.

Kapitel 6

Erstarrt in der Ewigkeit des Bildes, stand die junge Frau versonnen da und hielt dem Betrachter den Rücken zugewandt. Das Plisseekleid, das sie trug, war von einem intensiven, tiefen Rot, wie Jonathan es noch nie gesehen hatte. Er strich mit der Fingerspitze vorsichtig über die Leinwand. Das Gemälde war weit schöner, als er es sich jemals hätte vorstellen können. Zunächst das Thema, das allen Regeln widersprach, die sich der Maler auferlegt hatte, und dann dieses unbeschreibliche Rot, das ihn daran erinnerte, dass Radskin seine Farben selbst und nach alter Rezeptur mischte.

Ein Taumel ergriff ihn. Die Gegenlichttechnik, derer sich der Maler hier bedient hatte, war durchaus zeitgemäß. Es handelte sich nicht um Lichtvibrationen, sondern um die Vorwegnahme einer präzisen Darstellungsweise, wie sie eigentlich erst zu Beginn des zwanzigsten Jahrhunderts üblich war. Die bläuliche Pappel vor einem smaragdgrünen Himmel kündigte bereits den Fauvismus an. Jetzt konnte Jonathan noch viel besser das ungeheure Talent seines Malers ermessen. Radskin war keiner Stilepoche zuzuordnen. Dieses Bild war beispiellos und mit nichts zu vergleichen.

»Alle Achtung, du hast es tatsächlich vollbracht. Du hast es geschaffen, dein Meisterwerk.«

Lange Stunden verweilte er vor dem Bild *Die junge Frau im roten Kleid*, und Clara, die, von ihm unbemerkt, den Raum verlassen hatte, überließ ihn der Intimität dieser einzigartigen Begegnung von Maler und Gutachter.

Erst bei Tagesanbruch trat sie in das Büro. Sie stellte ein Tablett auf den Schreibtisch, zog die Vorhänge auf und ließ das Licht durch das halb geöffnete Fenster herein. Jonathan blinzelte und streckte sich. Er nahm ihr gegenüber an dem kleinen Tisch Platz und schenkte ihr eine Tasse Tee ein. Sie sahen sich eine Weile wortlos an, bis er schließlich das Schweigen brach.

»Was haben Sie mit dem Bild vor?«

»Das wird vor allem von Ihnen abhängen«, sagte sie, erhob sich und verließ den Raum.

Jonathan blieb eine Weile allein. Er wusste jetzt, dass das Bild, das er die ganze Nacht untersucht hatte, Wladimir Radskin endlich die verdiente Anerkennung bringen würde. *Die junge Frau im roten Kleid* würde dem Künstler den angemessenen Platz unter seinen Zeitgenossen sichern. Die Kuratoren des Metropolitan Museum in New York, der Tate Gallery in London, des Musée d'Orsay in Paris, des Prado in Madrid, der Uffizien in Florenz, des Bridgestone Museum of Art in Tokio – alle würden fortan das Werk von Radskin ausstellen wollen. Jonathan dachte an Peter, der sich fragen musste, welches Museum den höchsten Preis bieten würde, um dieses Werk endgültig in seinen

Räumen aufhängen zu können. Er zog sein Handy aus der Tasche, wählte seine Nummer und hinterließ eine Nachricht auf seiner Mailbox. »Ich bin's«, sagte er. »Ich habe eine Neuigkeit, die ich dir unbedingt mitteilen muss. Ich stehe vor diesem Bild, das wir so lange gesucht haben, und du kannst mir glauben, es übertrifft all unsere Erwartungen. Es wird dich zum glücklichsten und meistbeneideten aller Auktionatoren machen.«

»Von einem kleinen Detail abgesehen«, sagte Clara in seinem Rücken.

»Und das wäre?«, fragte Jonathan und steckte das Handy wieder in seine Tasche.

»Sie müssen wirklich unter Schock stehen, mein lieber Jonathan, wenn Ihnen das nicht aufgefallen ist!«

Sie streckte ihm die Hand entgegen, um ihn zu dem Bild zu führen. Sie wechselten einen verwirrten Blick, und Clara verbarg rasch ihre Hand hinter dem Rücken. Gemeinsam traten sie vor die Staffelei, und noch einmal untersuchte Jonathan Radskins Gemälde. Als er bemerkte, was er übersehen hatte, riss er die Augen auf, hob das Bild von der Staffelei und betrachtete die Rückseite. Erst jetzt wurden ihm die katastrophalen Folgen dieses »Details«, wie Clara es nannte, bewusst. Wladimir Radskin hatte sein letztes Bild nicht signiert!

Clara trat einen Schritt näher, wollte die Hand zum Trost auf seine Schulter legen, zog sie aber im letzten Augenblick wieder zurück.

»Nun machen Sie sich doch keine Vorwürfe; Sie sind nicht der Erste, dem das Bild diesen üblen Streich spielt.

Auch Sir Edward ist es nicht gleich aufgefallen, und er war so niedergeschmettert wie Sie. Kommen Sie, bleiben Sie nicht so da stehen. Ich denke, ein bisschen frische Luft wird Ihnen guttun.«

Während sie durch den Park spazierten, fuhr sie mit ihrer Geschichte vom Maler und seinem Galeristen fort.

Radskin war den Folgen seiner Krankheit erlegen, kurz nachdem er *Die junge Frau im roten Kleid* fertiggestellt hatte. Sir Edward hat sich nie mehr vom Tod seines Freundes erholt. Halb wahnsinnig vor Schmerz und Zorn, dass das Gemälde seines Malers nicht die ihm zustehende Anerkennung fand, setzte er ein Jahr später seine Reputation und sein Ansehen ein und erklärte öffentlich, das letzte Werk von Wladimir Radskin sei eines der bedeutendsten des Jahrhunderts. Er würde anlässlich seines Todestags eine aufsehenerregende Auktion veranstalten, bei der das Bild der Welt präsentiert würde. Große Sammler eilten aus allen Teilen der Welt herbei. Am Vortag der Veranstaltung holte er das Bild aus dem Safe, in dem er es sicher verwahrt hatte.

Als er feststellte, dass es nicht signiert war, war es schon zu spät. Das groß angelegte Zeremoniell, das er organisiert hatte, um das Werk seines Freundes zu feiern, richtete sich nun gegen ihn selbst. Alle Händler und Kritiker nutzten die Gelegenheit, um ihn anzugreifen. In den Künstlerkreisen verhöhnte man ihn. Sir Edward wurde vorgeworfen, eine plumpe Fälschung präsentiert zu haben. Entehrt und ruiniert, gab er seine Besitztümer in England auf und verließ seine Heimat überstürzt. Er wanderte mit seiner Frau und seiner Tochter nach Nordamerika aus und starb wenige Jahre später, ohne dass jemand Notiz davon nahm.

»Und woher wissen Sie das alles?«, fragte Jonathan.

»Haben Sie immer noch nicht verstanden, wo Sie sich befinden?« Angesichts seiner verdutzten Miene brach Clara in herzliches Lachen aus. »Sie sind auf dem Landsitz von Sir Edward. Hier hat Ihr Maler die letzten Jahre seines Lebens verbracht, hier hat er einen Großteil seiner Bilder gemalt.«

Jonathan blickte sich um und sah das Anwesen plötzlich in einem ganz anderen Licht. Als sie an der großen Pappel vorbeikamen, versuchte er, sich seinen Maler bei der Arbeit vorzustellen. Er ahnte, wo Radskin seine Staffelei aufgestellt hatte, um eines seiner schönsten Bilder zu malen. Das Gemälde, dessen dargestellte Landschaft er jetzt vor sich hatte, war, soweit er wusste, in einem Museum in Neuengland ausgestellt. Jonathan sah den weißen Zaun, der den riesigen Besitz umgab. Der Hügel, der dieser Landschaft ihren individuellen Charme verlieh, war auf dem Bild höher als in Wirklichkeit. Jonathan kniete sich hin und kam zu dem Schluss, dass Radskin im Sitzen und nicht im Stehen gemalt hatte. Clara musste sich in der Chronologie ihres Berichts getäuscht haben. Zwei Jahre nach seinem Umzug hierher war Radskin schon sehr geschwächt. Am frühen Nachmittag, bei strahlendem Sonnenschein, kehrten sie ins Haus zurück.

Jonathan verbrachte den Rest des Tages in dem kleinen Büro. Abends traf er Clara vergnügt trällernd in der Küche an. Er trat geräuschlos ein, lehnte sich an den Türrahmen und sah ihr zu.

»Es ist sonderbar, aber Sie verschränken immer die Hände im Rücken und kneifen die Augen zusammen, wenn Sie nachdenklich sind. Bereitet Ihnen irgendetwas Kopfzerbrechen?«, fragte sie.

»Mehreres! Gibt es vielleicht ein kleines Landgasthaus in der Nähe, in dem ich Sie zum Essen einladen dürfte? Ich könnte bei der Gelegenheit meine Fahrkünste mit Ihrem Morgan verbessern, und außerdem habe ich Hunger, Sie nicht?«

»Und ob – ich sterbe vor Hunger!«, sagte sie und warf das Besteck, das sie gerade in der Hand hielt, ins Spülbecken. »Ich ziehe mich schnell um. Ich bin in zwei Minuten fertig.«

Sie hielt fast Wort. Jonathan hatte kaum Zeit, Peters Nummer zu wählen und festzustellen, dass der Akku seines Handys leer war, als Clara ihn unten in der Eingangshalle rief.

»Ich bin so weit!«

Im Licht einer halb verschleierten Mondsichel glitt der Roadster dahin. Clara hatte ihr Haar unter einem Schal versteckt, der sie gegen den Wind schützen sollte. Jonathan fragte sich, wie lange es her sein mochte, dass sein Herz so erfüllt wie heute gewesen war. Allerdings musste er Peter auf schnellstem Wege mitteilen, dass *Die junge Frau im roten Kleid* nicht signiert war. Er stellte sich seine Reaktion vor und dachte an die Arbeit, die ihn erwartete, um seinen Freund zu retten. Innerhalb weniger Tage würde er Mittel und Wege finden müssen, ein Bild zu authentifizieren, das sich vom restlichen Werk des mutmaßlichen Urhebers derart unterschied. Nur so konnte er seinem Freund helfen.

Auch wenn für ihn jeder einzelne Pinselstrich mehr bedeutete als jede Signatur, würde das Fehlen eines einfachen Namenszugs auf der Leinwand im Kunstmilieu viele Fragen aufwerfen. Zunächst einmal musste er den Grund herausfinden, warum der Künstler sein Werk nicht signiert hatte. War es, weil er gegen seine beiden Grundprinzipien verstoßen hatte: niemals die Farbe Rot zu verwenden und niemals eine Frau darzustellen? Wenn das die einzigen Gründe für diese befremdliche Anonymität waren, dann hatte er, ohne es zu wissen, dem Experten, der ein Jahrhundert und ein paar Jahrzehnte später versuchen würde, der Kunstwelt die Bedeutung seines Werks begreiflich zu machen, wirklich einen üblen Streich gespielt.

Warum hast du das getan?, dachte Jonathan.

»Das ist die Frage, die ich mir immer wieder stelle«, sagte Clara.

Die kleine Lampe auf dem Tisch, zu dem sie der Wirt geführt hatte, warf ein sanftes Licht auf Claras ebenmäßige Züge.

Jonathan hob den Kopf und konnte dem Wunsch nicht widerstehen, sie anzusehen. »Sie lesen meine Gedanken?«, fragte er.

»Ich teile sie! Außerdem ist es kein großes Verdienst, denn Ihre Lippen haben die Worte geformt, ohne dass Sie sich dessen bewusst waren.«

»Ohne Signatur wird das Bild heftigste Kontroversen auslösen. Wir brauchen konkrete Anhaltspunkte, die Radskins Urheberschaft beweisen.«

»Wo wollen Sie anfangen?«

»Bei der Komposition des Bildes. Außerdem muss ich den Ursprung der Farbpigmente feststellen, um sie mit denen zu vergleichen, die er für seine anderen Gemälde verwendet hat. Damit würden wir eine erste Reihe von Indizien erhalten.«

Ihrer beiden Hände auf dem Tisch lagen so dicht beieinander, dass nur wenige Zentimeter überwundener Scham oder Angst genügt hätten, um sie zusammenzuführen. Und wer weiß, ob sie, so verbunden, nicht die Fragen beantwortet hätten, die sich beide stellten, ohne es sich einzugestehen.

Zurück auf dem Landsitz, bezog Jonathan eines der Gästezimmer. Sein Bett war mit einem altmodischen Baldachin aus naturfarbenem Stoff überdacht. Er stellte seine Reisetasche auf einem Sessel ab, trat an eines der beiden Fenster, die auf den Park hinausgingen, und sog den Duft der großen Pappel ein, die sich in der nächtlichen Brise wiegte. Er fröstelte, schloss die Fensterläden und ging ins Badezimmer.

Clara kam den Flur entlang, hielt kurz vor seiner Tür inne und begab sich dann in ihr Zimmer am Ende des Gangs.

Am nächsten Morgen stand er früh auf. Sobald er geduscht und sich fertig gemacht hatte, ging er hinunter in die Küche. Es roch nach erloschenem Holzfeuer. Clara hatte nicht übertrieben. Morgens war es tatsächlich eiskalt hier. Zwei

Teetassen standen auf dem großen Tisch. Jonathan legte eine Nachricht in den leeren Brotkorb. Er machte Feuer im Kamin und trat durch die Hintertür, die er behutsam schloss, nach draußen. Der Park, von Morgentau überzogen, schien noch zu schlafen. Jonathan füllte seine Lunge mit frischer Luft. Er liebte diese Tageszeit, in der zwei so fremde Welten für einen kurzen Augenblick miteinander verschmolzen. Weder die Äste der Bäume noch die Kletterrosen an der Hauswand bewegten sich. Der Kies knirschte unter seinen Sohlen. Er stieg in sein Auto, startete den Motor und verließ den Landsitz. Auf der von hohen Bäumen gesäumten Auffahrt sah er das Herrenhaus im Rückspiegel immer kleiner werden. In dem Augenblick, als er in die Landstraße einbog, trat Clara an ihr Fenster.

Ein feiner Regen ging auf den Flughafen Heathrow nieder. Jonathan gab seinen Wagen zurück und nahm den Pendelbus, der ihn zu den Schaltern der Alitalia brachte. Die Maschine nach Florenz startete erst in zwei Stunden. Da er seinen Regenmantel in Boston vergessen hatte, bummelte er durch den Bereich der Airport-Boutiquen.

Clara kam in die Küche, trat ans Feuer, das im Kamin brannte, und lächelte. Dann setzte sie Teewasser auf und nahm am Tisch Platz. Die Haushälterin, die jeden Tag kam, hatte frische Brötchen und eine Tageszeitung gebracht. Sie konnte ihre beruhigenden Schritte im ersten Stock hören. Clara sah den Brief, den Jonathan für sie hinterlassen hatte. Sie legte ihre Zeitung beiseite und öffnete den Umschlag.

Clara,
ich bin heute Morgen in aller Frühe aufgebrochen. Ich hätte an Ihre Tür klopfen können, um mich von Ihnen zu verabschieden, doch Sie haben sicher noch tief geschlafen. Wenn Sie diese Zeilen lesen, bin ich schon auf dem Weg nach Florenz – auf den Spuren unseres Malers. Sonderbar, dass ich all diese Zeit habe warten müssen, um die größte aller Entdeckungen zu machen, die mir das Leben geboten hat. Ich wollte mit Ihnen einen Gedanken teilen, der in den ersten Momenten meines Erwachens so präsent war. Diese Offenbarung kommt einer Reise gleich, und ich glaube, sie hat in dem Augenblick begonnen, als ich Ihnen zum ersten Mal begegnet bin. Doch wann war das tatsächlich? Wissen Sie es?
Ich rufe Sie heute Abend an und wünsche Ihnen einen wunderschönen Tag, den ich gern an Ihrer Seite verbracht hätte; ich weiß jetzt schon, dass mir Ihre Gegenwart fehlen wird.
Herzlichst,
Jonathan

Clara faltete den Brief bedächtig zusammen und steckte ihn in die Tasche ihres Morgenmantels. Sie holte tief Luft, betrachtete den Kristalllüster, der von der Decke hing, warf die Arme in die Höhe und stieß einen Freudenschrei aus.

Das verdutzte Gesicht von Dorothy Blaxton, der Haushälterin, erschien im Türspalt. »Sie haben mich gerufen, Miss Clara?«

Clara hüstelte hinter der vorgehaltenen Hand. »Nein,

Dorothy, es muss der Teekessel gewesen sein, der gepfiffen hat.«

»So wird es sein, Miss Clara«, erwiderte Miss Blaxton und schielte zum Gasherd hin, den Clara vergessen hatte anzustellen.

Clara stand auf und drehte sich, ohne es zu bemerken, mehrmals um die eigene Achse. Sie bat Miss Blaxton, das Haus herzurichten und einen Blumenstrauß ins Gästezimmer zu stellen. Sie müsse nach London fahren, käme aber sehr bald zurück.

»Selbstverständlich, Miss Clara«, erwiderte die Haushälterin und entfernte sich.

Sobald Miss Blaxton im Flur war, verdrehte Clara die Augen und ging in den ersten Stock hinauf.

Im selben Moment, als sich die Räder von Jonathans Flugzeug vom Boden lösten, ließ Clara in ihrem Morgan den Landsitz hinter sich. Die Sonne schien warm vom Sommerhimmel.

Zwei Stunden später parkte sie den Wagen vor der Galerie.

Mehrere tausend Kilometer von dort entfernt, wurde Jonathan von einem Taxi vor dem *Hotel Savoy* an der Piazza della Repubblica abgesetzt. Er bezog sein Zimmer und rief einen Freund an, den er lange nicht gesehen hatte.

Lorenzo hob gleich nach dem ersten Klingeln ab und erkannte sofort seine Stimme. »Was führt dich in unsere Breiten?«, fragte er mit seinem toskanischen Akzent.

»Hast du Zeit, mit mir zu Mittag zu essen?«, gab Jonathan zurück.

»Für dich immer! Wo bist du abgestiegen, nachdem du dich geweigert hast, bei uns zu wohnen?«

»Im *Savoy*.«

»Gut, dann sehen wir uns in einer halben Stunde im Caffè Gilli.«

Die Terrasse war dicht besetzt, doch Lorenzo war Stammgast im Gilli. Der Kellner legte ihm zur Begrüßung freundschaftlich den Arm um die Schulter, schüttelte Jonathan die Hand und führte sie unter den erbosten Blicken der Touristen, die vor dem Café Schlange standen, zu dem einzigen freien Tisch. Jonathan lehnte höflich die Karte ab, die ihm der Ober reichen wollte.

»Ich nehme dasselbe wie er!«

An den Tischen ringsum wurden die lebhaften Gespräche erneut aufgenommen, während die beiden Freunde ihr Wiedersehen feierten.

»Du glaubst also, es gefunden zu haben, dein berühmtes Bild?«

»Ich bin mir sicher, doch ich brauche dringend deine Hilfe, damit die Welt meine Meinung teilt.«

»Aber warum hat dein verdammter Maler sein Bild nicht signiert?«

»Das weiß ich noch nicht, und genau deshalb brauche ich dich.«

»Du hast dich nicht geändert! Du bist noch genauso verrückt wie früher. Schon auf der École des Beaux Arts in Paris lagst du mir mit deinem Wladimir Radskin in den Ohren.«

»Auch du hast dich nicht verändert, Lorenzo.«

»Nachdem ich zwanzig Jahre älter bin, dürfte ich mich wohl verändert haben.«

»Und Luciana?«

»Immer noch meine Ehefrau und auch die Mutter meiner Kinder. Du weißt ja, hier in Italien ist die Familie eine Institution. Bist du verheiratet?«

»Fast!«

»Ich sagte es doch, du bist ganz der Alte.«

Der Kellner erschien mit zwei Espresso und der Rechnung. Jonathan zückte sein Portemonnaie, doch Lorenzo legte die Hand auf die seine.

»Steck das ganz schnell wieder ein. Eure Dollar sind nichts mehr wert in Europa, wusstest du das nicht? Gut, ich begleite dich zu Zecchi, ihre Ateliers sind hier ganz in der Nähe. Vielleicht erfahren wir dort mehr über die Farbpigmente, die dein Russe benutzt hat. Sie mischt ihre Farben heute noch genauso an wie vor Jahrhunderten. Dies Geschäft ist das Gedächtnis unserer Farbherstellung.«

»Ich kenne die Firma Zecchi, Lorenzo!«

»Ja, aber du kennst niemanden, der dort arbeitet – im Gegensatz zu mir!«

Sie verließen die Piazza della Repubblica. Ein Taxi fuhr sie zur Via della Studio 19. Lorenzo trat an den Tresen. Eine reizende junge Brünette, die auf den Vornamen Graziella hörte, empfing ihn mit offenen Armen. Lorenzo flüsterte ihr ein paar Worte ins Ohr, die sie mit mehrfachem, fast gesungenem »Sì« begleitete. Sie bedachte ihn mit einem Augenzwinkern und führte die beiden Männer ins Hinterzimmer. Dort stiegen sie eine alte Holztreppe hinauf, die unter ihren Schritten knarrte. Graziella hatte einen eindrucksvollen Schlüssel mitgenommen. Mit ihm öffnete sie die Tür zu einem riesigen fensterlosen Dachboden. Ein feiner Staubfilm bedeckte Tausende von Registern in den Regalen, die sich scheinbar bis ins Unendliche unter dem Gebälk erstreckten.

Schließlich wandte sich Graziella Jonathan zu und fragte ihn in fast akzentfreiem Englisch: »In welchem Jahr ist ihr Maler hierhergekommen?«

»Zwischen 1862 und 1865.«

»Dann folgen Sie mir bitte. Die Archive dieser Zeit befinden sich etwas weiter hinten.« Mit einem Finger strich sie über ein Regal und verweilte schließlich vor fünf rissigen Bänden, die sie einen nach dem anderen herauszog. Sie legte sie auf einen Tisch. Alle seit vier Jahrhunderten bei der Firma Zecchi eingegangenen Bestellungen waren in diesen Registern festgehalten. »Damals wurden die Pigmente und Ölfarben noch hier hergestellt«, sagte sie. »Die größten Meister sind höchstpersönlich auf diesen Dachboden gekommen. Heute gehört dieser Archivsaal zum Museum von Florenz. Sie wissen, dass Sie eigentlich eine Genehmigung vom Kurator benötigen, um hier zu sein. Wenn mein Vater mich sähe, wäre er wütend. Doch Sie sind ein Freund von Lorenzo, deshalb fühlen Sie sich hier wie zu Hause. Ich werde Ihnen bei der Suche helfen.«

Jonathan, Lorenzo und Graziella drängten sich um den Tisch. Während sie die handgeschriebenen Seiten umblätterten, stellte sich Jonathan vor, wie Wladimir Radskin in dem Raum auf und ab lief und darauf wartete, dass seine Bestellung ausgeführt wurde. Radskin sagte, die Verantwortung des Malers beschränke sich nicht nur auf die ästhetische und technische Qualität seiner Komposition, er müsse es auch verstehen, sie vor den Angriffen der Zeit zu schützen. Als er in Russland lehrte, war er nur allzu oft entsetzt gewesen über die missglückten Restaurierungsversuche an Meisterwerken, die er hoch schätzte. Jonathan kannte verschiedene Restauratoren in Paris, welche die Meinung seines Malers teilten. Plötzlich hörten sie die Stufen knarren und erstarrten; jemand kam die Treppe hinauf. Graziella stürzte sich auf die Register und wollte sie an ihren Platz zurückstellen. Der Türgriff quietschte, und Graziella hatte kaum Zeit, eine Unschuldsmiene aufzusetzen, um ihren Vater zu begrüßen, der mit finsterem Blick den Raum betrat.

Giovanni strich sich mit der Hand über den Bart und herrschte Lorenzo an. »Was machst du hier? Wir haben keinen Termin vereinbart, soweit ich weiß.«

»Giovanni, es ist immer eine Freude, dich zu sehen«, erwiderte Lorenzo und trat ihm strahlend entgegen.

Er winkte Jonathan zu sich. Die Züge von Graziellas Vater entspannten sich, als er feststellen konnte, dass seine Tochter nicht allein mit Lorenzo auf dem Dachboden seines Hauses war.

»Nimm es deiner Tochter nicht übel, aber ich habe sie bekniet, einem meiner treuesten Freunde diesen einzigartigen Ort in Florenz zu zeigen. Er kommt aus Amerika, aus Boston. Ich stelle dir Jonathan Gardner vor. Wir haben uns auf der Kunstakademie von Paris kennengelernt. Er ist einer der größten Experten der Welt.«

»Ein Italiener muss nicht immer übertreiben, halte dich also etwas zurück«, sagte Graziellas Vater.

»Papà!«, rief Graziella vorwurfsvoll.

Giovanni maß Jonathan mit dem Blick, strich sich erneut über den Bart, und seine rechte Braue hob sich, bevor er ihm schließlich die Hand reichte. »Seien Sie willkommen. Wenn Sie ein Freund von Lorenzo sind, so sind Sie auch mein Freund. Jetzt wäre es aber besser, wenn Sie mich nach unten begleiten, um das Gespräch weiterzuführen. Die Bewohner dieses Raums sind empfindlich gegen Luftzug. Folgen Sie mir.«

Er führte sie in eine große Küche. Eine Frau mit Haarknoten stand am Herd. Sie drehte sich um und streckte den Gästen ihrer Tochter die Hand entgegen. Jonathan betrachtete sie, und plötzlich wurde ihm klar, wie sehr ihm Clara fehlte. Eine Stunde später verließen Lorenzo und Jonathan das Haus.

»Bleibst du über Nacht?«, fragte Lorenzo.

»Ja, ich warte lieber auf das Ergebnis der Recherchen, um die ich deine Freundin gebeten habe.«

»Graziella wird sich darum kümmern, da kannst du sicher sein.«

»Wenn ihr Vater nicht dazwischenfunkt.«

»Sei unbesorgt, ich kenne ihn sehr gut. Er macht bisweilen einen etwas herrischen Eindruck, vor seiner Tochter aber schmilzt er wie Schnee.«

»Ich bin dir zu großem Dank verpflichtet, Lorenzo.«

»Komm heute Abend zu uns zum Essen. Luciana freut sich, dich wiederzusehen, und wir können in aller Ruhe über deine Arbeit sprechen.«

Vor dem Hotel verabschiedete sich Lorenzo und kehrte in sein Büro in der Kunstakademie zurück, wo er eine Forschungsabteilung leitete.

Jonathan hätte gerne die Uffizien besucht, doch das Museum war montags geschlossen. Also musste er sich in Geduld üben und entschied sich für einen ausgiebigen Spaziergang. Er lief zunächst über den Ponte Vecchio zur Piazza Pitti. Am Schalter kaufte er eine Eintrittskarte und trat in den berühmten Park Giardino di Boboli, der sich über den Hügel hinter dem Palazzo Pitti hinaufzieht.

Er überquerte den Innenhof und erklomm die Treppe zu der Terrasse, die durch die Fontana del Carciofo vom Palast getrennt ist. Die Aussicht, die sich hier über Florenz bot, war einfach umwerfend. In der Ferne überragten der Dom und der Campanile die alten Dächer, die bis zum Horizont wogten. Er musste an das Bild von Camille Corot denken, das der Künstler 1840 gemalt hatte und das jetzt im Louvre hing. An den Hügel hinter dem Palazzo schmiegte sich das Amphitheater, erbaut im fünfzehnten Jahrhundert. In seiner Mitte bewunderte er die römische Brunnenschale und den ägyptischen Obelisken. Er stieg weiter zum Gipfel des Hügels hinauf. Zu seiner Rechten eine Allee, die in einen runden Platz mündete. Er ließ sich am Fuß eines Baums nieder, um in der Milde des florentinischen Nachmittags wieder zu Atem zu kommen. Auf einer kleinen Steinbank saß ein junges Liebespaar, das Händchen hielt. Wortlos bewunderten die beiden die kunstvollen Statuen, die sie umgaben. Im Giardino di Boboli herrschte eine Atmosphäre der Ruhe, wie nur die Jahrhunderte sie formen können. Von Weltschmerz erfüllt, schloss Jonathan eine Weile die Augen. Schließlich erhob er sich und lief den Viottolone hinunter.

Dieser breite Gartenweg, gesäumt von jahrhundertealten Zypressen, führte ihn hinunter zum Piazzale dell'Isolotto, dem Inselplatz mit seinem künstlichen, von Skulpturen umgebenen See, in dessen Mitte eine Insel liegt, die mit Orangen- und Zitronenbäumen bestanden ist. Jonathan trat an die Fontana dell'Oceano, den Ozeanusbrunnen. Inmitten der mythischen Figuren spiegelte sich plötzlich das Gesicht von Wladimir Radskin im stillen Wasser wider, als hätte sich der Maler lautlos von hinten genähert. Jonathan drehte sich um. Er glaubte zu spüren, dass sich seine Gestalt hinter einem Baum verbarg. Der betagte Maler spazierte ungezwungen zwischen all den vergangenen Kulturen umher, die diesen Ort mit ihren geheimen Düften durchtränkten. Neugierig folgte Jonathan ihm auf seinem Spaziergang bis zum Neptunbrunnen; Radskin blieb vor der Statue *Allegorie der Fülle* stehen und trat näher. Den Zeigefinger auf dem Mund, bedeutete er ihm, nichts zu sagen, legte eine schützende Hand auf seine Schulter und zog ihn mit sich.

Die Allee, die sie Seite an Seite hinabschritten, brachte sie zum Forte del Belvedere. Sie betraten einen breiten Weg, der zu den Grotten rechts vom Palast führte. »Sie wurden von Buantalenti angelegt und bestehen aus drei aufeinanderfolgenden Räumen, die mit Fresken ausgemalt, mit Stalaktiten, Wasserspielen und einem gehauenen Felsen ausgeschmückt sind«, raunte ihm sein Maler zu. »Sieh nur, wie schön das alles ist«, murmelte er noch. Dann hob er zum Abschied die Hand und verschwand aus seinem Tagtraum.

Jonathan erhob sich vom Fuß des Baumes, wo er eingenickt war. Als er auf dem Weg zum Ausgang des Parks am kleinen Bacchusbrunnen vorbeikam, grüßte er den Hofzwerg, der auf einer Schildkröte ritt.

Graziella schlich auf leisen Sohlen die Treppe zum Dachboden hinauf. Behutsam drehte sie den Türknauf, lief die Regale entlang und zog das besagte Register heraus. Sie legte es auf den Tisch und machte sich im Licht einer kleinen Lampe daran, die Antwort auf Lorenzos Fragen zu finden. Vertieft in ihre Lektüre, zuckte sie zusammen, als ihr Vater neben ihr Platz nahm. Er legte ihr die Hand auf die Schulter und zog sie an sich.

»Nun, meine Tochter, was suchen wir denn für deine Freunde?«

Sie lächelte und drückte ihm einen Kuss auf die Wange. Die Seiten der alten Bücher wurden eine nach der anderen umgeblättert. Die feinen Staubpartikel, die in den Lichtstrahlen tanzten, erzählten von all den vergangenen Schriften dieses geheimnisvollen Orts. Graziella und ihr Vater arbeiteten bis zum Abend.

Als Jonathan vor dem ehrwürdigen Haus aus dem sechzehnten Jahrhundert angelangt war, in dem Lorenzo mit seiner Familie wohnte, wurde es gerade dunkel. Im selben Augenblick trat Graziella in den Hof des Zecchi-Hauses. Nicht um sich gegen die Frische des toskanischen Abends zu schützen, hatte sie sich in eine große Stola gehüllt. Vielmehr verbarg sie darunter ein Register mit rissigem Einband. Sie hob den Blick zu den Fenstern im ersten Stock. Ihr Vater und ihre Mutter saßen vor dem Fernseher. Sie ging durch den Torbogen hinaus auf die Straßen der Altstadt.

Clara hatte sich in London mit einem englischen Auktionator und seinem Experten getroffen. Sie warf einen diskreten Blick auf ihre Uhr. Clara teilte den Konkurrenten von Jonathan und Peter mit, sie habe bereits ihre Wahl getroffen und dass ihre Kandidatur nicht berücksichtigt worden sei. Sie erhob sich und verließ den Raum. Bevor sie die Tür schloss, betrachtete sie die gelungene Reproduktion des Gemäldes von Camille Corot, die an der Wand des Besprechungszimmers hing. Ihr Blick verlor sich in der toskanischen Landschaft, und ihr Geist schwebte über den Dächern von Florenz.

Anna schlenderte durch die Gassen des alten Hafenviertels von Boston. Sie ließ sich auf der Terrasse eines der vielen Straßencafés nieder und schlug eine Zeitung auf. Kurz darauf setzte sich eine Frau mit silbergrauem Haar zu ihr an den Tisch.

»Ich bin spät dran, tut mir leid, aber der Verkehr ist einfach höllisch.«

»Nun?«, fragte Anna und schob ihre Zeitung beiseite.

»Nun, es läuft alles weitaus besser, als ich zu hoffen gewagt habe. Sollte ich mich entscheiden, eines Tages meine Werke zu veröffentlichen, ist mir der Nobelpreis sicher.«

»Solltest du eines Tages deine Arbeiten veröffentlichen, sperrt man dich augenblicklich ins Irrenhaus.«

»Du hast sicher recht. Die Menschheit hat immer schon die Entdeckungen geleugnet, die sie erschüttern. Und sie bewegt sich doch, wie einer meiner alten Freunde sagte.«

»Hast du die Fotos?«

»Natürlich habe ich die Fotos.«

»Na, dann läuft ja alles bestens. Ich kann es gar nicht erwarten, die Sache zu Ende zu bringen.«

»Geduld, meine Liebe«, sagte die Frau mit dem silbergrauen Haar. »Wir warten seit einer Ewigkeit auf diesen Augenblick, jetzt können wir auch diese wenigen Wochen noch abwarten. Sie vergehen sehr viel schneller, als du dir vorstellen kannst. Glaub mir.«

»Das habe ich immer schon getan«, sagte Anna und winkte den Kellner herbei.

Luciana hatte ein köstliches Abendessen gezaubert. Lorenzos Kinder kamen in den Salon, um Jonathan zu begrüßen. Graziella erschien in dem Augenblick, als sie sich zu Tisch setzen wollten.

»Ich glaube, ich habe etwas gefunden«, sagte Graziella, »aber das sehen wir später.«

Nach dem Essen holte sie das Paket, das sie unter der Stola verborgen hatte, aus der Garderobe im Eingang. Sie legte das Register auf den Tisch im Salon und schlug es auf. Jonathan und Lorenzo nahmen neben ihr Platz.

»Euer Wladimir Radskin ist auf alle Fälle nicht nach Florenz gekommen«, begann sie. »Er ist nie bei den Zecchi gewesen.«

»Das kann nicht sein!«, rief Jonathan.

Lorenzo machte ihm ein Zeichen, Graziella ausreden zu lassen. Graziella blätterte vor und wieder zurück.

»Sehen Sie mal hier«, fuhr sie fort und wies auf die mit blauer Tinte sorgsam geschriebenen Lettern und Zahlen. Sie deutete auf die erste Spalte, in der die bestellte Ware festgehalten war: Pigmente, Ölfarbe, Pinsel, Lösemittel, Konservierungsmittel. Die zweite hielt das Datum der Fertigstellung fest, die dritte die zu zahlende Summe und die letzte schließlich den Auftraggeber. Am Ende der handgeschriebenen Zeile stand der Name Sir Edward. »Er ist aber nicht selbst hergekommen«, fügte sie hinzu.

Das Geheimnis, das Jonathan an diesem Ort hatte lüften wollen, wurde immer undurchsichtiger.

»Ich habe eine detaillierte Liste mit allem, was er gekauft hat, für Sie zusammengestellt. Ein Detail wird Sie besonders interessieren. Ihr Galerist hat sich nicht lumpen lassen. Die Öle, die er gewählt hat, waren für damalige Verhältnisse ein Vermögen wert.«

Sie erklärte Jonathan, dass die Öle zur Optimierung ihrer Reinheit in großen Wannen auf die brennend heißen Dächer des Hauses Zecchi gestellt wurden. Abends wurde nur die obere Schicht der Flüssigkeit abgeschöpft.

»Aber das ist nicht alles. Ich bin auf die Spur der Pinsel

gestoßen, die er gekauft hat. Es sind Wimpernkämme, eine besonders erlesene Qualität, die aus dem gleichen Haar wie Rasierpinsel gefertigt waren. Auch die waren extrem teuer. Doch sie gewährleisteten eine sehr präzise und gleichmäßige Farbmischung auf der Palette des Malers.«

Als Luciana den Kaffee servierte, schlug Graziella das Register behutsam zu.

»Wenn du dich von deinem Vater erwischen lässt, kann ich was erleben«, meinte Lorenzo und sah sie prüfend an.

»Er hat mir doch selbst geholfen, es einzupacken. Du kennst Papa genauso gut wie ich.«

Lorenzo war Giovannis Schüler gewesen, ein schrecklicher Schüler, wie Graziellas Vater immer wieder betonte, doch aufgrund seiner unerschöpflichen Neugier einer seiner bevorzugten.

»Allerdings würde ich lieber gerade Urlaub in Rom machen, wenn er erfahren sollte, was ich sonst noch gemacht habe.« Graziella zog ein Papier aus der Tasche, auf dem sie alle von Sir Edward in Florenz gekauften Kompositionen von Farbpigmenten abgeschrieben hatte. »Ich habe Ihnen von jeder ein Muster besorgt. Sie können sie mit denen auf Ihrem Bild vergleichen. Ich weiß nicht, ob das ausreicht, um damit die Echtheit des Gemäldes zu beweisen, doch das ist alles, was ich tun konnte.«

Jonathan erhob sich und nahm Graziella in die Arme. »Ich weiß gar nicht, wie ich Ihnen danken soll«, sagte er. »Das ist genau das, was ich brauche.«

Mit hochroten Wangen löste sich Graziella aus seiner spontanen Umarmung und hüstelte. »Geben Sie Ihrem

Maler, was ihm gebührt; ich mag ihn auch sehr, Ihren Wladimir Radskin.«

Der Abend ging seinem Ende zu. Lorenzo begleitete Graziella und ihr kostbares Manuskript nach Hause zurück. Dort angelangt, fragte sie ihn, ob Jonathan Junggeselle sei. Lorenzo sah sie verschmitzt an und erklärte, das Liebesleben seines Freundes sei im Moment etwas kompliziert.

Graziella zuckte mit den Schultern und lächelte. »Das ist immer so, wenn mir ein Mann gefällt. Doch was sagt meine Großmutter dazu? Eine nette Begegnung, das sind die richtigen Personen im richtigen Augenblick, doch es hat mich trotzdem sehr gefreut, seine Bekanntschaft gemacht zu haben. Richte ihm Grüße von mir aus und sag ihm, falls er zufällig noch einmal allein nach Florenz kommt, würde ich gerne mit ihm zu Mittag essen.«

Lorenzo versprach es, und sobald die Haustür hinter Graziella ins Schloss gefallen war, machte er sich auf den Heimweg.

Luciana nutzte Lorenzos Abwesenheit für ein Gespräch unter vier Augen mit Jonathan. »Du hast dich also endlich entschieden zu heiraten, hat mir Lorenzo gesagt.«

»Am neunzehnten Juni. Wenn ihr kommen könntet, wäre das fantastisch.«

»Und fantastisch für unseren Monatsetat! Mein Mann hat einen wundervollen Beruf. Ihn seine Passion ausleben zu sehen erfüllt mich jeden Tag mit Freude. Aber die Monatsenden eines Wissenschaftlers sind ganz schön prekär. Wir sind glücklich, weißt du, Jonathan, wir haben niemals aufgehört, glücklich zu sein. Wir haben alles, was wir wirklich brauchen, und es ist viel Liebe in diesem Haus.«

»Das weiß ich, Luciana. Lorenzo und du, ihr seid Menschen, die ich sehr bewundere.«

Luciana beugte sich zu ihm vor und ergriff seine Hand. »Glaubst du an eine ähnlich erfüllte Zukunft mit der Frau, die du heiraten wirst?«

»Warum stellst du mir diese Frage mit solch umwölkten Augen?«

»Weil du für jemanden, der in wenigen Wochen seine Hochzeit feiert, keinen besonders glücklichen Eindruck machst.«

»Ich bin in letzter Zeit etwas durcheinander. Eigentlich müsste ich in Boston sein, um ihr bei den Vorbereitungen zu helfen. Stattdessen bin ich hier in Florenz und jage Rätseln hinterher, die seit einem Jahrhundert warten und die eigentlich auch noch ein paar Monate länger warten könnten.«

»Warum machst du es dann?«

»Ich weiß nicht.«

»Ich dagegen glaube, du weißt es sehr genau, schließlich bist du ein intelligenter Mann. Ist wirklich nur dieses Bild plötzlich in dein Leben getreten?«

Jonathan starrte Luciana verdutzt an. »Hast du jetzt hellseherische Fähigkeiten?«

»Meine einzige Gabe besteht darin, mir Zeit zu nehmen, um meinen Mann, meine Kinder und meine Freunde genau anzusehen. Das ist meine Art, sie zu verstehen und zu lieben.«

»Und wenn du mich ansiehst, was fällt dir dann auf?«

»Ich sehe zwei Lichter in deinen Augen, Jonathan. Das ist ein untrügliches Zeichen. Eines erleuchtet deine Vernunft, das andere deine Gefühle. Männer komplizieren immer alles. Nimm dich in Acht, das Herz zerreißt, wenn man zu viel daran zerrt. Um zu verstehen, was es einem sagt, muss man nur lernen, ihm zuzuhören. Ich kenne da eine gute Methode ...«

Lorenzo läutete an der Haustür.

Luciana erhob sich und lächelte Jonathan zu. »Er hat schon wieder seine Schlüssel vergessen!«

»Worin besteht deine gute Methode, Luciana?«

»Mit dem Grappa, den ich dir eben eingeschenkt habe, wirst du heute Nacht sehr gut schlafen. Ich habe ihn selbst gebraut, und ich kenne seine Wirkung genau. Wenn du morgen früh aufwachst, achte darauf, welches Gesicht dir als Erstes in den Sinn kommt. Es ist dasselbe wie dasjenige, an das du beim Einschlafen gedacht hast. Dann also findest du die Antwort auf die Frage, die dich so quält.«

Lorenzo trat in den Salon und tippte seinem Freund auf die Schulter. Jonathan stand auf und verabschiedete sich von seinen Gastgebern. Er versprach, bis zu seinem nächsten Besuch nicht mehr so viel Zeit verstreichen zu lassen. Das Paar begleitete ihn bis ans Ende der Straße, und Jonathan setzte seinen Heimweg allein fort. Das Caffè Gilli an der Piazza della Repubblica hatte soeben geschlossen, und die Kellner räumten die Terrasse auf. Einer der Ober winkte ihm zu. Jonathan erwiderte seinen Gruß und überquerte den fast menschenleeren Platz. Den ganzen Weg über hatte er nicht aufgehört, an Clara zu denken.

Clara öffnete die Tür zu ihrer kleinen Wohnung in Notting Hill. Sie machte kein Licht, zog ihre Schuhe aus und schlich auf Zehenspitzen ins dunkle Wohnzimmer. Dort strich sie über die Konsole am Eingang, dann über die Rückenlehne der Couch und schließlich über den Schirm der Stehlampe und trat ans Fenster. Sie sah hinaus auf die verlassene Straße und ließ ihren Regenmantel zu Boden gleiten. Sie öffnete den Gürtel ihres Rocks und knöpfte ihre Bluse auf. Nackt hängte sie sich eine Wolldecke um und kuschelte sich hinein. Sie warf einen flüchtigen Blick auf das Telefon, seufzte und trat ins Schlafzimmer.

Jonathan hatte das *Savoy* in den frühen Morgenstunden verlassen und den ersten Flug nach London genommen. Sobald die Maschine gelandet war, eilte er die endlosen Korridore des Heathrow Airport entlang, passierte den Zoll und stürzte nach draußen. Als er die lange Schlange am Taxistand sah, machte er kehrt und beschloss, den Schnellzug zu nehmen. Der Heathrow Express erreichte das Zentrum von London in einer Viertelstunde: Wenn er den nächsten Zug nicht verpassen würde, könnte er rechtzeitig ankommen, um das zu verwirklichen, was er sich seit dem Aufwachen wünschte.

Außer Atem kam er am oberen Absatz der schwindelerregenden Rolltreppe an, die ins Innerste der Erde hinabtauchte, und hastete hinunter. Unten angekommen, nahm er eine gefährliche Kurve auf dem glatten Marmorfußboden und gelangte in einen langen Korridor, dessen Ende er nicht einmal sehen konnte. Die in regelmäßigen Abständen an der Decke angebrachten elektronischen Tafeln kündigten an, dass der nächste Zug nach London in zwei Minuten siebenundzwanzig Sekunden abfahren würde. Der Bahnsteig war noch nicht in Sicht, und Jonathan beschleunigte noch sein Tempo.

Der Gang schien kein Ende nehmen zu wollen. Ein langes Klingeln, und jetzt blinkten nur noch die Sekunden auf den Anzeigetafeln. Er rang nach Luft. Als er endlich den Bahnsteig erreichte, ertönte ein Signal, und die Türen schlossen sich. Jonathan warf die Arme vor und sprang mit letzter Kraft in den Wagen. Der Heathrow Express setzte sich in Bewegung. Während der fünfzehnminütigen Fahrt kam er halbwegs wieder zu Atem. An der Paddington Station sprang er aus dem Zug, rannte durch den Bahnhof und stieg in ein Taxi. Es war genau neun Uhr zehn, als er das kleine Café gegenüber der Nummer 10 Albermarle Street betrat. Clara würde in fünf Minuten eintreffen. Wer hatte gesagt, man müsse sich nur die Zeit nehmen, den anderen genau anzusehen, um seine Gewohnheiten lieben zu lernen?

In ihre Lektüre vertieft, trat Clara an die Theke. Ohne den Blick zu heben, bestellte sie einen Cappuccino, legte eine Münze neben die Kasse, nahm ihre Tasse in Empfang und setzte sich an den Tresen vor dem Fenster.

Sie hob den Becher an den Mund, als sich ein weißes Taschentuch in ihr Blickfeld schob. Sie hob nicht gleich den Kopf, dachte dann aber, dass es ein Jammer wäre, die aufkommende Freude zu zügeln, fuhr herum und wollte Jonathan in die Arme fallen. Stattdessen setzte sie sich gleich wieder auf ihren Hocker und versuchte, ihre Verlegenheit hinter ihrer Kaffeetasse zu verbergen.

»Ich habe gute Neuigkeiten«, sagte Jonathan.

Sie gingen in die Galerie, und Jonathan berichtete ihr in fast allen Einzelheiten von seiner Italienreise.

»Das verstehe ich nicht«, sagte Clara nachdenklich. »In einem Briefwechsel mit einem seiner Kunden beglückwünschte sich Sir Edward, Wladimir Radskin nach Florenz geschickt zu haben. Warum sollte er gelogen haben?«

»Dieselbe Frage stelle ich mir auch.«

»Wann können Sie den Vergleich zwischen den mitgebrachten Mustern und den Farben auf dem Bild vornehmen?«

»Ich muss Peter anrufen, damit er mich bei einem Labor in England empfiehlt.«

Jonathan sah auf die Uhr. Es war Mittag in London und sieben Uhr morgens an der nordamerikanischen Ostküste.

»Vielleicht ist er schon auf.«

Peter tastete nach der Quelle dieses unerträglichen Geräuschs, das ihn daran hinderte, ehrenhaft seine Nacht zu beenden. Er nahm seine Augenmaske ab, streckte den Arm über das verschlafene Gesicht einer gewissen Anita und hob knurrend den Hörer ab.

»Wer immer Sie sind, Sie haben soeben einen guten Freund verloren!«

Damit knallte er den Hörer auf die Gabel.

Wenige Sekunden später klingelte es erneut.

»Nervensäge und Dickschädel dazu! Wer ist am Apparat?«

»Ich bin's«, sagte Jonathan ruhig.

»Weißt du, wie spät es ist? Außerdem ist Sonntag!«

»Dienstag, Peter. Heute ist Dienstag.«

»Mist, wie die Zeit vergeht!«

Während Jonathan ihm erklärte, was er benötigte, stupste Peter das schlafende Wesen an seiner Seite an. Er flüsterte Anita ins Ohr, sie solle sich schnell fertig machen, er sei schrecklich in Eile.

Anita zuckte mit den Schultern und stand auf.

Peter hielt sie am Arm zurück, zog sie an sich und drückte ihr einen zärtlichen Kuss auf die Stirn. »Wenn du in zehn Minuten fertig bist, setze ich dich bei dir zu Hause ab.«

»Hörst du mir überhaupt zu?«, fragte Jonathan am anderen Ende der Leitung.

»Wem sollte ich sonst zuhören?«, kam die Antwort. »Aber kannst du trotzdem wiederholen, was du eben gesagt hast? Es ist noch sehr früh hier.«

Jonathan bat, er möge ihn bei einem englischen Labor empfehlen.

»Wenn du das Bild mit Röntgenstrahlen untersuchen willst, kannst du einen Freund von mir kontaktieren. Sein Labor ist nicht weit von deinem Hotel entfernt.«

Jonathan kritzelte die Adresse, die Peter ihm diktierte, auf einen Zettel.

»Was die organischen Analysen betrifft«, fuhr Peter fort, »lass mich vorher ein paar Telefonate führen.«

»Ich lasse dir den ganzen Tag, doch ich erinnere dich daran, dass die Zeit für dich knapp wird.«

»Danke, dass du mich noch vor dem Aufstehen daran

erinnerst. Ich wusste doch, dass mir etwas gefehlt hat, um den Tag gut zu beginnen!«

Peter hatte inzwischen fast alle in London zusammengetragenen Dokumente geordnet. Er hatte die in den Archiven von Christie's zugebrachten Stunden dazu genutzt, die Artikel zu fotokopieren, die in den Jahren veröffentlicht worden waren, als Radskin in England lebte.

Sobald er seine Lektüre beendet hätte, würde er eine Zusammenfassung aller Artikel schreiben, die von Sir Edwards berühmter Auktion handelten, im Laufe derer das Bild verschwunden war.

»Wir müssen herausfinden, warum es verschwunden ist.«

»Das ist beruhigend zu hören – wir suchen diese Information ja auch erst seit zwanzig Jahren. Und es wird mir sicher in vierzehn Tagen gelingen, die Angelegenheit zu klären«, erwiderte Peter ironisch.

»Weißt du noch, was dein Polizistenfreund gesagt hat?«, fragte Jonathan.

»Ich habe viele Freunde bei der Polizei ... Also etwas präziser, bitte.«

»Der aus San Francisco!«

»Ach, du meinst Georges Pilguez!«

»Du hast es im Laufe unserer Nachforschungen mindestens hundert Mal zitiert: Man braucht nur ein winziges Indiz, um den Faden eines Ereignisses zurückzuverfolgen.«

»Ich denke mal, Pilguez hat es etwas fachmännischer formuliert, aber ich weiß, was du sagen willst. Ich rufe dich an, sobald ich den weiteren Verlauf der Untersuchung organisiert habe.«

In dem Augenblick, als er auflegte, kam Anita aus dem Badezimmer. Sie trug Jeans und ein kurzes T-Shirt, beides so eng, dass sie nach dem Waschen ganz aufs Bügeln verzichten konnte.

Peter zögerte und streckte ihr die Hand entgegen, um sich, wie es schien, beim Aufstehen helfen zu lassen. Stattdessen landete sie wieder im Bett.

Jonathan wählte die Nummer, die Peter ihm gegeben hatte. Der Radiologe erkundigte sich nach den Maßen des Bildes und bat ihn, sich einen Augenblick zu gedulden. Kurz darauf war er wieder am Apparat. Jonathan habe Glück, er habe noch zwei Röntgenplatten in der passenden Größe vorrätig.

Sie vereinbarten einen Termin für den frühen Nachmittag. Clara und Jonathan blickten sich zögernd an, bevor sie sich auf die Decken stürzten, um das Bild darin einzuwickeln. Im Eifer des Gefechts dachte keiner mehr an die schützende Lattenkiste und den gesicherten Transporter. Sie nahmen ein Taxi, das sie in einer kleinen Straße zwischen Park Lane und Green Street absetzte. Sie läuteten und wurden über die Sprechanlage gebeten, in den zweiten Stock zu kommen. Von Ungeduld und Neugier geplagt, hastete Jonathan die Stufen hinauf, dicht gefolgt von Clara.

Eine Assistentin im weißen Kittel öffnete ihnen die Tür und führte sie ins Wartezimmer. Eine schwangere Frau wartete auf den Befund ihrer Ultraschalluntersuchung, ein junger Mann mit eingegipstem Bein sah sich sein letztes Kontrollröntgenbild an. Als ihn die Patientin mit der Armbinde argwöhnisch fragte, woran genau er denn leide, versteckte sich Clara hinter einer Ausgabe der *Times*, die sie von einem niedrigen Tisch genommen hatte.

Dr. Jack Seasal erschien in der halb geöffneten Tür. Er machte Jonathan und Clara ein diskretes Zeichen. »Ein Notfall«, sagte er leise und entschuldigte sich bei den anderen Patienten. Im Röntgenzimmer bat er die beiden sichtlich erfreut: »Nun zeigen Sie mir doch mal dieses Wunderwerk!«

Jonathan wickelte es aus, und Jack Seasal, ein Freund von Peter und großer Liebhaber der Malerei, war ganz hingerissen von *Die junge Frau im roten Kleid*.

»Peter hat nicht übertrieben«, sagte er und kippte die Untersuchungsbank in die Horizontale. »Ich werde ihn im September in Boston besuchen. Dort findet unser nächster Ärztekongress statt«, fuhr er fort und half Jonathan, das Bild darauf zu fixieren.

Der Radiologe markierte die Bestrahlungszone. Mit geschulter Hand schob er die Fotoplatte in die Halterung, stellte den Strahlengenerator im rechten Winkel zu der Bildoberfläche auf und reichte seinen Besuchern zwei braune Schürzen. »Zu Ihrem Schutz!«, sagte er. »So will es die Vorschrift.«

Mit ihren Bleischürzen ausstaffiert, traten Clara und Jonathan hinter die Glasscheibe. Dr. Seasal überprüfte ein letztes Mal seine Apparaturen, bevor er zu ihnen kam. Er drückte auf einen Knopf. Die Röntgenstrahlen durchdrangen alle Farbschichten des Bildes, um dabei auf der Fotoplatte einige seiner Geheimnisse preiszugeben.

»Halten Sie die Luft an, ich mache eine zweite Aufnahme«, sagte der Arzt und tauschte die Platte aus.

Jonathan und Clara warteten im Röntgenzimmer, bis die beiden Platten entwickelt waren. Dr. Seasal kam nach einer Viertelstunde zurück. Er ersetzte die Aufnahmen von einem Oberschenkelknochen und einem Lungenflügel, die auf dem Leuchtschirm befestigt waren, durch die beiden, die er soeben entwickelt hatte. Die Aufnahme des Gemäldes von Wladimir Radskin war jetzt durchschimmernd. Für jeden Gutachter oder Restaurator ist dies ein großer Augenblick. Die Röntgenstrahlen offenbaren einen unsichtbaren Teil des Bildes; sie würden Jonathan wertvolle Hinweise auf die Art des Maluntergrunds geben, den Radskin verwendet hatte. Ein Vergleich dieser Aufnahmen mit denen seiner anderen Gemälde könnte beweisen, dass die Leinwand, auf der *Die junge Frau im roten Kleid* gemalt worden war, dieselbe Struktur besaß wie die aller übrigen in England entstandenen Bilder.

Als er die Aufnahme aus der Nähe betrachtete, glaubte Jonathan etwas zu erkennen. »Könnten Sie die Deckenbeleuchtung ausschalten?«, murmelte er.

»Dies sind wirklich die einzigen Röntgenbilder, über die ich keinen Bericht zu diktieren wüsste«, sagte Jack Seasal und ging zum Lichtschalter. »Ich hoffe, die Qualität der Bilder sagt Ihnen zu.«

Bis auf den Bereich des Leuchtschirms war der Raum plötzlich in Dunkel getaucht. Die Herzen von Clara und Jonathan begannen im Gleichtakt zu schlagen. Vor ihren erstaunten Augen erschien zu beiden Seiten von *Die junge*

Frau im roten Kleid eine Reihe von Anmerkungen mit Kohlestift.

»Was mag das sein, was hat er uns damit sagen wollen?«

»Ich sehe nur eine Reihe von Ziffern und ein paar Großbuchstaben«, erwiderte Clara.

»Ich auch, aber wenn es mir gelingt, seine Schrift zu identifizieren, dann haben wir den Beweis«, sagte Jonathan beinahe im Flüsterton.

Dr. Seasal hüstelte nervös in ihrem Rücken. Mehrere Patienten hatten bereits erbost das Wartezimmer verlassen! Jonathan nahm die Röntgenbilder an sich, Clara wickelte das Bild wieder in die Decken ein, und sie dankten dem Radiologen herzlich für seine Hilfe. Beim Hinausgehen versprachen sie, Peter beim nächsten Anruf seine Grüße auszurichten.

Zurück in der Galerie, stellten sie sich an den Leuchttisch, auf dem Clara für gewöhnlich ihre Dias anschaute. Dort blieben sie bis zum Abend und untersuchten die Röntgenaufnahmen. Clara kopierte systematisch alle Anmerkungen von Radskin in Jonathans Heft. Er entfernte sich einen Augenblick, um Dokumente aus seiner Tasche zu holen.

Durch eine ungeschickte Handbewegung von Clara fiel das große Spiralheft zu Boden. Sie bückte sich, um es aufzuheben, und suchte nach der Seite, auf der sie eben geschrieben hatte. Beim Blättern fiel ihr Blick auf die Skizze eines Gesichts, das sie sofort erkannte. Als Jonathan zurückkam, schlug sie das Heft zu und legte es wieder auf den Tisch.

Anhand der Großbuchstaben, die Radskin mit Kohlestift an den Bildrand gezeichnet hatte, ließ sich der Urheber des

Gemäldes nicht eindeutig bestimmen. Trotzdem waren die Mühen des Tages nicht umsonst gewesen. Jonathan hatte die Leinwand analysieren können, die als Unterlage für das Bild gedient hatte. Sie war in allen Punkten mit der identisch, die er in der Vergangenheit untersucht hatte. Sie war aus vierzehn Kett- und Schussfäden pro Quadratzentimeter gewebt und entsprach genau der, die Sir Edward für Radskin zu ordern pflegte. Das Gleiche galt für den Keilrahmen, auf den die Leinwand gespannt worden war.

Erst als die Nacht über London hereinbrach, verließen sie die Galerie und beschlossen, einen Spaziergang durch das Viertel zu machen.

»Ich wollte Ihnen danken, für alles, was Sie tun«, sagte Clara.

»Wir sind noch sehr weit vom Ziel entfernt«, erwiderte Jonathan. »Außerdem bin ich es, der Ihnen zu Dank verpflichtet ist.«

Während sie durch die menschenleeren Straßen schlenderten, gestand er ihr, dass er auf weitere Hilfe angewiesen sei, um seinen Auftrag rechtzeitig ausführen zu können. Auch wenn er von der Echtheit des Bildes überzeugt war, seien noch andere Untersuchungen nötig, um eine unanfechtbare Expertise zu liefern.

Clara blieb unter dem Lichtkegel einer Laterne stehen und sah ihn an. Sie hätte reden, die richtigen Worte finden wollen, doch vielleicht war Schweigen in diesem bestimmten Moment das einzig Richtige. Sie holte tief Luft, und sie setzten den Weg fort. Auch Jonathan war schweigsam. Sein Hotel war schon in Sichtweite. Dort unter dem Vordach würden sie sich gleich trennen. In diesem Augenblick der Nacht wünschte er sich plötzlich, die wenigen Schritte bis dorthin ewig ausdehnen zu können. Und während sie so nebeneinander hergingen, spürte er plötzlich, wie ihre beiden Hände sich ganz leicht streiften. Claras kleiner Finger hakte sich in seinen ein, die anderen umfingen sich. In der Londoner Nacht formten zwei Hände nur noch eine Hand, und der Schwindelanfall kündigte sich erneut an.

Prächtige Kristallkandelaber mit Tausenden von Kerzen erleuchteten den riesigen Auktionssaal, in dem nicht ein Platz unbesetzt war. Herren mit Frack und Zylinder saßen auf den Stühlen oder drängten sich in den Gängen, einige darunter in Begleitung von Damen in kostbaren Kleidern. An seinem Pult auf dem Podium waltete ein Ehrenmann seines Amtes. Der Hammer ging zum Zuschlag für eine antike Vase nieder. Hinter den Kulissen, wo Jonathan und Clara sich wähnten, eilten Männer in grauen Kitteln umher. Die mit rotem Velours bespannte Drehscheibe rotierte, und die Vase verschwand aus dem Saal. Sie wurde von ihrem Sockel gehoben und sogleich durch eine Skulptur ersetzt.

Der Mann drehte die Scheibe zurück, sodass die Bronze für die Interessenten sichtbar wurde. Jonathan und Clara blickten einander an. Es war das erste Mal, dass sie sich in dieser unerklärlichen Situation sahen. Auch wenn es ihnen unmöglich war, nur das geringste Wort zu sprechen, so verspürten sie doch nicht den Schmerz wie bei den vorangegangenen Anfällen. Ganz im Gegenteil – während ihre Hände noch immer vereint waren, schienen ihre Körper von jedem Alter befreit. Jonathan trat noch einen Schritt näher, Clara schmiegte sich an ihn und erkannte den Geruch seiner Haut wieder. Der Hammerschlag des Auktionators ließ sie zusammenzucken, und eine sonderbare Stille machte sich im Saal breit. Die Scheibe drehte sich erneut, die Skulptur wurde entfernt, und der Mann im grauen Kittel hängte ein Bild auf, das beide sofort erkannten. Ein Gerichtsvollzieher kündigte die sofortige Versteigerung des bedeutendsten Werks eines russischen Malers an. Das mit einem Pfand belastete Gemälde, so erläuterte der Mann, entstamme der persönlichen Sammlung von Sir Edward Langton, dem renommierten Londoner Galeristen. Ein Amtsdiener schritt durch den Saal und stieg auf die Bühne. Er hatte einen Umschlag dabei, den er dem Gerichtsvollzieher überreichte. Der brach das Siegel, las den Inhalt des Schreibens und reichte es dem Auktionator, dessen Gesicht kreidebleich wurde.

Er winkte den jungen Notar herbei und flüsterte ihm eine Frage ins Ohr: »Hat er Ihnen das persönlich ausgehändigt?«

Der vereidigte Amtsdiener bejahte die Frage mit einem knappen Nicken.

Da rief der Auktionator seinen Hilfskräften zu, das Gemälde nicht zu holen, es handele sich um eine Fälschung! Dann deutete er mit dem Finger auf einen Mann in der letzten Sitzreihe. Alle Augen hefteten sich auf Sir Edward, der aufsprang. Jemand nannte es einen Skandal, ein anderer reinen Betrug, ein Dritter fragte, wie die Gläubiger befriedigt würden. »Das Ganze ist nur ein Täuschungsmanöver«, ertönte lautstark eine vierte Stimme.

Der Mann, der von kräftiger Statur war, bahnte sich seinen Weg durch die Menge. Mit Mühe gelangte er zur Tür, die auf die große Treppe führte. Gefolgt von Händlern, die ihn bedrängten, eilte er die Stufen hinab und floh hinaus auf die Straße. Der Auktionssaal hinter ihm leerte sich.

»Schnell, schnell«, flüsterte jemand Jonathan ins Ohr. Vor seinen Augen floh ein Paar mit dem letzten Werk von Wladimir Radskin, das in eine Decke gewickelt war. Als sie hinter der Bühne einer anderen Zeit verschwunden waren, endete Jonathans Sinnentaumel.

Clara und Jonathan sahen einander bestürzt an. In der einsamen Straße hörten die Laternen auf zu leuchten. Langsam hoben sie den Kopf. Auf dem Giebeldreieck des Gebäudes, vor dem sich ihre Hände vereint hatten, stand in den weißen Stein gemeißelt: »Im XIX. Jahrhundert wurde hier das Auktionshaus der Grafschaft Mayfair gegründet.«

Kapitel 7

Als Peter eben die Tür seines Büros hinter sich schließen wollte, klingelte das Telefon. Er kehrte um und drückte auf den Lautsprecherknopf. Mr. Gardner wollte ihn sprechen, er nahm den Anruf sofort entgegen.

»Es muss spät bei dir sein, ich wollte gerade gehen«, sagte er und stellte seine Tasche am Boden ab.

Jonathan informierte ihn über die Fortschritte seiner Recherchen. Er hatte die Leinwand des Bildes authentifiziert, aber es war ihm unmöglich, die Notizen, die der Maler unter der Farbe versteckt hatte, zu deuten, und zu seinem Bedauern erlaubten die Großbuchstaben unter der Farbe keine offizielle Identifikation. Jonathan brauchte die Hilfe seines Freundes. Die Analysen, die er vornehmen lassen wollte, erforderten technische Mittel, über die nur wenige Privatlabors verfügten. Hatte Peter vielleicht eine Idee, einen Kontakt in Paris, der ihm weiterhelfen konnte?

Peter wiederum erzählte von einer Entdeckung, die er in den Londoner Archiven gemacht hatte. Ein Presseausschnitt vom Juni 1869, der ihnen bisher entgangen war, berichtete von einem Skandal während einer Versteigerung. Der Journalist gab keine weiteren Erklärungen.

»Dem Reporter ging es wohl eher darum, deinen Galeristen niederzumachen«, sagte Peter.

»Ich habe gute Gründe zu glauben, dass das Bild an ebendiesem Tag gestohlen oder zumindest entfernt wurde, ehe es präsentiert werden konnte«, antwortete Jonathan.

»Von Sir Edward?«, wollte Peter wissen.

»Nein, nicht er hat das Gemälde unter einer Wolldecke versteckt.«

»Wovon sprichst du?«, fragte Peter.

»Das ist etwas kompliziert, ich erkläre es dir später.«

»Das wäre auch gar nicht in seinem Interesse gewesen. Der Verkauf hätte den Wert seiner Sammlung erheblich gesteigert. Verlass dich auf das Urteil eines Auktionators.«

»Ich glaube, das Vermögen, das er zu besitzen vorgab, war längst aufgezehrt«, schloss Jonathan.

»Und auf welche Quellen stützt du dich?«, fragte Peter neugierig.

»Das ist eine lange Geschichte, und ich glaube nicht, dass du Lust hast, sie dir jetzt anzuhören. Sir Edward war vielleicht nicht der Gentleman, für den wir ihn gehalten haben«, fügte er hinzu. »Hast du Informationen über seinen überstürzten Aufbruch nach Amerika bekommen?«

»Sehr wenige. Aber was die Überstürzung angeht, so hattest du recht. Ich weiß nicht, was passiert ist, aber besagter Artikel berichtet, dass die Leute sein Londoner Haus am Abend der Auktion geplündert haben. Die Polizei konnte eben noch verhindern, dass das Haus angezündet wurde. Seit dieser Zeit ist Sir Edward für immer verschwunden.«

Am Vortag hatte Peter die Archive des alten Bostoner

Hafens aufgesucht. Er hatte sich die Listen der Passagiere angesehen, die zu dieser Zeit aus England eingewandert waren. Eine Brigg, die aus Manchester kam, hatte in London Zwischenstopp gemacht, bevor sie den Atlantik überquerte. Und der Tag, an dem sie angelegt hatte, stimmte möglicherweise mit Sir Edwards Reisedaten überein.

»Aber wir haben Pech«, fuhr Peter fort, »es gab keinen Langton auf diesem Schiff. Ich habe die Liste dreimal überprüft, habe dabei aber etwas anderes Amüsantes entdeckt. Eine Familie, die sich unter dem Namen Walton ins Einwanderungsregister der Stadt eingetragen hat, war an Bord.«

»Was ist daran amüsant?«, fragte Jonathan und kritzelte den Namen auf ein Blatt Papier.

»Nichts! Es ist nur, wie du immer selbst sagst, rührend, seine Ursprünge oder die entfernter Verwandter aufzuspüren. Bis auf einen Buchstaben ist es der Name deiner zukünftigen Frau!«

Die Mine des Bleistifts, den Jonathan in der Hand hielt, brach ab. Es folgte ein langes Schweigen.

Peter rief mehrmals seinen Namen, doch am anderen Ende der Leitung blieb es still. Als er auflegte, fragte er sich, wie Jonathan sicher sein konnte, dass das Bild in eine Wolldecke gewickelt gewesen war.

Jonathan und Clara verließen London kurz nach Mittag. Peter hatte für den frühen Abend einen Termin mit seiner Pariser Kontaktperson ausgemacht. Solange die Urheberschaft des Bildes nicht geklärt war, konnte die Versicherungsgesellschaft nicht verlangen, dass es unter besonderen

Schutzmaßnahmen transportiert wurde. Das wäre in der kurzen Zeit, die ihnen zur Verfügung stand, auch gar nicht möglich gewesen. Clara hatte es in eine Wolldecke gewickelt und mit einer Lederhülle geschützt.

Ein Taxi setzte sie am London City Airport ab. Auf der Rolltreppe, die sie in den ersten Stock brachte, stand Jonathan hinter ihr und bewunderte Claras Silhouette. Sie warteten in der großen Cafeteria auf ihren Abflug. Vom Panoramafenster aus sah man die kleinen Handelsjets in regelmäßigen Abständen starten und landen. Jonathan ging an die Bar, um Clara etwas zu trinken zu holen. Während er am Tresen lehnte, musste er an Peter denken, dann an Wladimir Radskin, und schließlich fragte er sich, was ihn wirklich zu diesem Wettlauf mit der Zeit bewog. Er setzte sich wieder an den Tisch und sah Clara nachdenklich an.

»Ich stelle mir zwei Fragen«, sagte er, »aber Sie müssen mir nicht antworten.«

»Fangen Sie doch mal mit der ersten an!«, sagte Clara, lächelte und hob ihr Glas an die Lippen.

»Wie sind Sie in den Besitz dieser Bilder gekommen?«

»Sie hingen an den Wänden, als meine Großmutter den Landsitz gekauft hat, aber *Die junge Frau im roten Kleid* habe ich gefunden.«

Clara erzählte ihm, unter welchen Umständen sie diese Entdeckung gemacht hatte. Vor einigen Jahren hatte sie sich entschieden, das Dachgeschoss des Landsitzes auszubauen. Das Dach stand unter Denkmalschutz, und sie musste lange auf die Genehmigung warten. Als sie dann eine Absage bekam, beschloss sie, ihren Plan aufzugeben. Das Knarren des alten Fußbodens aber machte ihr nachts zu schaffen. Mr. Wallace, ein Zimmermann aus der Gegend, der Clara gern mochte, hatte sich bereit erklärt, die Dielen heimlich zu entfernen, die Stützbalken zu erneuern und den alten Fußboden dann wieder zu verlegen. Wenn sich der Staub erst wieder breitgemacht hätte, würde selbst der Beauftragte des Denkmalschutzamtes nichts feststellen können. Eines Tages hatte sie der Zimmermann geholt, weil er ihr etwas zeigen wollte. Clara war ihm auf den Dachboden gefolgt. Er hatte, zwischen zwei Stützbalken versteckt, einen Holzkasten von einem Meter Länge und Breite gefunden. Mit seiner Hilfe beförderte Clara ihn aus seinem Versteck und stellte ihn auf zwei Böcken ab. Von einer grauen Decke geschützt, tauchte *Die junge Frau im roten Kleid* aus der Vergangenheit auf, und Clara wusste sofort, wer der Maler war.

Eine Lautsprecheransage unterbrach ihren Bericht. Die Maschine war zum Einsteigen bereit. Ein Paar umarmte sich zum Abschied. Die Frau reiste allein. Als sie hinter der Sicherheitskontrolle verschwand, winkte ihr der Mann zärtlich nach. Die Frau bog am Ende des Gangs ab, und die Hand schwebte eine Weile in der Luft. Jonathan beobachtete den Mann, der sich mit hängenden Schultern in Richtung Rolltreppe entfernte. Nachdenklich eilte er Clara zum Gate nach.

Der Air France City Jet erreichte Paris nach fünfundvierzig Minuten. Dank der Zertifikate der Galerie passierten sie den französischen Zoll ohne Schwierigkeiten. Jonathan hatte eine Suite in einem Hotel am Anfang der Avenue Bugeaud reserviert. Sie stellten ihr Gepäck ab und verstauten das Gemälde im Tresor. Am frühen Abend trafen sie sich in der Hotelbar mit Sylvie Leroy, einer der renommiertesten Mitarbeiterinnen des Forschungs- und Restaurierungszentrums der französischen Museen. Sie hatten sich an einen abgelegenen Tisch unter einer hölzernen Wendeltreppe gesetzt, die zur Bibliothek führte. Sylvie Leroy hörte den beiden aufmerksam zu und begleitete sie dann in den kleinen Salon, der die Zimmer ihrer Suite trennte. Clara öffnete den Reißverschluss der Lederhülle, zog das Bild aus der Decke und stellte es auf das Fensterbrett.

»Es ist wundervoll«, murmelte die junge Wissenschaftlerin in perfektem Englisch.

Nachdem sie das Gemälde ausgiebig begutachtet hatte, seufzte sie auf und nahm in einem Sessel Platz.

»Es tut mir schrecklich leid, aber kann ich Ihnen nicht helfen. Ich habe es Peter bereits gestern am Telefon erklärt. Die Labors des Louvre beschäftigen sich nur mit Werken, die für unsere französischen Museen interessant sein könnten. Wir arbeiten nie für Privatpersonen. Wenn es keinen Antrag von einem Kurator gibt, kann ich Ihnen kein Team zur Verfügung stellen.«

»Ich verstehe«, sagte Jonathan.

»Ich verstehe nicht«, protestierte Clara. »Wir sind extra von London hierhergekommen. Uns bleiben kaum mehr zwei Wochen, um die Echtheit des Bildes zu beweisen, und Sie verfügen über die dafür nötigen Mittel.«

»Wir haben nichts mit den Problemen des Kunstmarkts zu tun«, gab Sylvie Leroy zurück.

»Aber es geht hier um Kunst, nicht um den Markt«, sagte

Clara energisch. »Wir kämpfen darum, dass das wichtigste Bild eines Malers diesem zugesprochen wird, und nicht darum, dass es auf einer Versteigerung eine Höchstsumme erzielt.«

Sylvie Leroy hüstelte und lächelte dann. »Übertreiben Sie nicht, die Empfehlung kam von Peter!«

»Clara hat recht, ich bin Kunstexperte, kein Händler«, warf Jonathan ein.

»Ich weiß, wer Sie sind, Mister Gardner. Ich interessiere mich sehr für Ihre Arbeiten, einige von ihnen waren mir sehr nützlich. Ich habe sogar in Miami einem Ihrer Vorträge beigewohnt. Dort habe ich Peter kennengelernt und ein spätes Abendessen mit ihm eingenommen, aber ich hatte nicht das Glück, Sie zu treffen. Sie waren bereits abgereist.«

Sylvie Leroy erhob sich und reichte Clara die Hand. »Es freut mich, Ihre Bekanntschaft gemacht zu haben«, sagte sie dann zu Jonathan und verließ den kleinen Salon.

»Was tun wir jetzt?«, fragte Clara, als sich die Tür hinter ihr geschlossen hatte.

»Da ich weder Infrarotkamera noch Lasergerät, Atomemissionsspektrometer oder Rasterelektronenmikroskop zur Verfügung habe, um die Analyse selbst vorzunehmen, schlage ich vor, wir machen einen Spaziergang durch Paris. Ich habe auch schon eine Idee, wohin wir gehen sollten.«

Das Taxi fuhr zunächst in Richtung Trocadéro. Auf der anderen Seite der Seine sah man den Eiffelturm funkeln, sein Bild spiegelte sich im ruhigen Wasser des Flusses. Die vergoldete Kuppel des Invalidendoms schimmerte im Licht des milden Sommerabends. Vor der Orangerie stiegen sie aus.

Zwischen den beiden Brunnen mit den wasserspeienden Statuen der Place de la Concorde irrte ein einsamer alter Mann umher. Clara und Jonathan gingen schweigend den Kai entlang. Als sie die baumbestandenen Wege der Tuilerien betraten, musste Jonathan an den Giardino di Boboli denken.

»Wenn wir in Boston sind, gehen wir dann an der Hafenpromenade spazieren?«, fragte Clara.

»Das habe ich Ihnen versprochen«, erwiderte Jonathan.

Sie kamen an der Porte des Lions vorbei. Unter ihren Füßen, im Untergeschoss des Louvre-Hofes befanden sich die Recherche- und Restaurationslabors der Musées de France.

Sylvie Leroy wollte gerade in eine Metro-Station hinabsteigen, als ihr Handy klingelte. Sie blieb auf der obersten Stufe stehen und wühlte in ihrer Tasche. Sie hob ab und hörte Peter fragen, was sie ohne ihn in der romantischsten aller Städte täte.

Anna stand vor ihrer Staffelei und nahm die letzten Korrekturen an einem Bild vor. Sie trat einen Schritt zurück, um die Präzision ihrer Arbeit zu begutachten. Plötzlich ertönten mehrere Piepstöne. Sie stellte den Pinsel in einen Tontopf und setzte sich an den Schreibtisch, der unter dem Fenster am hinteren Ende des Ateliers stand. Sie gab ihr Passwort in den Computer ein, schob eine Code-Karte ins Laufwerk, und sogleich erschienen mehrere Digitalfotos auf dem Bildschirm. Das erste war von der Straße her aufgenommen und zeigte Jonathan und Clara Seite an Seite in der Galerie in der Albermarle Street, wie sie ein Gemälde betrachteten. Auf dem zweiten war die kleine Straße durch den schwachen Schein der Straßenlaternen in orangefarbenes Licht getaucht, doch der Blick, den die beiden wechselten, war eindeutig. Auf dem dritten Foto spazierten Jonathan und Clara durch den Garten eines englischen Landsitzes, das vierte zeigte sie am Fenster eines Cafés und ein weiteres, wie sie sich unter dem Vordach des *Dorchester* gegenüberstanden. Auf dem letzten Bild sah man Jonathan am Tresen der Flughafen-Cafeteria, während Clara an einem Tisch saß. Die Aufnahmen waren so scharf, dass man sogar die Namen der Fluggesellschaft der eben gelandeten Maschinen durch die Glasfront erkennen konnte. Ein kleiner Umschlag blinkte in der unteren Ecke des Bildschirms. Anna klickte das Dokument an, das an die eben erhaltene Nachricht angehängt war. Eine neue Serie von Digitalfotos öffnete sich. Anna betrachtete sie. In Paris, in der Avenue Bugeaud kamen Clara und Jonathan die Stufen eines Hotels hinunter. Auf dem letzten Bild, das zeigte, wie sie in ein Taxi stiegen, war die Uhrzeit der Aufnahme eingeblendet: 21:12 Uhr. Anna nahm den Telefonhörer ab und wählte eine Nummer in der Stadt.

»Sie sind perfekt, nicht wahr?«, ertönte sofort eine Stimme.

»Ja«, murmelte Anna. »Die Sache nimmt Formen an.«

»Sei nicht zu optimistisch. Ich befürchte, die Sache, wie du sagst, entwickelt sich nicht im gewünschten Tempo. Habe ich dir nicht schon immer gesagt, dass dieser Typ unglaublich langsam ist?«

»Alice!«, rief Anna.

»Gut, das ist meine Meinung«, fuhr die Frau am anderen Ende der Leitung fort. »Trotzdem haben wir nur drei Wochen Zeit, um unser Ziel zu erreichen, und sie dürfen auf keinen Fall aufgeben. Es ist zwar etwas riskant, doch ich glaube, sie brauchen Unterstützung.«

»Was hast du vor?«, fragte Anna.

»Ich habe ein paar nützliche Verbindungen zu den richtigen Stellen in Frankreich, mehr brauchst du nicht zu wissen. Bleibt es dabei, dass wir morgen zusammen zu Mittag essen?«

»Ja«, antwortete Anna und legte auf.

Auch ihre Gesprächspartnerin hängte ein. An ihrem Finger funkelte ein Diamant.

Clara und Jonathan gingen über die Passerelle des Arts. Der zunehmende Mond stand hoch am Himmel.

»Haben Sie Sorgen?«, fragte sie.

»Ich weiß nicht, wie ich die Urheberschaft des Bildes in so kurzer Zeit beweisen soll.«

»Aber Sie glauben, dass es wirklich von ihm ist!«

»Ich bin mir sicher!«

»Und Ihre Überzeugung reicht nicht aus?«

»Ich muss Peters Partnern Garantien geben. Auch sie übernehmen Verantwortung. Wenn die Echtheitsprüfung des Gemäldes nach dem Verkauf angezweifelt werden kann, sind sie gegenüber dem Verkäufer direkt verantwortlich und müssten ihm den Kaufpreis zurückerstatten. Es geht um Millionen von Dollar. Ich brauche stichhaltige Beweise. Ich muss die nötigen Untersuchungen durchführen.«

»Und was wollen Sie tun, nachdem uns die Labors des Louvre nicht zur Verfügung stehen?«

»Keine Ahnung. Ich arbeite normalerweise mit Privatlabors zusammen, aber die sind überlastet, man muss Monate vorher einen Termin ausmachen.«

Jonathan hasste diesen Pessimismus, der ihn überkam. Seine Aufgabe war von essenzieller Bedeutung. Wenn er die Echtheit des Gemäldes beweisen könnte, würde er Peter aus einer prekären beruflichen Situation retten und endlich Wladimir Radskin zu seiner verdienten Anerkennung verhelfen. Aber wichtiger war vielleicht noch, dass er das seltsame Phänomen begreifen würde, das ihn daran hinderte, Clara in die Arme zu nehmen, ohne dass die Welt um ihn herum ins Wanken geriet. Seine Hand näherte sich Clara und streifte flüchtig ihre Wange, ohne sie zu berühren.

»Wenn Sie wüssten, wie gerne ich es tun würde«, sagte er.

Clara wich zurück und wandte sich dem Fluss zu. Die Brise spielte mit ihrem Haar. »Ich auch«, murmelte sie, den Blick auf die Seine gerichtet.

Jonathans Handy klingelte. Er erkannte Sylvie Leroys Stimme.

»Ich weiß nicht, wie Sie das fertiggebracht haben, Mister Gardner, Sie scheinen über exzellente Beziehungen zu verfügen. Ich erwarte Sie morgen früh im Labor. Der Eingang befindet sich an der Porte des Lions im Louvre-Hof. Seien Sie um sieben Uhr dort!«

Zu dieser frühen Stunde war das Forschungs- und Restaurierungszentrum noch geschlossen. Jonathan und Clara stiegen die Treppe hinab, die zum Untergeschoss des Louvre führte.

Sylvie Leroy erwartete sie hinter der gläsernen Sicherheitstür des Labors. Sie schob ihre Personalkarte in das Kontrollgerät in der Wand, und die Tür öffnete sich sofort. Jonathan schüttelte ihr die Hand, und sie bat die beiden, ihr zu folgen.

Die Örtlichkeiten waren von beeindruckender Modernität. Metallene Laufstege führten über riesige Räume, in denen Forscher, Techniker und Restauratoren beschäftigt waren. Hundertsechzig Angestellte arbeiteten an den verschiedenen Programmen der Organisation. Als Erfinder modernster Technologien auf diesem Gebiet und als Wächter über einen Teil der Geschichte der Zivilisation verbrachten die Forscher des C2RMF-Instituts ihr Leben damit, die großen Werke des kulturellen Erbes zu analysieren, zu identifizieren, zu restaurieren und zu klassifizieren.

Ohne die ihnen eigene Diskretion hätten sich die Forschungs- und Restaurierungsteams der französischen Museen ihrer Kompetenzen brüsten können. Die Datenbanken, welche die Forscher im Laufe der Jahre aufgebaut hatten, fanden weltweit Anerkennung und Anwendung. Sie arbeiteten mit verschiedenen französischen und internationalen Partnern zusammen. François Hébrard, der Leiter der Abteilung »Gemälde«, erwartete sie am Ende des Gangs. Auch er schob seine Personalkarte in ein Lesegerät, und die schwere Eingangstür zum Analysezentrum glitt langsam zur Seite. Clara und Jonathan betraten eines der geheimsten Labors der Welt. Riesige Räume reihten sich an einem langen Flur aneinander, in dessen Mitte ein gläserner Aufzug Zugang zum darüberliegenden Verwaltungstrakt gewährte. Zahlreiche Computerbildschirme verbreiteten ihren grünlichen Schein durch die Glaswände. Jonathan und Clara traten in einen Raum von imposanter Deckenhöhe. Eine enorm große Fotokamera war auf Schienen montiert. Das Team nahm Wladimir Radskins Gemälde eingehend in Augenschein. Trotz der technischen Mittel, die ihnen zur Verfügung standen, verloren die Forscher nie die Hochachtung und das Verständnis für die physische Unversehrtheit eines Werks. Der Techniker, der die Aufnahmen machen sollte, leuchtete das Bild aus. *Die junge Frau im roten Kleid* wurde mit direkter Beleuchtung, dann mit Ultraviolett- und schließlich mit Infrarotstrahlen aufgenommen.

Dank dieser speziellen Technik konnten tiefer liegende Malschichten, eventuelle Änderungen oder im Laufe der Jahre vorgenommene Restaurierungen sichtbar gemacht werden. Die Infrarotspektrometrie ergab keine befriedigenden Ergebnisse. Um die Geheimnisse des Gemäldes zu ergründen, musste man zunächst versuchen, die Elemente zu trennen. Am späten Vormittag wurden verschiedene Mikro-Entnahmen vorgenommen, und die Proben, die nicht größer als ein Stecknadelkopf waren, per Gaschromatografie analysiert. Mithilfe dieses Geräts war es möglich, zahlreiche verschiedene Moleküle zu isolieren, aus denen die Farbe bestand. Sobald die ersten Ergebnisse vorlagen, nahm François Hébrard sie in seinen Computer auf. Wenige Minuten später begann der Drucker zu rattern. Dann standen sie vor einer beeindruckenden Menge von Strichen und Grafiken.

Ein Forscher begann sofort mit Vergleichen, um so seine eigene Referenzbasis zu schaffen. *Die junge Frau im roten Kleid*, deren Gesicht niemand sah, muss wohl über den Tumult, den sie auslöste, gelächelt haben. Seit sie an diesen Ort gebracht worden war, hatte sich das wissenschaftliche Team ständig vergrößert.

Der eigenartigste Apparat, mit dem das Gemälde untersucht wurde, diente der Farbmessung. Auch wenn das Spektrokolorimeter zur Farbmessung aussah wie ein alter Filmprojektor, handelte es sich doch um ein hoch perfektioniertes Gerät, das in knapp einer Minute die gewünschten Resultate lieferte. François Hébrard nahm die Analyse in Empfang, las sie zweimal durch und reichte Sylvie Leroy das Blatt. Die beiden sahen sich verwundert an. Sylvie flüsterte ihm etwas zu. Hébrard schien zu zögern, zuckte mit den Schultern, griff zum Wandtelefon und wählte eine vierstellige Nummer.

»Ist der AGLAE einsatzbereit?«, fragte er. Er wartete die Antwort ab und legte zufrieden auf. Dann nahm er Jonathan und Clara beim Arm. Nachdem sie durch eine Sicherheitstür gegangen waren, kamen sie in einen eigenartigen Komplex. Vom Eingang aus folgten sie labyrinthartigen Fluren aus Beton. »Auf diese Art werden die Atome geschützt«, erklärte Hébrard. »Sie sind nicht klug genug, um den Ausgang zu finden.«

Am Ende der verschlungenen Flure betraten sie einen großen Raum, in dem der AGLAE stand, der Teilchenbeschleuniger. Dutzende von Rohren waren nach einer Logik miteinander verbunden, die nur Wissenschaftlern und

Technikern etwas sagte. Der Teilchenbeschleuniger Grand Louvre d'Analyse Élémentaire, das wertvollste Stück des gesamten Labors, war weltweit der einzige Apparat dieser Art, der ausschließlich der Untersuchung des kulturellen Erbes vorbehalten war. Sobald die Proben eingelegt waren, nahmen Jonathan und Clara im Nebenzimmer vor einem Bildschirm Platz, der die Entwicklung der AGLAE-Analyse des Gemäldes anzeigte.

Der Tag ging zu Ende. François Hébrard saß an seinem Schreibtisch und studierte die Unterlagen, die vor ihm ausgebreitet waren. Jonathan und Clara, die ihm gegenüber Platz genommen hatten, waren so nervös wie ein Elternpaar, das auf die Diagnose des Kinderarztes wartet. Die Ergebnisse waren erstaunlich. Die natürlichen Materialien, die Wladimir Radskin benutzt hatte, waren sehr unterschiedlich: Öle, Wachse, Harze, Pigmente von unglaublicher chemischer Komplexität. In diesem Stadium der Analyse konnten die Techniker des Louvre noch keine sicheren Aussagen über die Zusammensetzung der roten Pigmente machen, mit denen das Kleid der jungen Frau gemalt war. Der leuchtende Farbton war beeindruckend. Entgegen aller Wahrscheinlichkeit schien das Gemälde, das nie restauriert worden war, im Laufe der Zeit keinerlei altersbedingten Beeinträchtigungen erfahren zu haben.

»Ich weiß nicht, was ich Ihnen sagen soll«, schloss Hébrard. »Wenn wir nicht alle von Radskins Technik beeindruckt wären, würden wir zu dem Schluss kommen, dass es sich um das Werk eines großen Chemikers handelt.« So etwas hatte Hébrard in seiner ganzen Laufbahn noch nicht erlebt. »Das Gemälde ist mit einem Lack überzogen, dessen Zusammensetzung wir nicht kennen, die wir vor allem aber nicht verstehen!«, fügte er hinzu.

Die junge Frau im roten Kleid widersprach allen Regeln des Alterungsprozesses. Die besonderen Lagerbedingungen reichten nicht aus, um das Rätsel zu lösen, vor dem die Forscher des Zentrums standen. Was hatte Wladimir Radskin getan, damit die Zeit sein Werk verschönert, statt ihm zu schaden?, fragte Jonathan beim Verlassen des Zentrums.

»Ich kenne nur eine Alchemie, die im Alter Schönheit verleiht«, sagte Clara, als sie die Treppe hinaufstiegen: »Das Gefühl!«

Sie beschlossen, ihren Aufenthalt in Paris abzukürzen, und hatten gerade noch Zeit, ihre Sachen aus dem Hotel zu holen. Auf dem Weg zum Flughafen rief Jonathan Peter an, um ihm von den Ereignissen des Tages zu berichten. Als er ihn beglückwünschte, dass er den unmöglichen Termin mit dem Louvre-Team ermöglicht hatte, schien Peter erstaunt.

»Ich schwöre dir zum dritten und letzten Mal, dass ich die ganze Nacht mit meiner Eigenliebe unter dem Kopfkissen geschlafen habe. Sylvie Leroy hat mir gestern am Telefon eine Abfuhr erteilt!« Damit legte er auf.

Das Flugzeug, das Clara und Jonathan nach London zurückbrachte, landete am frühen Abend auf dem City Airport.

Kapitel 8

Die junge Frau im roten Kleid ruhte in ihre graue Wolldecke und Lederhülle gehüllt in dem Taxi, das Richtung Innenstadt fuhr. Jonathan setzte Clara in Notting Hill am Westbourne Grove ab.

»Kommen Sie mit«, sagte sie, »Sie wollen doch jetzt wohl nicht allein im Hotel essen.«

Sie stiegen die Treppe hinauf und blieben vor der aufgebrochenen Tür zu Claras Wohnung stehen. Jonathan befahl ihr, zurückzugehen und auf der Straße zu warten, bis er die Örtlichkeiten inspiziert hätte und sie holen würde, doch wie zu erwarten, betrat sie die Wohnung als Erste. Das Wohnzimmer war unversehrt, und auch im Schlafzimmer schien nichts verändert.

Etwas später saßen sie in der kleinen Küche, während die Polizei ihre Arbeit tat. Die Beamten fanden keine Fingerabdrücke. Da nichts gestohlen war, folgerte der Kommissar, dass die Einbrecher wohl überrascht worden seien, als sie die Wohnung betreten wollten. Clara hingegen behauptete, bestimmte Gegenstände stünden nicht genau an ihrem Platz. Sie deutete auf die Nachttischlampe, die einige Zentimeter verrückt war, ein Lampenschirm im Wohnzimmer war anders ausgerichtet. Die Polizisten füllten ihre Formulare aus und gingen.

»Würden Sie sich sicherer fühlen, wenn ich bis morgen früh bliebe?«, fragte Jonathan. »Ich könnte auf der Couch im Wohnzimmer schlafen.«

»Nein, ich packe ein paar Sachen zusammen und fahre zum Landsitz.«

»Das gefällt mir gar nicht, es regnet und wird bald dunkel.«

»Ich kenne den Weg auswendig, keine Sorge.«

Er würde sich aber Sorgen machen, bis sie angekommen wäre. Und die Vorstellung, sie allein dort zu wissen, behage ihm auch nicht, versicherte er nachdrücklich.

Clara hörte belustigt zu, wie er schimpfte, und ihre Miene hellte sich auf. »Sie haben die Hände hinter dem Rücken verschränkt, Ihre Augen sind noch stärker zusammengekniffen als gewöhnlich, und Sie schauen drein wie ein trotziges Kind, also glaube ich, Sie haben keine andere Wahl, Sie müssen mitkommen!«

Clara ging in ihr Schlafzimmer, öffnete eine Kommodenschublade und hob irritiert einen Stapel Pullover an, dann den nächsten.

»Diese Typen sind ja wirklich krank!«, rief sie Jonathan zu, der im Flur wartete.

Er steckte den Kopf durch die Tür.

»Sie haben meine Analysen gestohlen!«

»Welche Analysen?«, fragte Jonathan.

»Eine Blutuntersuchung, die ich letzte Woche habe machen lassen. Ich kann mir nicht vorstellen, was sie damit anfangen könnten!«

»Vielleicht haben Sie einen Fanklub!«

»Natürlich! Diese Typen sind krank, das ist alles.«

Jonathan reparierte die Tür so weit, dass sie halbwegs schloss. Das Bild nahmen sie mit. Auf dem Bürgersteig blieb Jonathan stehen und sagte: »Ich befürchte, dass wir nicht alle drei in Ihren Mini passen.«

Clara antwortete nicht und zog ihn auf die Rückseite des Gebäudes. Rund um den gepflasterten Hof waren ehemalige Reitställe zu hübschen Wohnhäusern renoviert worden. Clara öffnete eines der Garagentore und betätigte den elektronischen Türöffner. Die Lampen eines Landrovers blinkten auf.

»Soll ich Ihnen helfen, das Bild im Kofferraum zu verstauen?«, fragte Jonathan und öffnete die Heckklappe des Wagens.

Jonathan hatte sich nicht geirrt. Kaum hatten sie die Autobahn verlassen, begann es, wie aus Kübeln zu schütten. Die Fahrbahn glänzte im Licht der Scheinwerfer, die Scheibenwischer konnten die Wassermengen kaum bewältigen. Das Gasthaus an der Gabelung verlor sich in der Dunkelheit, der Weg, der in den Wald führte, war mit tiefen Pfützen übersät, und der Wagen wäre trotz des Allradantriebs fast im Schlamm stecken geblieben. Jonathan hielt sich am Griff über der Tür fest, Clara umklammerte das Lenkrad und kämpfte gegen den Wind an, der den Wagen in den Graben zu drücken drohte. Endlich tauchten die hohen Bäume der Auffahrt im Lichtkegel der Scheinwerfer auf. Das Tor des Landsitzes stand offen.

»Ich parke im Hof«, sagte Clara, »sperre dann die Hintertür auf, und Sie laufen mit dem Bild rein.«

»Geben Sie mir den Schlüssel«, antwortete Jonathan.

»Nein, das Schloss hakt, man muss es kennen. Ich mach das schon.«

Der Kies knirschte unter den Reifen, als Clara den Landrover zum Stehen brachte. Der Wind blies so kräftig, dass sie kaum die Wagentür aufbekam. Sobald sie die Hintertür geöffnet hatte, machte sie Jonathan ein Zeichen.

Er stieg aus und lief zum Kofferraum.

»Schnell, beeilen Sie sich«, rief Clara.

Für einen Augenblick schien ihm das Blut in den Adern zu stocken. Über den Kofferraum gebeugt, sah er seine Hand, die nach dem Bild in der grauen Wolldecke greifen wollte, als Clara wieder rief: »Schnell, schnell, beeilen Sie sich!« Und er erkannte die Stimme, die er in seinen Schwindelanfällen gehört hatte. Er schob das Bild zurück, schloss die Heckklappe und ging langsam im Licht der Scheinwerfer auf sie zu.

Clara sah ihn verblüfft an, der Regen rann über seine Wangen. Jetzt begriff auch sie und lief ihm entgegen.

»Glaubst du, man kann sich so sehr lieben, dass der Tod die Erinnerung nicht auszulöschen vermag? Glaubst du, unsere Gefühle können uns überdauern und zu neuem Leben erwachen? Glaubst du, die Zeit kann diejenigen, die sich so unendlich geliebt haben, dass sie sich nicht verloren haben, immer wieder vereinen? Glaubst du das, Clara?«

»Ich glaube, dass ich in dich verliebt bin«, antwortete sie und legte den Kopf auf seine Schulter.

Jonathan drückte sie an sich.

Sie flüsterte: »Selbst zwischen Licht und Schatten.«

Sie küssten sich, fühlten, wie sie die Zeiten überwanden und sich ganz am Anfang wiederfanden. Die Pappel wiegte sich im Wind, die Fensterläden des Landsitzes öffneten sich einer nach dem anderen, und um sie herum begann sich alles zu verändern. Am Dachfenster lächelte Wladimir Radskins Schatten.

Plötzlich waren die Ledereinbände der Bücher, die auf dem Tisch in der Bibliothek verstreut lagen, nicht mehr rissig. Das gewachste Holz des Treppenhauses glänzte im Mondlicht, das durch die Fenstertüren des Wohnzimmers fiel. In Claras Zimmer im ersten Stock hatten die Tapeten ihre ursprünglichen Farben wiedergefunden. Der Rock glitt an ihren Schenkeln hinab, sie trat auf Jonathan zu, schmiegte sich an ihn.

Und sie liebten sich bis zum frühen Morgen.

Das Tageslicht drang in das Zimmer. Clara kuschelte sich in die Decke, die Jonathan über ihre Schultern gezogen hatte. Sie tastete mit einer Hand nach ihm, streckte sich und öffnete die Augen, doch sein Platz war leer. Abrupt richtete sie sich auf. Das Schlafzimmer war wieder wie vorher. Clara schlug die Decke zurück, trat nackt ans Fenster und sah in den Hof hinab. Als Jonathan ihr zuwinkte, wich sie rasch zur Seite und wickelte sich in den Vorhang.

Jonathan lächelte, wandte sich um und ging in die Küche. Clara kam im Bademantel herein. Er machte sich am Gasherd zu schaffen. Es duftete nach frischem Toast. Mit einem Teelöffel ließ er den Schaum der Milch auf den Kaffee gleiten und streute Kakao darauf. Er stellte die dampfende Tasse vor Clara.

»Cappuccino ohne Zucker!«

Verschlafen beugte sich Clara über die Tasse und trank ihren Kaffee. »Hast du mich am Fenster gesehen?«, fragte sie leicht verlegen.

»Ganz und gar nicht«, antwortete Jonathan, der mit einer im Toaster verklemmten Brotscheibe kämpfte. »Ich hätte nie gewagt hinzusehen, denn in der Gegenwart ist ja noch nichts zwischen uns passiert.«

»Das ist alles andere als lustig«, murmelte sie.

Jonathan hätte gerne die Hände auf ihre Schultern gelegt, aber er wich einen Schritt zurück. »Ich weiß, dass es nicht lustig ist, doch irgendwann müssen wir begreifen, was mit uns geschieht.«

»Kennst du einen guten Spezialisten? Ich will ja nicht pessimistisch sein, aber ich fürchte, dass der Dorfarzt uns in eine Irrenanstalt einweist, wenn wir ihm unsere Symptome beschreiben.«

Jonathan verbrannte sich die Finger an dem schwarzen Toast und warf ihn ins Spülbecken.

»Du hast die Hände im Rücken verschränkt, und obwohl ich deine Augen nicht sehe, könnte ich schwören, dass sie zusammengekniffen sind. Woran denkst du?«, fragte Clara.

»Bei einem Vortrag habe ich eine Frau kennengelernt, die uns vielleicht helfen könnte.«

»Und was für eine Frau war das?«

»Eine Professorin, die an der Yale University lehrt. Ich denke, ich könnte sie ausfindig machen. Montagmorgen lege ich meine Gutachten bei Christie's vor, und abends fliege ich.«

»Du kehrst nach Boston zurück?«

Jonathan wandte sich ab, und Clara überließ ihn seinem Schweigen. Die Dinge, die er in seinem Leben regeln musste, gingen nur ihn etwas an. Um miteinander leben zu können, mussten sie sich erneut trennen.

Jonathan verbrachte den Rest des Tages bei dem Bild *Die junge Frau im roten Kleid*. Gegen Mittag fuhr er nach London zurück und schloss sich in seinem Hotelzimmer ein, um sein Gutachten abzuschließen.

Am frühen Abend kam Clara zu ihm. Als er gerade eine E-Mail an Peter schicken wollte, fragte sie ihn feierlich, ob er sich seiner Sache sicher sei. Weder die Pigmentanalysen noch die Untersuchungen in den Labors des Louvre hatten unanfechtbare Resultate erbracht. Aber Jonathan, der sein Leben dem Studium von Wladimir Radskins Werk gewidmet hatte, hatte die Maltechnik identifiziert, die Pinselführung und die Struktur der Leinwand, die als Untergrund diente. Er war sich seiner Sache jetzt sicher genug, um zu den Risiken zu stehen, die er eingehen würde. Auch wenn es keinen offiziellen Beweis gab, würde er gegenüber seinen Kollegen mit seinem Ruf als Experte bürgen. Am Freitagmorgen würde er Peters Partnern das von ihm unterzeichnete Echtheitszertifikat übergeben. Er sah Clara an und sandte die E-Mail ab.

Knapp fünf Minuten später blinkte ein kleiner Umschlag auf Peters Bildschirm sowie auf denen aller Vorstandsmitglieder von Christie's.

Am nächsten Abend setzte Clara Jonathan am Flughafen

Heathrow ab. Er hatte es vorgezogen, dass sie ihn nicht bis zur Sicherheitskontrolle begleitete. Sie nahmen schweren Herzens Abschied. Auf dem Rückweg sah Clara am stahlblauen Himmel einen langen weißen Kondensstreifen.

In dieser Nacht druckten die *New York Times*, der *Boston Globe* und der *Figaro*:

> DAS LETZTE BILD EINES BERÜHMTEN
> RUSSISCHEN MALERS WURDE SOEBEN
> AUTHENTIFIZIERT.
> Das seit mehr als einhundertvierzig Jahren verschollene Hauptwerk des Malers Wladimir Radskin ist aus der Versenkung aufgetaucht. Das von dem berühmten Experten Jonathan Gardner authentifizierte Gemälde dürfte den Höhepunkt der renommierten Auktion darstellen, die Christie's unter der Leitung des Auktionators Peter Gwel am 21. Juni in Boston veranstaltet.

Ein Artikel vom Kunstredakteur des *Corriere della Serra* war von drei internationalen Kunstmagazinen vollständig übernommen worden. Sechs europäische und zwei amerikanische Fernsehsender beschlossen, ihre Teams nach Boston zu schicken.

Jonathan landete am frühen Abend in Boston. Als er sein Handy einschaltete, war die Mailbox bereits voll. Das Taxi setzte ihn am alten Hafen ab. Er nahm auf der Terrasse des Cafés Platz, wo er oft mit Peter gesessen hatte, und rief ihn an.

»Bist du sicher, was du tust? Oder ist das nur eine plötzliche Laune?«, fragte ihn sein bester Freund.

Jonathan presste den Hörer ans Ohr. »Peter, wenn du nur verstehen könntest, was mir widerfahren ist …«

»Das ist zu viel verlangt! Deine Gefühle verstehen, ja, das kann ich! Aber diese verrückte Geschichte, die du mir da erzählt hast, nein! Ich will sie nicht einmal hören, und du wirst mir den Gefallen tun, sie niemand anders zu erzählen, vor allem nicht Anna. Stell dir vor, sie spricht sich in der ganzen Stadt herum, und die Leute sagen, dass du ins Irrenhaus gehörst – vor allem so knapp vor der Auktion.«

»Diese Auktion ist mir egal, Peter.«

»Ich sag's ja, dich hat's wirklich erwischt! Bitte lass dein Gehirn röntgen, vielleicht ist ja eine Arterie undicht. So was kann leicht passieren!«

»Peter, hör auf mit dem Quatsch!«, gab Jonathan unwirsch zurück.

Nach kurzem Schweigen entschuldigte sich Peter. »Tut mir leid.«

»Nicht so sehr wie mir, die Hochzeit ist in zwei Wochen. Ich weiß nicht mal, wie ich es Anna sagen soll.«

»Aber du wirst es ihr sagen! Es ist nie zu spät. Heirate nicht gegen deinen Willen, nur weil die Einladungen schon verschickt sind. Wenn du diese Frau in England so sehr liebst, wie du sagst, dann nimm dein Leben in die Hand und tu was! Du hast den Eindruck, dass die Sache verfahren ist, aber wenn du wüsstest, wie ich dich beneide. Wenn du wüsstest, wie gerne ich so lieben würde. Zerstöre diese Gabe nicht. Ich breche meine Reise ab und komme morgen aus New York zurück, um bei dir zu sein. Wir treffen uns mittags im Café.«

Jonathan lief am Hafen entlang und dachte an den Spaziergang, den er Clara versprochen hatte. Sie fehlte ihm so sehr, und gleich wäre er zu Hause und würde Anna die Wahrheit sagen müssen.

Als er eintraf, war alles dunkel. Er rief nach Anna, bekam aber keine Antwort. Also ging er in ihr Atelier hinauf. Und dort, auf dem Schreibtisch, fand er die Fotos. Eines zeigte Clara und ihn selbst, wie sie sich am Flughafen ansahen. Jonathan ließ sich in Annas Sessel sinken und stützte den Kopf in die Hände.

Kapitel 9

Sie kam erst am frühen Morgen nach Hause. Jonathan war auf der Couch im Wohnzimmer eingeschlafen. Ohne ein Wort der Begrüßung ging sie in die Küche. Sie gab Wasser in die Kaffeemaschine, Kaffee in den Filter und drückte auf den Knopf. Dann stellte sie, noch immer schweigend, zwei Tassen auf die Arbeitsplatte, nahm eine Packung Toastbrot aus dem Kühlschrank und zwei Teller aus dem Schrank über der Spüle. Sie legte ein Messer auf den gläsernen Butterteller. Nur ihre Schritte auf den Fliesen waren zu hören, und erst als sie erneut den Kühlschrank öffnete, fragte sie Jonathan: »Isst du noch immer Erdbeermarmelade zum Frühstück?«

Jonathan wollte sich ihr nähern, doch sie richtete drohend das Buttermesser auf ihn. Jonathans Blick war auf die abgerundete Klinge gerichtet, da warf Anna mit dem Messer nach ihm.

»Hör auf, Anna, wir müssen miteinander reden.«

»Nein!«, schrie sie. »Es gibt nichts zu sagen!«

»Anna, wäre es dir lieber gewesen, wenn wir unseren Irrtum erst in sechs Monaten oder einem Jahr bemerkt hätten?«

»Sei still, Jonathan, sei still!«

»Anna, seit Monaten spielen wir diese Hochzeitskomödie. Ich habe mich, so gut es ging, bemüht, weil ich wollte, dass wir uns lieben, ich wollte es wirklich. Aber man kann seine Gefühle nicht täuschen.«

»Aber man kann die Frau belügen, die man heiraten will, meinst du das?«

»Ich bin gekommen, um dir die Wahrheit zu sagen.«

»Und wann hast du den Mut gefunden, dich mit mir auseinanderzusetzen?«

»Gestern, als mir alles klar geworden ist. Ich habe dich von London aus jeden Abend angerufen, Anna.«

Anna griff nervös nach ihrer Tasche, zog eine andere Hülle mit Fotos heraus und warf sie Jonathan eines nach dem anderen an den Kopf. »Hier bist du auf einer Caféterrasse in Florenz, dort in einem Taxi an der Place de la Concorde, da schon wieder in einem grässlichen englischen Landhaus und hier in einem Restaurant in London ... Fand all das gestern statt?«

Jonathan sah das Foto von Clara, das vor seine Füße gefallen war. Sein Herz krampfte sich noch mehr zusammen. »Seit wann lässt du mich überwachen?«, fragte er.

»Seit du mir ein Fax geschrieben hast, in dem du mich Clara nennst! Ich nehme an, das ist ihr Name?«

Jonathan antwortete nicht, und Anna schrie noch lauter.

»Clara, das ist also ihr Name? Sag es, ich will hören, wie du den Vornamen der Frau aussprichst, die mein Leben zerstören will. Hast du den Mut dazu, Jonathan?«

»Anna, nicht Clara hat unsere Beziehung zerstört, das

haben wir ganz allein getan, ohne Hilfe von außen. Jeder von uns hat sein Leben geführt, und wir wollten unbedingt, dass diese Leben gleich sind. Dabei haben sich nicht einmal mehr unsere Körper berührt.«

»Wir waren von den Hochzeitsvorbereitungen erschöpft, Jonathan, wir sind keine Tiere!«

»Anna, du liebst mich nicht mehr.«

»Und du liebst mich wahnsinnig, nicht wahr?«

»Ich überlasse dir das Haus, ich werde gehen ...«

Sie warf ihm einen vernichtenden Blick zu. »Du wirst mir gar nichts überlassen, denn du wirst dich nicht so einfach aus unserem Leben davonstehlen, Jonathan. Die Hochzeit findet statt. Am Samstagmittag, den neunzehnten Juni, werde ich, ob du es willst oder nicht, offiziell deine Frau sein, und zwar, bis dass der Tod uns scheidet.«

»Du kannst mich nicht zwingen, dich zu heiraten, Anna. Ob du es nun willst oder nicht!«

»Doch, Jonathan, glaub mir, ich kann!«

Plötzlich veränderte sich ihr Blick. Ihre Hände, die sie an die Brust gepresst hatte, glitten an ihrem Körper hinab, und nach und nach verschwanden die Zornesfalten aus ihrem Gesicht. Sie breitete die Zeitung auf der Arbeitsplatte aus. Auf dem Titelblatt war Jonathans Foto zu sehen, daneben das von Peter.

»Das ist fast wie in *Die Zwei*! Nicht wahr, Jonathan? Nun, ich habe eine Frage. Wenn die Presse erfährt, dass der Experte, der das teuerste Gemälde des letzten Jahrzehnts authentifiziert hat, der Geliebte der Frau ist, die es verkaufen will, wer würde deiner Meinung nach dann als

Erster wegen Betrugs ins Gefängnis wandern, Clara oder du, Jonathan?«

Er sah Anna fassungslos an. Der Boden schien sich unter seinen Füßen aufzutun.

Sie griff nach der Zeitung und begann, in spöttischem Ton die Bildunterschrift vorzulesen.

»*Dieses Bild mit unbekannter Vergangenheit wurde von einer renommierten Galeristin vorgestellt und von dem Experten Jonathan Gardner authentifiziert. Es wird von dem berühmten Auktionshaus Christie's unter der Leitung von Peter Gwel versteigert* ... Dein Freund bekommt Berufsverbot und wird wegen Beihilfe zu zwei Jahren auf Bewährung verurteilt. Du verlierst deinen angesehenen Titel, doch dank meiner Hilfe bekommst du nur fünf Jahre aufgebrummt, denn meine Anwälte werden die Geschworenen davon überzeugen, dass deine Geliebte die treibende Kraft hinter diesem Betrug war.«

Jonathan hatte genug gehört, er kehrte ihr den Rücken zu und verließ die Küche.

»Warte, geh nicht«, höhnte Anna nervös, »lass mich dir noch ein paar Zeilen vorlesen, die dir zu Ehren sind, du wirst sehen ...«

»*Dank Jonathan Gardners Authentifizierung könnte das auf zwei Millionen Dollar geschätzte Bild bei der Versteigerung den doppelten oder dreifachen Preis erzielen* ...«

Anna holte ihn im Flur ein, hielt ihn am Ärmel fest und zwang ihn, sie anzusehen. »Wegen eines Betrugs von sechs Millionen Dollar wandert sie leicht zehn Jahre hinter schwedische Gardinen, und die traurige Nachricht für euch beide ist, dass es keine gemischten Gefängnisse gibt!«

Jonathan spürte, wie ihm übel wurde. Er lief auf die Straße und erbrach sich in den Rinnstein.

Anna legte die Hand auf seinen Rücken. »Kotz ruhig, mein Junge, kotz sie aus deinen Eingeweiden heraus! Wenn du wieder genug Kraft hast, um sie anzurufen und ihr zu sagen, dass du sie nie wiedersehen wirst, dass alles nur ein lächerliches Zwischenspiel war und dass du sie nicht liebst, will ich dabei sein!« Damit wandte sie sich ab und ging ins Haus zurück.

Ein älterer Herr, der seinen Hund spazieren führte, kam zu Jonathan. Er half ihm, sich auf den Bürgersteig zu setzen und den Rücken an den Reifen eines parkenden Wagens zu lehnen. Der Labrador, dem der Zustand des Mannes, der auf seiner Höhe am Boden saß, gar nicht gefiel, stupste dessen Hand mit der Schnauze an und leckte sie ausgiebig. Der ältere Herr riet Jonathan, kräftig durchzuatmen.

Peter wartete seit einer halben Stunde auf der Terrasse ihres Stammcafés. Als er Jonathan kommen sah, war sein Ärger verflogen, und er stand auf, um seinem Freund einen Stuhl hinzuschieben.

»Was ist los mit dir?«, fragte er beunruhigt.

»Was ist los mit uns allen?«, erwiderte Jonathan und starrte verloren vor sich hin.

In der folgenden Stunde erzählte er Peter, wie sein Leben innerhalb weniger Tage aus den Fugen geraten war.

»Ich weiß, was du Anna sagst! Du sagst, du kannst mich mal!«

Peter war so wütend, dass die Gäste an den Nachbartischen ihr Gespräch unterbrachen, um besser zuhören zu können.

»Ist Ihr Bier nicht in Ordnung?«, fragte Peter aufgebracht.

Die Familie neben ihnen wandte rasch den Blick ab.

»Peter, es nützt nichts, vulgär und aggressiv zu sein, davon wird es auch nicht besser.«

»Du wirst dir dein Leben nicht versauen lassen, selbst wenn dieses Bild zehn Millionen wert wäre.«

»Es handelt sich nicht nur um mein Leben, sondern auch um das deine und um Claras.«

»Dann zieh deine Aussage zurück, erzähl ihnen, dass du Zweifel an der Echtheit des Bildes hast, und wir lassen die Sache sein.«

Jonathan warf eine Ausgabe des *Wall Street Journal* auf den Tisch, gefolgt von der *New York Times,* dem *Boston Globe* und der *Washington Post,* die alle die Information aufgegriffen hatten. »Ganz zu schweigen von den Wochenzeitschriften, die heute Nachmittag herauskommen, und von den Monatsrevuen. Es ist zu spät, um einen Rückzieher zu machen, ich habe die Authentizitätsbescheinigung für deine Partner in London unterschrieben. Wenn Anna die Fotos an die Presse weitergibt, ist der Skandal perfekt. Christie's wird als Nebenkläger auftreten, Annas Anwälte werden sie unterstützen, und selbst wenn wir nicht im Gefängnis landen, woran ich zweifele, bekommen wir beide Berufsverbot. Was Clara betrifft, so wäre sie ruiniert. Kein Mensch würde mehr den Fuß in ihre Galerie setzen.«

»Aber wir sind unschuldig, verdammt noch mal!«

»Das wissen leider nur wir drei.«

»Ich habe dich schon optimistischer gesehen«, meinte Peter.

»Ich werde heute Abend Clara anrufen«, sagte Jonathan und seufzte schwer.

»Um ihr zu sagen, dass du sie nicht mehr liebst?«

»Ja, um ihr zu sagen, dass ich sie nicht mehr liebe, gerade weil ich sie liebe. Mir ist lieber, sie wird ohne mich glücklich als mit mir unglücklich. Das ist doch Liebe, nicht wahr?«

Peter sah ihn betroffen an. »Also, so was!«, rief er und stemmte die Hände in die Hüften. »Du hast gerade eine Liebeserklärung von dir gegeben, die meine Großmutter zu Tränen gerührt hätte und vielleicht sogar mich, wenn du noch etwas weitergemacht hättest. Hast du in London eine Überdosis Pudding gegessen oder was?«

»Wie blöd du sein kannst, Peter!«

»Ich bin vielleicht blöd, aber du hast gelächelt, ich hab's genau gesehen! Siehst du, selbst wenn wir in der Patsche sitzen, können wir noch lachen, und wenn deine zukünftige Exfrau glaubt, sie könnte uns daran hindern, so zeigen wir ihr gemeinsam, dass wir noch lange nicht am Ende sind.«

»Hast du eine Idee?«

»Im Augenblick noch nicht, aber die wird kommen, verlass dich drauf!«

Peter und Jonathan erhoben sich und gingen untergehakt über den Markt. Nachmittags setzte Peter Jonathan zu Hause ab. Als er weiterfuhr, steckte er sein Handy in die Halterung am Armaturenbrett und wählte eine Nummer.

»Jenkins? Hier ist Peter Gwel, Ihr Lieblingsmieter. Ich brauche Ihre Hilfe, mein lieber Jenkins. Könnten Sie in meine Wohnung gehen und ein paar Sachen zusammensuchen, so als würden Sie Ihren Koffer packen? Sie haben doch den Schlüssel, nicht wahr, und Sie wissen, wo meine Hemden liegen. Verzeihen Sie, wenn ich unsere Freundschaft ausnutze, mein lieber Jenkins, aber ich möchte Sie bitten, während meiner Abwesenheit einige Informationen in der Stadt für mich einzuholen. Ich weiß nicht warum, doch mein Gefühl sagt mir, dass Sie ein verborgenes Talent als Spürnase haben. Ich bin in einer Stunde da.« Peter legte auf, ehe sein Wagen in den Tunnel fuhr.

Bevor er sich am frühen Abend auf den Weg machte, hinterließ er Jonathan eine lange Nachricht auf seiner Mailbox: »Ich bin's, Peter. Eigentlich müsste ich dich dafür hassen, dass du mit einem Kuss einfach so mir nichts, dir nichts die Versteigerung meines Lebens und unser beider Karrieren ruiniert hast, ganz zu schweigen von deiner Hochzeit, bei der ich Trauzeuge wäre, aber paradoxerweise empfinde ich genau das Gegenteil. Wir stecken gewaltig in der Patsche, aber meine Laune war schon lange nicht mehr so gut. Ich habe mich die ganze Zeit über gefragt, warum, aber ich glaube, jetzt weiß ich es.«

Während des Gesprächs mit Jonathans Mailbox kramte Peter in seinen Taschen. Das Papier, das er seinem Freund entwendet hatte, war noch da.

»Als ich euch beide in London in dem Café gesehen habe, habe ich begriffen, dass es nicht das Bild war, das dich so glücklich machte. Die Blicke, die ihr getauscht habt, sind selten genug, als dass man sie nicht verstehen würde. Wenn du also heute Abend mit Clara sprichst, so gib ihr zwischen den Zeilen zu verstehen, dass es selbst in der hoffnungslosesten Situation noch Hoffnung gibt. Und wenn du nicht weißt, wie du es ihr sagen sollst, kannst du mich ja zitieren. Du kannst mich bis morgen nicht erreichen, aber ich rufe dich an und erkläre dir alles. Ich weiß noch nicht wie, aber ich werde die Angelegenheit regeln.«

Voller Zweifel, aber zufrieden legte er auf.

Jonathan ging in Annas Atelier. Sie stand vor ihrer Staffelei und malte.

»Ich gebe deiner Erpressung nach, du hast gewonnen, Anna.« Damit machte er kehrt und fügte, ohne sich umzuwenden, hinzu: »Ich werde allein mit Clara sprechen. Du kannst mir mein Leben stehlen, nicht aber meine Würde, Punkt!«

Clara legte langsam den Hörer auf. Sie stand allein am Fenster des Landsitzes und sah doch nicht, wie sich die Pappel im Wind wiegte. Tränen traten unter ihren geschlossenen Lidern hervor, und die ganze folgende Nacht über weinte sie. In dem kleinen Büro schien *Die junge Frau im roten Kleid* den Rücken zu beugen, als wäre der Schmerz, der das Haus erfüllte, bis in die Leinwand gedrungen, um sich schwer auf ihre Schultern zu legen. Dorothy blieb in dieser Nacht auf dem Landsitz. Da Miss Clara ihren Kummer vor ihr nicht mehr zu verbergen wusste, musste er so tief sein, dass man sie nicht allein lassen durfte. Manchmal hat die Gegenwart eines anderen Menschen etwas Beruhigendes, selbst wenn er schweigt.

Am Morgen betrat Dorothy das kleine Büro. Sie schürte das Feuer im Kamin und brachte Clara eine Tasse Tee, die sie auf dem Beistelltisch abstellte. Dann kniete sie sich vor Clara und nahm sie in die Arme.

»Sie werden sehen. Damit das Leben zu einem kommt, darf man nie aufhören, daran zu glauben«, murmelte sie, und Clara schluchzte an ihrer Schulter.

Als die Strahlen der Mittagssonne auf ihr Gesicht fielen, öffnete Clara kurz die Augen und schloss sie sofort wieder. War es das Licht oder das Hupen im Hof, das sie aus dem Schlaf gerissen hatte? Sie schlug die Decke zurück und erhob sich von der Couch.

Dorothy trat ein und – da Vertraulichkeiten ins Reich der Nacht gehören – verkündete laut: »Miss Clara, ein Besucher aus Amerika!«

Peter trat in der Küche ungeduldig von einem Fuß auf den anderen. Miss Blaxton hatte ihn in energischem Tonfall gebeten, hier zu warten, während sie nachsah, ob Clara bereit war, ihn zu empfangen.

Auf Dorothys strenge Weisung hin lief Clara in ihr Zimmer, um sich frisch zu machen. Im Land Ihrer Majestät der Königin von England erscheint eine Frau nicht mit ihrem Kummer vor einem unbekannten Besucher, auch wenn sie ihm schon in der Stadt begegnet war, beharrte Dorothy, die ihr die Treppe hinauffolgte.

»Er liebt mich also?«, fragte Clara, die Peter am Küchentisch gegenübersaß.

»Ihr seid wirklich beide zum Verzweifeln! Ich habe die

Nacht im Flugzeug verbracht, ich bin zwei Stunden lang wie ein Henker in einem Wagen gefahren, dessen Lenkrad auf der falschen Seite angebracht ist, um Ihnen alles zu erzählen, und Sie fragen mich, ob er Sie liebt? Ja, er liebt Sie, Sie lieben ihn, ich liebe ihn auch, alle lieben sich, und trotzdem sitzen wir alle in der Patsche!«

»Bleibt Mister Gwel zum Mittagessen?«, fragte die Haushälterin und steckte den Kopf zur Tür herein.

»Sind Sie ledig, Dorothy?«

»Meine Lebensumstände gehen Sie nichts an. Wir sind hier nicht in Amerika«, antwortete Miss Blaxton.

»Gut, Sie sind also ledig! Ich muss Ihnen einen wunderbaren Menschen vorstellen! Einen Amerikaner aus Chicago, der in Boston lebt und Heimweh nach England hat!«

Jonathan war allein zu Hause. Anna war in den frühen Morgenstunden gegangen und würde erst abends zurückkommen. Er ging ins Atelier hinauf und schaltete den Computer ein, um seine E-Mails zu überprüfen. Annas Dateien waren durch einen Zugangscode gesichert, aber er konnte ins Internet. Keine Nachricht von Peter, und er hatte keine Lust, die unzähligen Interviewanfragen zu beantworten. Als er den Computer ausschaltete, wurde sein geschultes Auge von einem kleinen Detail auf einem von Annas Bildern angezogen, die an der Wand hingen. Jonathan trat näher. Neugierig untersuchte er ein anderes Gemälde. Dann öffnete er fieberhaft den Schrank und zog Annas ältere Werke eines nach dem anderen hervor. Auf mehreren fand er dasselbe Detail, das ihm das Blut in den Adern gefrieren ließ. Er lief zum Schreibtisch, öffnete eine Schublade und nahm eine Lupe heraus. Noch einmal untersuchte er die Gemälde. Auf jedem Landschaftsbild war das dargestellte Herrenhaus kein anderes als Claras Landsitz. Das letzte war zehn Jahre alt, und *zu dieser Zeit kannte Jonathan Anna noch gar nicht*. Er eilte die Treppe hinunter und auf die Straße, sprang in seinen Wagen und verließ die Stadt. Wenn der Verkehr es erlaubte, wäre er in zwei Stunden auf dem Campus der Yale University.

Dank seines guten Rufs als Kunstexperte wurde Jonathan vom Rektor persönlich empfangen. Er wartete auf einem breiten Flur mit holzgetäfelten Wänden, an denen triste Porträts von Persönlichkeiten aus Literatur und Wissenschaft hingen. Professor William Backer bat ihn in sein Büro. Der Rektor war höchst verwundert über Jonathans Anliegen. Er hatte ein Gespräch über Malerei erwartet, stattdessen erkundigte sich Jonathan Gardner nach einer Wissenschaft, noch dazu nach einer eher zweifelhaften. Backer bedauerte, aber keiner seiner männlichen oder weiblichen Professoren entspreche Jonathans Beschreibung. Das Fach würde gar nicht mehr gelehrt. Das Forschungsinstitut, von dem Jonathan sprach, sei in der Tat einmal in seiner Universität untergebracht gewesen, aber es existiere seit Langem nicht mehr. Wenn Jonathan wollte, könnte er die Räumlichkeiten besuchen. Das Haus 625, in dem früher der Lehrstuhl für Grenzwissenschaften ansässig gewesen war, stand seit der Schließung leer.

»Arbeiten Sie schon lange hier?«, fragte Jonathan den Hausmeister, der ihn über den Campus fuhr.

»Seit meinem sechzehnten Lebensjahr, und eigentlich hätte ich vor fünf Jahren in Rente gehen müssen«, antwortete Mr. O'Malley. Er deutete auf einen imposanten Ziegelsteinbau, und das kleine Elektroauto hielt vor der Freitreppe. »Hier war es«, sagte der Mann und bat Jonathan, ihm zu folgen.

O'Malley suchte an seinem Bund, an dem wohl hundert Schlüssel hingen, den richtigen heraus. Nach kurzem Zögern schob er einen mit besonders langem Bart in das rostige Schloss. Die große Tür, die sich in die Halle des Baus 625 öffnete, quietschte in den Angeln. »Seit vierzig Jahren hat kein Mensch mehr den Fuß hineingesetzt, und nun sehen Sie sich diese Unordnung an!«, sagte O'Malley.

Für Jonathan waren die Örtlichkeiten, die dicke Staubschicht auf Fußböden und Möbeln ausgenommen, eher in gutem Zustand. O'Malley führte ihn ins Labor. In dem großen Raum standen auf etwa zehn weiß gekachelten Untersuchungstischen Retorten und Reagenzgläser.

»Angeblich arbeiteten sie an Fragen der experimentellen Mathematik, aber ich habe dem Inspektor gesagt, dass sie hier vor allem chemische Formeln entwickelten.«

»Welchem Inspektor?«, fragte Jonathan.

»Ach, das wissen Sie nicht? Ich dachte, deshalb wären Sie hier. Jeder in der Gegend kennt die Geschichte.«

Während sie den Flur zum Lehrerzimmer entlanggingen, erzählte O'Malley Jonathan, was zur plötzlichen Schließung des Instituts für Grenzwissenschaften geführt hatte. Nur wenige Studenten waren in dieser Sektion zugelassen worden. Die meisten Anwärter scheiterten an der Aufnahmeprüfung.

»Man musste nicht nur in allen wissenschaftlichen Fächern herausragend sein, sondern dazu auch noch ein Philosophiegenie. Dann wurde vor der Zulassung noch ein Gespräch unter Hypnose mit der Forschungsleiterin geführt, die die meisten Kandidaten ablehnte. Niemand fand Gnade vor ihren Augen. Diese Frau war merkwürdig. Zehn Jahre hat sie in diesem Haus gearbeitet, doch während der Untersuchung konnte sich niemand erinnern, ihr je auf dem Campus begegnet zu sein. Außer mir natürlich, aber ich kenne hier alle.«

»Sie haben mir noch immer nicht gesagt, um was es bei der Untersuchung ging.«

»Vor vierzig Jahren verschwand ein Student.«

»Wo verschwand er?«

»Das ist ja eben das Problem, Sir. Wenn Sie wissen, wo Sie Ihre Schlüssel verloren haben, sind Sie nicht wirklich verloren, nicht wahr?«

»Zu welchen Schlussfolgerungen ist die Polizei gekommen?«

»Dass er sich abgesetzt hat, aber das glaube ich nicht.«

»Warum?«

»Weil ich weiß, dass er sich im Labor in Luft aufgelöst hat.«

»Er ist vielleicht Ihrer Aufmerksamkeit entgangen. Sie können die Augen nicht überall zugleich haben.«

»Damals«, fuhr O'Malley fort, »gehörte ich zum Sicherheitsdienst. Mit dem, was man damals als ›Sicherheit‹ bezeichnete, war es nicht weit her. Unsere Aufgabe bestand darin, nachts die Jungen daran zu hindern, sich vor den

Schlafsälen der Mädchen herumzutreiben … und umgekehrt.«

»Und tagsüber?«

»Wie alle Nachtwächter schliefen wir tagsüber, das heißt, meine beiden Kollegen schnarchten, ich nicht. Ich schlafe nie mehr als vier Stunden, anscheinend ist das erblich bedingt, darum hat mich übrigens auch meine Frau verlassen. An diesem Nachmittag hatte ich mich also auf den Rasen gelegt. Und ich habe gesehen, wie Jonas in das Gebäude hineinging, habe ihn aber nie herauskommen sehen.«

»Und die Polizei hat Ihnen nicht geglaubt?«

»Sie haben das ganze Gebäude auf den Kopf gestellt und den Park durchsucht, sie haben die Alte verhört … Was sollten sie sonst noch tun? Außerdem habe ich zu jener Zeit ein bisschen getrunken … Na, Sie wissen ja, dass sich Glaubwürdigkeit und Säufernase bei einem Zeugen nicht gut vertragen.«

»Wer ist die Alte, von der Sie sprechen?«

»Die Leiterin. Kommen Sie mit.«

O'Malley wählte einen anderen Schlüssel an seinem Bund, öffnete die Tür zu einem Büro und trat vor Jonathan ein. Die kleinen Scheiben der beiden Fenster waren so schmutzig, dass kaum Licht in das Zimmer drang. Ein mit einer dicken grauen Staubschicht überzogenes Holzpult war an die Wand geschoben worden, in einer Ecke lag vor einer schiefen Garderobe ein umgeworfener Stuhl. Die Kommode auf der anderen Seite war in einem ebenso schlechten Zustand.

»Ich weiß nicht, warum das hier ›Lehrerzimmer‹ genannt

wurde. Sie war die Einzige, die hier unterrichtete«, erklärte O'Malley. Er trat zu dem Regal, das sich über eine ganze Wand zog, und durchsuchte einen Stapel vergilbter Zeitungen. »Hier, das ist die Alte!«, sagte er und zeigte Jonathan ein Foto auf der Titelseite.

Die Frau, die mit vier ihrer Studenten abgebildet war, konnte höchstens dreißig Jahre alt sein.

»Warum nennen Sie sie ›die Alte‹?«, fragte Jonathan.

»Weil ich damals erst zwanzig war«, sagte O'Malley missmutig und wirbelte mit dem Fuß Staub auf.

Jonathan trat ans Fenster, um das vergilbte Foto genauer zu betrachten. Das Gesicht der jungen Frau sagte ihm nichts, was jedoch seine Aufmerksamkeit erregte, war der ausgefallene Diamant, der an ihrem Ringfinger steckte.

»Ist das Jonas?«, fragte Jonathan und deutete dabei auf einen jungen Mann zu ihrer Rechten.

»Woher wissen Sie das?«, fragte O'Malley.

»Ich habe keine Ahnung«, antwortete der Kunstexperte.

Er faltete die Zeitungsseite zusammen und schob sie in seine Tasche. Der junge Mann auf dem Foto hatte die Hände hinter dem Rücken verschränkt und kniff die Augen zusammen – vielleicht nur, weil ihn das Blitzlicht blendete.

»Wenn Sie sie nicht ›die Alte‹ nannten, welchen Namen benutzten Sie dann?«

»Wir haben sie nie anders genannt.«

»Wenn sie mit Ihnen sprach, werden Sie sie ja wohl nicht mit ›Alte‹ angeredet haben?«, beharrte Jonathan.

»Sie sprach nie mit uns, und wir hatten ihr nichts zu sagen.«

»Warum hassen Sie sie so sehr, Mister O'Malley?«

Der alte Hausmeister wandte sich zu Jonathan um. »Warum sind Sie hierhergekommen, Mister Gardner? All diese Dinge liegen weit zurück, und es ist nicht gut, die Vergangenheit aufzuwühlen. Ich habe zu tun, wir sollten gehen.«

Jonathan packte O'Malley am Arm. »Da Sie von der Vergangenheit sprechen: Ich bin Gefangener einer Zeit, die ich nicht kenne, und ich habe nur wenige Tage, um herauszufinden, was sich dahinter verbirgt. Der Freund eines Freundes sagte, dass ein winziges Indiz ausreiche, um ein Ereignis zurückzuverfolgen. Ich suche dieses kleine Puzzleteil, das mir fehlt, um das Bild zusammenzusetzen. Ich brauche Ihre Hilfe, Mister O'Malley.«

Der Hausmeister sah Jonathan fest an und atmete tief durch.

»Sie haben hier Experimente durchgeführt. Darum wurde das Haus geschlossen, um nach Jonas' Verschwinden einen Skandal zu vermeiden.«

»Welche Art von Experimenten?«

»Die Studenten waren ausgewählt worden, weil sie Albträume hatten. Ich weiß, das mag absurd klingen, aber es war so.«

»Welche Art Albträume, Mister O'Malley?«

Der Mann runzelte die Stirn. Es schien ihm ungeheuer schwerzufallen, diese Frage zu beantworten.

Jonathan legte ihm die Hand auf die Schulter. »Den Eindruck, noch einmal Ereignisse zu durchleben, die sich in einer anderen Zeit abgespielt haben? Ist es das?«

O'Malley nickte. »Sie versetzte sie in Trance, sie sagte,

wir müssten unser Unterbewusstsein erreichen, einen subliminalen Zustand, der uns die Möglichkeit geben sollte, die Erinnerung an unsere früheren Leben zu finden.«

»Zu jener Zeit gehörten Sie nicht zum Sicherheitsdienst, Sie waren einer ihrer Schüler, O'Malley, nicht wahr?«

»Ja, Mister Gardner, ich war einer ihrer Studenten, und nachdem das Labor geschlossen wurde, habe ich nie wieder etwas studiert.«

»Was ist damals passiert, O'Malley?«

»Im zweiten Jahr spritzte sie uns Mittel in die Venen, um diese ›Phänomene‹ auszulösen. Bei der dritten Spritze, die uns die Alte gegeben hat, haben Coralie und ich uns an alles erinnert. Sind Sie bereit für eine furchtbare Geschichte, Mister Gardner? Dann hören Sie gut zu. 1807 lebte ich mit meiner Frau in Chicago, ich war ein erfolgreicher Fasshändler, bis Coralie unsere Tochter tötete. Die Kleine war ein Jahr alt, als sie sie erstickte. Ich liebte meine Frau, doch sie hatte eine Krankheit, die ihre Gehirnzellen zerstörte. Die ersten Symptome sind vereinzelte Wutausbrüche, aber fünf Jahre später verfallen die Kranken in einen unheilbaren Wahnsinnszustand. Coralie wurde wie ein Stück Vieh gehängt. Sie haben keine Vorstellung, wie sehr man leidet, wenn einem der Henker die Gnade verwehrt, den Knoten zusammenzuziehen, damit er die Halswirbel bricht. Ich sah, wie sie an ihrem Strick baumelte, sah ihre Tränen, hörte, wie sie mich anflehte, ihrer Qual ein Ende zu setzen. Ich hätte diese widerwärtigen Schaulustigen, die ihr beim Sterben zusahen, eigenhändig umbringen können, und ich stand ohnmächtig in der Menge. 1843 hat sie es noch einmal getan, ich habe sie nicht erkannt und sie mich auch nicht, sonst hätten wir uns vielleicht nicht geliebt, wie wir uns geliebt haben. So eine Leidenschaft gibt es heute nicht mehr, Mister Gardner. 1902 hat alles wieder angefangen, und die Alte hat mir gesagt, es würde immer und immer wieder so sein. Auch wenn meine Frau einen anderen Namen oder ein anderes Gesicht hätte, wäre es immer dieselbe Seele mit ihrem Wahnsinn, der uns heimsuchen würde. Der einzige Weg, unser Leiden für immer zu beenden, sei, dass einer von uns zu Lebzeiten aufhören würde, den anderen zu lieben. Wenn nicht einer das Gefühl verriete, das uns beide verband, würde uns jedes neue Leben wiedervereinen, und dieselbe Geschichte, dasselbe Leid, würde sich wiederholen.«

»Und Sie haben ihr geglaubt?«

»Wenn Sie die Albträume gehabt hätten, die wir im Wachzustand durchlebten, hätten Sie ihr auch geglaubt, Mister Gardner!«

Als das Labor geschlossen wurde, hatte O'Malleys Verlobte den dritten unkontrollierbaren Wutausbruch. Im Alter von dreiundzwanzig Jahren setzte sie ihrem Leben ein Ende. Der junge Mann, der er damals gewesen war, wanderte nach Kanada aus. Zwanzig Jahre später kam er nach Yale zurück, um sich als Hausmeister anstellen zu lassen. Er hatte sich derart verändert, dass ihn niemand erkannte.

»Und man hat nie herausgefunden, was mit Jonas geschehen ist?«, fragte Jonathan.

»Die Alte hat ihn umgebracht.«

»Wie können Sie so sicher sein?«

»Auch er hatte etwas geträumt. Am Morgen des Tages, an

dem er verschwand, hatte er verkündet, dass er den Fachbereich verlassen würde. Er wollte Hals über Kopf nach London reisen.«

»Und Sie haben der Polizei nichts gesagt?!«

»Wenn ich denen gesagt hätte, was ich Ihnen gerade erzählt habe – was meinen Sie, hätten sie mir geglaubt oder mich in ein Irrenhaus gesperrt?«

O'Malley begleitete Jonathan zu seinem Wagen, der auf dem Parkplatz des Campus stand. Als Jonathan ihn fragte, warum er sich entschieden hätte, hierher zurückzukehren, zuckte er mit den Schultern.

»Hier fühle ich mich ihr sehr nahe, denn auch die Orte haben eine Erinnerung, Mister Gardner.«

Als Jonathan anfahren wollte, beugte sich O'Malley zu seinem Fenster herunter.

»Übrigens, die Alte hieß Alice Walton!«

Kapitel 10

Peter war regelrecht fasziniert von Radskins Technik. Der Lichtstrahl, der auf den Hauptast der Pappel fiel, dann durch das Fenster drang und die rechte Bildhälfte erhellte, zeugte von großer Meisterschaft. Der silbrige Schimmer auf dem Fußboden vor *Die junge Frau im roten Kleid* entsprach dem des Mondscheins, der an diesem Abend in das kleine Büro fiel. Mehrmals hatte Peter das Licht ausgeschaltet, um diesen Effekt zu überprüfen – er war absolut naturgetreu. Er ging zum Fenster und betrachtete den großen Baum, dann das Bild.

»Wo war Wladimir Radskins Zimmer?«, fragte er Clara.

»Genau über uns. Sie haben vorhin Ihr Gepäck dort abgestellt, und heute Nacht werden Sie in seinem Bett schlafen.«

Es war spät, und Clara verabschiedete sich von ihrem Gast. Peter wollte noch eine Weile bei dem Bild bleiben. Sie erkundigte sich, ob er noch etwas brauche, doch er verneinte: Er besaß eine unfehlbare Waffe gegen den Jetlag – in Form einer kleinen Pille mit erstaunlicher Wirkung.

Auf der Türschwelle sagte Clara: »Danke, Peter.«

»Wofür?«

»Dafür, dass Sie da sind.«

Als Peter sich umwandte, war sie schon gegangen.

Peter lag in seinem Bett und schimpfte auf Jenkins. Der Trottel hatte sein Schlafmittel mit einem Antibiotikum verwechselt. Man konnte sich auf niemanden mehr verlassen! In England war es jetzt elf Uhr, was für ihn ohnehin früh war, doch in Boston war die Sonne noch nicht einmal untergegangen. An Schlaf war gar nicht zu denken, und so holte er sich seine Unterlagen ins Bett. Da es für seinen Geschmack viel zu warm im Zimmer war, stand er gleich wieder auf, um das Fenster zu öffnen. Er sog die frische Nachtluft tief in sich ein und betrachtete das silbrige Kleid, in das der fast volle Mond die Pappel hüllte. Plötzlich kamen ihm Zweifel; er schlüpfte in seinen Morgenmantel und ging hinunter in das kleine Büro. Nachdem er das Bild noch einmal in Augenschein genommen hatte, kehrte er an das Fenster in seinem Zimmer zurück. Ein ganzes Stück über ihm berührte der Hauptast das Dach, woraus Peter den Schluss zog, dass Wladimir Radskin das Bild nur vom Dachgeschoss aus gemalt haben konnte. Er sagte sich, dass er gleich am nächsten Tag mit Clara darüber reden müsse. Zu seiner Schlaflosigkeit gesellte sich jetzt auch noch die Ungeduld, und so öffnete er die Tür, als er Schritte auf der Treppe hörte.

»Ich wollte nur Wasser holen, möchten Sie auch?«, fragte Clara.

»Nein danke, davon roste ich!«, antwortete Peter. Er trat auf den Flur und bat Clara, ihn in das Büro zu begleiten.

»Ich kenne das Bild in- und auswendig!«

»Daran habe ich keinen Zweifel, aber kommen Sie bitte trotzdem mit«, beharrte Peter.

Nachdem sie in der Küche Wasser geholt hatten, führte Peter Clara zunächst zum Fenster in seinem Zimmer.

»Da, sehen Sie selbst! Ich garantiere Ihnen, dass Wladimir Radskin im Dachgeschoss gearbeitet hat!«

»Das ist völlig unmöglich, er war gegen Ende seines Lebens viel zu geschwächt und musste alle Kräfte zusammennehmen, um sich vor der Staffelei aufrecht zu halten. Schon für einen Gesunden ist es gefährlich, die Stufen zum Dachboden hinaufzusteigen. In seinem Zustand hätte sich niemand da raufgewagt.«

»Gefährlich oder nicht, ich sage Ihnen, dieses Fenster ist nicht dasjenige, das man auf dem Bild sieht, es ist viel größer, die Perspektive ist anders, und der Hauptast reicht bis zum Dach, nicht nur bis zu meinem Zimmer!«

Clara wies Peter darauf hin, dass die Pappel in eineinhalb Jahrhunderten gewachsen sei und Vorstellungskraft auch zu den Gaben eines Malers gehöre. Damit ging sie zurück in ihr Zimmer.

Übellaunig legte sich Peter ins Bett. Mitten in der Nacht knipste er das Licht an und trat erneut ans Fenster. Wenn Wladimir Radskin fähig gewesen war, aus der Erinnerung so naturgetreu den Schimmer des Vollmonds auf dem Baum wiederzugeben, wie er ihn jetzt von seinem Fenster aus sah, warum hätte er sich dann die Mühe machen sollen, den Hauptast zu versetzen?

Er grübelte den Rest der schlaflosen Nacht darüber nach

und versuchte, eine Antwort auf diese Frage zu finden. Als der Morgen schon graute, saß er noch immer in seinem Bett und las in den Unterlagen für seine große Auktion, die, wenn es nach ihm ginge, in zwei Wochen stattfinden würde. Er hatte die Hoffnung noch nicht ganz aufgegeben.

Dorothy kam um halb sieben, und Peter ging sogleich in die Küche, um einen Kaffee zu trinken.

»Verdammt kalt hier«, sagte er und rieb sich die Hände am Kamin.

»Es ist ein altes Haus«, sagte Dorothy und deckte den Frühstückstisch.

»Arbeiten Sie schon lange hier, Dorothy?«

»Ich war sechzehn, als die gnädige Frau mich eingestellt hat.«

»Und wer war die gnädige Frau?«, fragte Peter und schenkte sich Kaffee ein.

»Die Großmutter von Miss Clara.«

»Lebte sie hier?«

»Nein, sie kam nie her, ich war allein hier.«

»Hatten Sie keine Angst vor Gespenstern?«, neckte Peter sie.

»Wie die Menschen können sie eine gute oder schlechte Gesellschaft sein.«

Peter nickte und strich Butter auf sein Brot.

»Hat sich das Haus seit jener Zeit sehr verändert?«

»Wir hatten damals kein Telefon, das ist ungefähr alles. Miss Clara hat dann die Einrichtung in einigen Zimmern modernisiert.«

Dorothy entschuldigte sich, sie hatte zu tun und ließ Peter allein sein Frühstück beenden. Er blätterte in der Zeitung, dann trug er seine Tasse zum Spülbecken und beschloss, die Unterlagen aus seinem Zimmer zu holen. Der Tag versprach schön zu werden, er würde draußen arbeiten, bis Clara käme. Mitten auf der Treppe blieb er vor einem gerahmten Stich stehen, der den Landsitz zeigte. Er war auf das Jahr 1879 datiert. Peter trat näher, um ihn eingehender zu betrachten. Ein Detail machte ihn stutzig, und so eilte er die Treppe hinunter, hinaus auf den Hof. Bei der großen Pappel blieb er stehen und musterte das Dach ausgiebig. Dann lief er zurück zur Treppe, hängte den Stich ab und nahm ihn mit.

»Clara, Clara, sehen Sie sich das an!«, schrie Peter vom Hof aus nach oben.

Dorothy kam wütend aus der Küche. »Miss Clara ruht sich aus, Sir, seien Sie bitte nicht so laut!«

»Sie müssen sie wecken! Sagen Sie ihr, dass es wichtig ist!«

»Dürfte ich erfahren, was Mister Gwel mitten auf dem Hof so Wichtiges gefunden hat, das rechtfertigt, Miss Clara zu wecken, wo sie ihren Schlaf doch so dringend braucht nach den furchtbaren Nächten, die sie wegen Mister Gwels Freund durchgemacht hat.«

»Sie haben das alles gesagt, ohne auch nur ein einziges Mal Luft zu holen, Dorothy? Sie beeindrucken mich! Beeilen Sie sich, sonst hole ich sie selbst.«

Dorothy machte sich auf den Weg, rang die Hände und stieß missmutig aus, diese Amerikaner hatten eben einfach keine Manieren!

Clara erschien im Morgenmantel und begrüßte Peter, der

nervös um den Baum herumlief. Sie warf einen Blick auf den Stich, den er an den Stamm gelehnt hatte. »Wenn ich mich recht entsinne, hing der gestern Abend nicht hier«, sagte sie.

Peter bückte sich und reichte ihn ihr. »Sehen Sie!«

»Das ist das Herrenhaus, Peter!«

»Wie viele Dachfenster sehen Sie auf dem Stich?«, fragte er gereizt.

»Sechs«, antwortete Clara.

Er fasste sie bei den Schultern und drehte sie zum Haus. »Und wie viele zählen Sie hier?«

»Fünf«, murmelte Clara.

Peter nahm sie beim Arm und zog sie ins Haus. Eilig liefen sie die Treppe hinauf, und Dorothy, die den Aufzug missbilligte, in dem sich Miss Clara vor Peter zeigte, kam aus der Küche, um ihnen auf den Dachboden zu folgen.

Jonathan schrieb eine Nachricht für Anna. Er teilte ihr mit, er würde den Tag im Museum verbringen und mit dem Kurator zu Mittag essen. Er wäre gegen sechs Uhr abends zurück. Er hasste es, Rechenschaft über seinen Tagesablauf ablegen zu müssen, riss das Blatt vom Block und vertraute es dem Magneten in Form eines Marienkäfers an der Kühlschranktür an. Dann ging er ein Stück die Straße entlang, setzte sich in seinen Wagen und wartete geduldig.

Eine Stunde später verließ Anna das Haus. Sie stieg in ihren Saab und fuhr in nördliche Richtung über die Harvard Bridge nach Cambridge. Jonathan folgte ihr, parkte am Anfang der Garden Street und beobachtete, wie Anna die drei Stufen zu einem eleganten Haus hinaufeilte. Sobald sie verschwunden war, stieg er aus und ging zu der gläsernen Eingangstür. Die Leuchtziffern über den Aufzugtüren besagten, dass die Kabine im dreizehnten Stock gehalten hatte. Er kehrte zu seinem Wagen zurück. Zwei Stunden später kam Anna heraus. Als der Saab vorbeifuhr, legte er sich flach auf den Beifahrersitz. Sobald Anna an der Kreuzung abgebogen war, ging er entschlossen zur Nummer 27 Garden Street, zögerte kurz zwischen dem Klingelknopf 13A und 13B und entschied sich dann, beide zu drücken. Sofort summte der Türöffner.

Die Tür am Ende des Gangs war angelehnt. Jonathan öffnete sie langsam und erkannte sofort die Stimme, die ertönte: »Hast du etwas vergessen, mein Liebling?«

Als sie ihn auf dem Flur stehen sah, zuckte die Frau mit dem silbergrauen Haar kaum merklich zusammen.

»Mrs. Walton?«, fragte Jonathan kalt.

Die Hände in die Hüften gestemmt, hatte sich Dorothy vor Clara aufgebaut. »Dorothy, schwören Sie mir, dass meine Großmutter das Dach dieses Hauses nicht hat verändern lassen!«

Peter beobachtete sie aufmerksam. Er griff nach dem Vorschlaghammer, den er aus der Scheune geholt hatte, und schlug gegen die hintere Wand. Der ganze Raum erbebte.

»Gar nichts schwöre ich«, gab Dorothy wütend zurück.

»Warum haben Sie mir nie davon erzählt?«, fragte Clara.

Peter holte zu einem weiteren Schlag aus, und in der Wand bildete sich ein Riss.

»Wir sind nie auf dieses Thema zu sprechen gekommen.«

»Ich bitte Sie, Dorothy! Unser Architekt Mister Goesfield hat sich damals gewundert, dass die Behörden die Ausbaugenehmigung verweigert haben. Er hat mehrmals seine Überzeugung wiederholt, dass hier schon Arbeiten vorgenommen worden seien.« Clara zuckte zusammen, als Peter erneut zuschlug. »In meiner Gegenwart haben Sie versichert, dass nie etwas am Haus verändert worden sei. Ich erinnere mich, als wäre es gestern gewesen. Im Übrigen waren Sie regelrecht abscheulich Mister Goesfield gegenüber.«

Das Zimmer vibrierte erneut, und Staub rieselte vom Dach herunter. Clara zog Dorothy zum Fenster.

»Ich musste es Ihrer Großmutter versprechen! Sie hat den Landsitz unter Denkmalschutz stellen lassen«, sagte die Haushälterin.

»Und warum?«, fragte Peter vom anderen Ende des Raums. Er schob mit dem Fuß die Gipsbrocken beiseite, die am Boden verstreut lagen. An einem großen Teil der Wand waren jetzt die Ziegelsteine freigelegt. Seine Schultern schmerzten schon. Er atmete tief durch und holte erneut aus.

»Weiß ich nicht«, sagte Dorothy missmutig. »Ihre Großmutter wollte immer über alles bestimmen, aber sie war eine gerechte Frau. Sie sagte, aus Ihnen würde eine große Biologin werden, aber Sie haben ja immer nur getan, was Sie wollten …«

»Sie wollte, dass ich Chemikerin werde! Und sie wollte auch, dass ich den Landsitz verkaufe, erinnern Sie sich?«, fiel ihr Clara ins Wort.

»Ja«, murrte Dorothy, die so sehr an diesem Haus hing.

Der Zement zwischen den Steinen begann zu bröckeln, Peter kratzte ihn mit einem Schraubenzieher heraus. Beim nächsten Schlag begann die Wand nachzugeben.

»Warum hat sie dieses Fenster zumauern lassen, Dorothy?«

Dorothy sah Clara unverwandt an und zögerte mit der Antwort. Da Clara aber darauf beharrte, gab sie schließlich nach. »Weil ihrer Tochter ein Unglück zugestoßen ist, als sie sich an dieser Wand zu schaffen machte«, brachte sie schließlich hervor. »Sagen Sie Mister Gwel, er soll aufhören, ich bitte Sie!«

»Sie wissen, was meiner Mutter zugestoßen ist?«, fragte Clara fieberhaft.

Es war Peter gelungen, den ersten Stein herauszustemmen. Er schob erst die Hand, dann den Arm durch das Loch. Der Raum hinter der Wand schien tief. Er griff wieder zum Vorschlaghammer und machte sich mit doppeltem Elan ans Werk.

»Ihre Großmutter hat mich eingestellt, als sie den Landsitz gekauft hat. Die Albträume ihrer Tochter haben in den ersten Ferien begonnen, die sie hier verbracht haben.«

Peter zog einen zweiten Stein heraus. Das Loch war nun so groß, dass er den Kopf hindurchstecken konnte. Auf der anderen Seite war es dunkel.

»Was für Albträume waren das?«, fragte Clara.

»Sie schrie ganz furchtbare Dinge im Schlaf.«

»Erinnern Sie sich, was sie sagte?«

»Wenn ich es nur hätte vergessen können! Es war unverständlich, sie wiederholte immer wieder: ›Er wird kommen!‹ Keines der verschriebenen Medikamente vermochte sie zu beruhigen, und die Mutter war verzweifelt, ihr Kind in diesem Zustand zu sehen. Wenn die Kleine ihren Tag nicht damit verbrachte, jeden Winkel des Anwesens abzusuchen, setzte sie sich unter die Pappel. Ich nahm sie in die Arme, um sie zu besänftigen, und sie vertraute mir an, dass sie in ihren Träumen mit einem Mann sprach, den sie seit jeher kannte. Ich begriff nichts von alledem, sie sagte, er hieße jetzt Jonas, und sie hätten sich schon vorher geliebt. Er würde sie bald holen, denn er wüsste jetzt, wo er sie finden könnte. Und dann kam jene furchtbare Woche, da sie vom Kummer hinweggerafft wurde.«

»Welcher Kummer?«

»Sie hörte ihn nicht mehr, sie sagte, er sei tot, man habe ihn ermordet. Sie wollte keinen Bissen mehr zu sich nehmen und siechte rasch dahin. Wir haben ihre Asche am Fuß des großen Baums ausgestreut. Die gnädige Frau hat die Wand und das Dachfenster zumauern lassen. Ich flehe Sie an, sagen Sie Mister Gwel, er soll aufhören, ehe es zu spät ist.«

Peter war beim zwanzigsten Schlag, und seine Arme taten jetzt höllisch weh. Schließlich gelang es ihm, durch das Loch auf die andere Seite zu kriechen.

»War dieser Jonas mein Vater?«, fragte Clara eindringlich.

»O nein, Miss Clara, Gott bewahre. Ihre Großmutter hat Sie später adoptiert.«

Clara lehnte sich an den Fensterrahmen. Sie blickte auf den Hof und hielt den Atem an. Tränen stiegen ihr in die

Augen, und so fuhr sie fort, ohne sich nach Dorothy umzusehen. »Sie lügen! Ich bin nie adoptiert worden«, sagte sie und unterdrückte ein Schluchzen.

»Ihre Großmutter war eine gute Frau! Sie besuchte viele Waisenhäuser in der Gegend. Sie hat Sie vom ersten Augenblick an geliebt, sie sagte, sie würde in Ihren Augen ihre eigene Tochter sehen, die wiedergeboren sei. Das waren Geschichten, die sie erfand, um ihren Schmerz zu besänftigen. Nach dem Tod ihrer Tochter war die gnädige Frau nicht mehr dieselbe. Sie hatte strengstens verboten, dass Sie in die Nähe des Landsitzes kamen. Sie selbst hat ihn nie wieder betreten. Wenn sie aus London kam, um mir meinen Lohn und das Geld für den Unterhalt zu bringen, musste ich sie am Tor erwarten. Ich habe jedes Mal geweint, wenn ich sie sah.«

Peter hustete wegen des Staubs und wartete, dass sich seine Augen an die Dunkelheit gewöhnten.

»Wie hieß die Tochter meiner Großmutter?«

Jetzt füllten sich Dorothy Blaxtons Augen mit Tränen. Sie nahm die junge Frau, die sie so liebte, in die Arme und flüsterte ihr mit bebender Stimme zärtlich ins Ohr: »Wie Sie, Miss Clara.«

»Kommen Sie doch mal her und sehen Sie, was ich entdeckt habe«, rief Peter von der anderen Seite der Mauer.

Jonathan betrat das stilvolle Wohnzimmer.

»Was haben Sie hier zu suchen?«, fragte Mrs. Walton kühl.

»Ich komme aus Yale, und ich bin es, der hier heute die

Fragen stellt«, gab Jonathan schroff zurück. »Was hat Anna bei Ihnen gemacht, Mrs. Walton?«

Die Frau mit dem silbergrauen Haar sah ihn unverwandt an. Er spürte so etwas wie Mitleid in ihrem Blick.

»Es gibt so viele Dinge, die Sie nicht wissen, mein armer Jonathan.«

»Für wen halten Sie sich eigentlich?«, erwiderte er ärgerlich.

»Für Ihre Schwiegermutter! Denn das werde ich in wenigen Tagen sein.«

Jonathan musterte sie lange und fragte sich, was an ihren Ausführungen wahr sein mochte. »Annas Eltern sind tot!«, sagte er schließlich.

»Es gehörte zu unserem Plan, Sie das glauben zu machen.«

»Welcher Plan?«

»Ihre Begegnung mit meiner Tochter – von dem Tag ihrer ersten Ausstellung, die ich mit großem Aufwand organisiert habe, bis zu Ihrer Hochzeit. Alles war geplant, bis hin zu dieser ebenso ergreifenden wie unvermeidlichen Liaison mit Clara, denn so nennt sie sich wohl wieder, nicht wahr?«

»Sie haben uns also in Europa überwacht?«

»Ich oder ein paar Freunde, wo ist da der Unterschied, nur das Ergebnis zählt. Meine Verbindungen zum Louvre waren Ihnen sicher nützlich, oder?«

»Aber was wollen Sie eigentlich?«, rief Jonathan.

»Mich rächen! Meiner Tochter Gerechtigkeit widerfahren lassen!«, schrie Alice Walton. Dann zündete sie sich eine Zigarette an. Und obwohl sie jetzt äußerlich wieder ruhig wirkte, strich die mit dem Diamantring geschmückte Hand nervös über die Decke, die auf der Couch lag. »Jetzt, da die Würfel gefallen sind und Ihr Schicksal besiegelt ist«, fuhr sie fort, »lassen Sie mich Ihnen die traurige Geschichte von Sir Edward Langton, meinem Mann, erzählen.«

»Ihr Mann? Aber Langton ist seit einem Jahrhundert tot!«

»Die Albträume konnten Ihnen nicht alles enthüllen …« Alice seufzte. »Sir Edward hatte zwei Töchter. Er war ein großzügiger Mann, allzu großzügig. Nicht genug damit, dass er sein Talent und sein Vermögen in den Dienst des Malers Radskin gestellt hatte, er hegte auch eine wahre Leidenschaft für seine älteste Tochter. Nichts war zu gut für sie, und wenn Sie wüssten, wie die jüngere unter der Gleichgültigkeit ihres Vaters gelitten hat! Aber Männer sehen nur ihre Vorlieben und machen sich keine Gedanken, welchen Schaden sie damit anrichten. Wie haben Sie uns das antun können?«

»Was? Ich verstehe nicht, wovon Sie sprechen.«

»Seine älteste Tochter, sein Liebling, hatte sich in einen herausragenden jungen Kunstexperten verliebt. Die beiden Turteltauben waren unzertrennlich. Edward konnte es nicht ertragen, dass sich seine Tochter ihm entzog. Er war eifersüchtig wie so viele Väter, wenn ihre Kinder erwachsen werden. Ich hoffte inständig, dass sie gehen, dass Edward seiner Tochter Anna endlich mehr Aufmerksamkeit schenken würde. Nach Wladimir Radskins Tod blieb uns kaum mehr Hoffnung, unseren Verpflichtungen nachzukommen. Nur der Verkauf seines letzten Bildes konnte uns vor dem Ruin retten. Wir erhofften uns davon eine erhebliche Summe und auch dass die anderen unverkauften Bilder, die mein Mann im Laufe der Zeit angesammelt hatte, beträchtlich an Wert gewonnen hätten. Das wäre nur gerecht gewesen, nachdem Radskin auf unsere Kosten so lange ein opulentes Leben geführt hatte, das durch nichts gerechtfertigt war!«

Jetzt schob sich auch Clara durch das Loch, das Peter vergrößert hatte. Alles hinter der Wand zeugte von Armut. Das spärliche Mobiliar bestand aus einem Pult, einem Stuhl mit dürftigem Sitz und einem kleinen Bett, das einer Pritsche aus einem Kriegsspital glich. Auf einem der drei Regale stand ein Steinguttopf. Am Ende des Zimmers traf ein winziger senkrechter Lichtstrahl auf den Boden dicht vor einer Staffelei. Peter tastete sich im Halbdunkel vor. Er hob den Kopf und erspähte die an die Decke genagelten Holzbretter. Er reckte sich auf Zehenspitzen und riss sie herunter. Blasses graues Licht fiel auf die Staffelei. Peter schob die Dachluke auf, die er freigelegt hatte, und zog sich mit den Armen hoch. Sein vom Staub weißer Kopf lugte aus dem Dach. Er blickte auf den Park, der sich unter ihm erstreckte, und als er den Hauptast der Pappel sah, die unter ihm die Dachrinne streifte, lächelte er und ließ sich ins Zimmer zurückgleiten.

»Clara, ich glaube, wir haben das wirkliche Zimmer von Wladimir Radskin entdeckt. Hier hat er *Die junge Frau im roten Kleid* gemalt.«

Alice Walton spielte mit dem Ring an ihrem Finger. Die Kippe qualmte noch im Aschenbecher. Sie drückte sie nervös aus und zündete sich sogleich eine neue Zigarette an. Die Flamme des Streichholzes erhellte ihr Gesicht. Leid und Zorn waren in jede ihrer Falten eingraviert.

»Doch am Tag der Versteigerung sandte ein böswilliger Experte einen Brief an den Auktionator, in dem er behauptete, das Bild sei eine Fälschung! Derjenige, der die Versteigerung so verunglimpft und meine Familie ruiniert hat, war kein anderer als der verliebte Komplize meiner ältesten Tochter, die sich an ihrem Vater rächen wollte, weil er ihre Hochzeit verhindert hatte. Was dann kommt, wissen Sie: Wir sind nach Amerika gegangen. Mein Mann ist wenige Monate nach unserer Ankunft gestorben, weil er die Schande nicht ertragen hat.«

Jonathan erhob sich und trat an die Fensterfront. All das konnte nicht wahr sein. Die Erinnerung an den Albtraum, den er mit Clara durchlebt hatte, ließ ihn nicht los. Er hielt Alice den Rücken zugewandt und schüttelte langsam den Kopf.

»Spielen Sie nicht den Unschuldigen, Jonathan! Auch Sie haben diese Träume gehabt. Ich habe euch beiden nie verziehen. Der Hass ist ein Gefühl, das die Lebenskraft unserer Seelen lange aufrechterhalten kann. Ich habe ihn ohne Unterlass geschürt, um neu zu leben. Jedes Mal habe ich es verstanden, euch aufzuspüren und euer Schicksal zu durchkreuzen. Wie es mich amüsiert hat, als Sie in Yale bei mir Student waren! Ihr wart beide so dicht am Ziel! In diesem Leben nannten Sie sich Jonas, Sie sind nach Boston gekommen, um dort zu studieren, und wollten Ihren Vornamen amerikanisieren, aber das ist auch unwichtig, Sie können sich an all das nicht erinnern. Sie hatten Clara fast wiedergefunden, Sie haben in Ihren Träumen gesehen, dass sie in London war, aber ich habe euch rechtzeitig trennen können.«

»Sie sind völlig verrückt!«

Jonathan verspürte das dringende Bedürfnis, diesen Ort zu verlassen, an dem er zu ersticken drohte. Er ging auf die Tür zu, doch die Frau mit dem silbergrauen Haar hielt ihn entschlossen am Ärmel zurück.

»Alle großen Erfinder haben eines gemeinsam, sie verstehen es, sich von der Welt, die sie umgibt, zu lösen, um sich etwas Neues vorzustellen. Es ist mir gelungen, Coralie O'Malley in den Wahnsinn zu treiben, und an dem Tag, an dem ich Jonas vergiftet habe, ist es mir fast auch mit Clara gelungen. Ich habe es Ihnen bei unserer ersten Begegnung in Miami gesagt: Liebe und Hass bedeuten, dass man sein Leben kreiert, statt es zu betrachten. Das Gefühl stirbt nicht immer, Jonathan. Es hat euch jedes Mal wieder vereint.«

Jonathan sah sie kalt und herausfordernd an. Er stieß ihre Hand von seinem Arm weg und fragte: »Was wollen Sie, Mrs. Walton?«

»Ihre Seelen erschöpfen und Sie und Clara für immer trennen. Darum musste ich zuerst dafür sorgen, dass ihr euch wiederfandet. Jetzt stehe ich kurz vor meinem Ziel. Wenn ihr eure Liebe nicht ausleben könnt, ist dieses Leben für euch beide das letzte. Eure Seelen haben fast keine Kraft mehr. Eine erneute Trennung würden sie nicht überleben.«

»Das war es also?«, sagte Jonathan. »Sie wollen sich für etwas rächen, das Sie vor mehr als einem Jahrhundert erlebt haben? Angenommen, ich würde Ihrer Logik folgen, würde das bedeuten, dass Sie bereit sind, eine Ihrer Töchter zu opfern, um dieses Verlangen zu stillen? Und Sie behaupten, nicht verrückt zu sein?«

Jonathan verließ die Wohnung, ohne sich noch einmal umzudrehen. Als er über die Schwelle trat, schrie Alice Walton ihm hinterher: »Clara war nicht meine Tochter, sondern nur Anna! Und ob Sie wollen oder nicht, mit ihr werden Sie in einigen Tagen verheiratet sein!«

»Man kann wirklich nicht behaupten, dass Radskin Sir Edward ruiniert hat!«

Peter hustete. Die Luft in dem Raum war beißend, durchsetzt von einem leichten Knoblauchgeruch.

»Hat er in dieser Kammer gelebt?«, fragte Clara betroffen.

»Das ist eines der wenigen Dinge, die mir unbestreitbar scheinen«, meinte Peter und legte einen weiteren Stein auf den Boden.

Innerhalb einer Stunde hatte er eine Öffnung geschaffen, durch die genug Licht vom Dachboden drang, um die Kammer zu erhellen.

»Wladimirs abgeschlossene Welt gleicht eher einer Gefängniszelle als einem Gästezimmer«, sagte Peter. Neugierig betrachtete er den Fußboden – die Farbe des Holzes unterschied sich vom Rest des Dachbodens – und stellte fest: »Natürlich, dieser Teil der Dielen ist nie erneuert worden!«

»Ja, sicher«, pflichtete Clara bei.

Peter untersuchte das Zimmer weiter, er bückte sich und sah unter das Bett.

»Was suchen Sie?«, fragte Clara.

»Seine Palette, seine Pinsel, Phiolen, Pigmente, irgendeinen Hinweis.«

»Ich sehe nichts in diesem Zimmer, so als hätte irgendjemand jede Spur von Leben beseitigen wollen.«

Peter stieg auf das Bett und fuhr mit der Hand über die Regale. »Ich habe etwas gefunden!«, rief er dann. Er sprang herunter und reichte Clara ein kleines schwarzes Heft.

Sie blies auf den Umschlag, und eine Staubwolke wirbelte auf.

Peter nahm es ihr ungeduldig wieder ab. »Ich werde es öffnen!«

»Vorsichtig«, sagte Clara und hielt seinen Arm fest.

»Ich bin Auktionator, und so seltsam es auch klingen mag, ich bin es gewohnt, mit alten Gegenständen umzugehen.«

Clara nahm ihm das Heft dennoch aus der Hand und schlug behutsam die erste Seite auf.

»Was steht drin?«, drängte Peter.

»Keine Ahnung, sieht aus wie ein Tagebuch, aber es ist kyrillische Schrift.«

»Russisch?«

»Das ist dasselbe!«

»Ich weiß, dass es dasselbe ist«, erwiderte Peter mürrisch.

»Warten Sie«, sagte Clara, »da ist auch eine ganze Reihe chemischer Symbole.«

»Sind Sie sicher?«, fragte Peter.

»Ja«, gab Clara gereizt zurück.

François Hébrard saß an seinem Schreibtisch und las zum Abschluss des Tages den Bericht, den Sylvie Leroy ihm gebracht hatte. Seit Jonathans Besuch hatten die Forscher ihre Bemühungen fortgesetzt, das Geheimnis der roten Pigmente zu lüften.

»Haben Sie Mister Gardner erreicht?«, fragte der Abteilungsleiter.

»Nein, seine Mailbox ist voll, man kann keine Nachricht mehr hinterlassen, und er beantwortet seine E-Mails nicht.«

»Wann findet diese Auktion statt?«, erkundigte sich Hébrard.

»Am einundzwanzigsten, das heißt in vier Tagen.«

»Bei all der Arbeit, die wir uns gemacht haben, sollte er auf jeden Fall Bescheid wissen. Tun Sie, was Sie für nötig halten, aber finden Sie ihn.«

Sylvie Leroy verließ das Büro und kehrte in ihr Atelier zurück. Sie kannte jemanden, der ihr sagen könnte, wo Jonathan Gardner zu erreichen war, doch sie hatte keine Lust, ihn anzurufen. Sie nahm ihre Tasche und schaltete das Licht über dem Arbeitstisch aus. Auf dem Flur traf sie mehrere Kollegen, aber sie war so in ihre Gedanken vertieft, dass sie deren Gruß nicht einmal hörte. Sie kam an die Sicherheitsschleuse und schob ihre Personalkarte in das Kontrollgerät. Die Schiebetür glitt geräuschlos auf. Sylvie Leroy stieg die Außentreppe hinauf. Der Himmel war strahlend blau, und die Luft roch schon nach Sommer. Sie ging über den Louvre-Hof, setzte sich auf eine Bank und ließ den Blick schweifen. Die Glaspyramide des Architekten Ming Pei warf das Rot der untergehenden Sonne bis in die Arkaden der Galerie Richelieu zurück. Vor dem Eingang hatte sich eine endlose Menschenschlange gebildet. An diesem märchenhaften Ort zu arbeiten war ein Traum, aus dem sie niemals erwachen wollte. Sie seufzte und wählte eine Nummer auf ihrem Handy.

Dorothy hatte den kleinen Tisch auf der Terrasse gedeckt. Sie aßen früh zu Abend, da sie am nächsten Morgen zeitig nach London zurückkehren würden. Das Speditionsunternehmen sollte vormittags in die Galerie kommen, um *Die junge Frau im roten Kleid* für ihre Reise vorzubereiten. Clara und Peter würden, begleitet von einer Polizeieskorte, ebenfalls mit zum Heathrow Airport fahren. Die fünf Bilder von Wladimir Radskin sollten im Gepäckraum einer Boeing 747 der British Airways nach Boston fliegen. Noch in London würde Peter Wladimir Radskins handgeschriebenes Tagebuch scannen und einem russischen Kollegen mailen, der sich sofort an die Übersetzung machen wollte. Jonathans Freund schenkte Clara Kaffee ein, beide hingen ihren Gedanken nach, und so wechselten sie während des Essens kaum ein Wort.

»Haben Sie heute mit ihm gesprochen?«, brach Clara schließlich das Schweigen.

»Ich werde ihn nachher anrufen, versprochen.«

Peters Handy, das auf dem Tisch lag, vibrierte.

»Glauben Sie an Gedankenübertragung?«, fragte er belustigt. »Ich bin sicher, dass er es ist.«

»Peter, hier ist Sylvie Leroy, kann ich dich sprechen?«

Peter entschuldigte sich bei Clara und entfernte sich ein Stück.

Sylvie begann sogleich mit ihrem detaillierten Bericht: »Es ist uns gelungen, das Pigment teilweise zu entschlüsseln. Es ist auf der Basis von Koschenilleschildläusen hergestellt. Auf den Gedanken waren wir gar nicht gekommen, da dieser Farbstoff normalerweise ebenso schön wie flüchtig ist, und wir verstehen noch immer nicht, wie es Ihrem Maler gelungen ist, die Intensität der Farbe über die Jahre zu erhalten. Aber die Fakten sind eindeutig. Wir glauben, das Geheimnis liegt in dem Lack, mit dem Radskin das Gemälde überzogen hat. Meiner Meinung nach hat er die Rolle eines Filters – eine Art Film, der an manchen Stellen transparent und an anderen undurchlässig ist. Auf den Röntgenbildern der Leinwand haben wir leichte Schatten festgestellt, aber sie sind zu zart, als dass es sich um Retuschen oder Übermalungen handeln könnte. Allerdings sind sich in dieser Hinsicht nicht alle Kollegen im Labor einig. Aber jetzt halt dich fest, denn wir haben zwei wichtige Entdeckungen gemacht. Radskin hat Adrianopelrot verwendet, ich erspare dir die detaillierte Formel, sie stammt aus dem Mittelalter. Um eine so kräftige und resistente Farbe zu erhalten, mischte man Fette, Urin und Blut von Tieren.«

»Glaubst du, er hat einen Hund abgemurkst?«, unterbrach Peter sie. »Wenn du nichts dagegen hast, werde ich dieses Detail bei der Versteigerung unter den Tisch fallen lassen.«

»Das wäre ein Irrtum, Radskin hat keiner Fliege etwas zuleide getan. Ich denke, er hat sein Rot mit den Mitteln hergestellt, die ihm zur Verfügung standen. Die DNA-Analysen sind eindeutig, wir haben menschliches Blut in seinem Pigment gefunden.«

Einen Augenblick dachte Peter, endlich über ein Mittel zur Authentifizierung des Bildes zu verfügen. Wenn der Maler sein eigenes Blut verwendet hatte, brauchte man nur die DNA-Analysen zu vergleichen. Doch seine Euphorie legte sich rasch, Wladimir Radskins Körper war längst Staub und Asche, und es gab keine Materie mehr, die einen solchen Vergleich erlaubt hätte.

»Welches ist die zweite wichtige Entdeckung?«, fragte Peter besorgt.

»Etwas Eigenartiges, wir haben Realgar gefunden, einen unnützen Farbstoff, den Radskin niemals hätte verwenden wollen.«

»Warum?«, fragte Peter verblüfft.

»Weil sein Rot von den anderen beherrscht wird und weil es eine äußerst giftige Dosis an Arsensulfat enthält.«

Peter dachte an den Knoblauchgeruch, den er wahrgenommen hatte, als er den Kopf durch das Loch in der Mauer gesteckt hatte. Der Geruch war charakteristisch für dieses Gift.

»Realgar gehört zur Familie der Rattengifte, es einzuatmen wäre selbstmörderisch.«

»Kannst du mir eine Kopie des Berichts an mein Bostoner Büro schicken?«

»Ich verspreche, es sofort zu tun, wenn ich nach Hause komme, aber unter einer Bedingung.«

»Alles, was du willst!«

»Ruf mich nie wieder an!«

Sylvie Leroy legte auf.

Der Mond ging hinter den Hügeln auf.

»Heute Nacht haben wir Vollmond«, sagte Peter und betrachtete den Himmel.

Clara blickte so traurig drein, dass er ihr die Hand auf die Schulter legte.

»Wir finden eine Lösung, Clara.«

»Ich glaube, wir sollten alles abbrechen«, sagte sie nachdenklich. »Ich müsste vielleicht eine Zeit lang ins Gefängnis, aber dann wäre ich wieder mit ihm zusammen.«

»Lieben Sie ihn so sehr?«

»Ich fürchte, noch mehr«, sagte sie und stand auf.

Clara entschuldigte sich für ihre Niedergeschlagenheit. Peter begleitete sie bis zur Küchentür und ging dann zurück zum Tisch, um die milde Nachtluft zu genießen. Das Licht hinter Claras Fenster erlosch, und Peter ging in sein Zimmer, um seine Sachen zu packen. Auf der Treppe machte er kehrt und begab sich noch einmal in das kleine Büro. Kurz darauf stieg er auf den Dachboden, stellte *Die junge Frau im roten Kleid* vorsichtig auf Wladimir Radskins Staffelei und setzte sich auf den alten Stuhl.

»Hier bist du an deinem Platz«, murmelte er in der Stille der Nacht.

»Ein schönes Geschenk für Wladimir, heute ist sein Todestag«, flüsterte Clara hinter ihm.

»Ich habe Sie nicht kommen hören«, sagte Peter, ohne sich umzudrehen.

»Ich wusste, dass ich Sie hier finden würde.«

Der Mond stieg am Himmel auf, und sein Licht fiel durch

die Dachluke. Plötzlich nahmen alle Reliefs eine bläulich-silberne Färbung an. Der Mondschein fiel auf das Bild, und der Lack nahm ihn auf. Unter den erstaunten Blicken von Peter und Clara zeichnete sich langsam ein Gesicht unter dem langen Haar der *jungen Frau im roten Kleid* ab. Der Vollmond setzte seinen Weg am Himmel fort, und je höher er stand, desto direkter fiel das Licht auf das Gemälde. Um Mitternacht, als er seinen Zenit erreicht hatte, wurde Wladimir Radskins Signatur in der rechten unteren Ecke sichtbar. Peter sprang auf und nahm Clara in die Arme.

»Sehen Sie«, sagte Clara und deutete mit dem Finger auf die Leinwand.

Die Züge des Gesichts wurden immer deutlicher, zuerst die Augen, dann die Nase, die Wangen, schließlich der feine Mund. Peters Blick wanderte zwischen dem Bild und Clara hin und her: Die Züge der beiden Frauen waren identisch. Vor einhundertfünfzig Jahren hatte Wladimir Radskin sein Meisterwerk vollendet, dann war er am frühen Morgen auf diesem Stuhl entschlafen. Der Mond begann seinen Abstieg, und sobald sein Schein nicht mehr auf den Lack fiel, verschwanden die Signatur und das Gesicht wieder von der Leinwand. Clara und Peter verbrachten noch eine Weile im Zimmer des Malers vor dem Bild, bevor sie schlafen gingen. Nachdem sie am nächsten Morgen das Gepäck und das Bild im Kofferraum verstaut hatten, versuchte Peter verzweifelt, Jonathan zu erreichen.

»Nichts zu machen! Er schläft.«

»Wir probieren es, wenn wir in London sind, oder vom Flughafen aus.«

»Wenn es sein muss, rufe ich ihn vom Cockpit aus an«, fügte Peter hinzu.

Um neun Uhr trafen sie in der Galerie ein. Ehe Clara das Gitter öffnete, warf sie einen kurzen Blick hinüber zum Café, dessen Fenster in der Sonne schimmerte. Bald darauf schlossen die Angestellten der Speditionsfirma den Deckel der Holzkiste, der *Die junge Frau im roten Kleid* schützte.

Von einem Polizeiauto eskortiert, verließ der Transporter der Speditionsfirma mittags die Albermarle Street. Clara saß auf dem Beifahrersitz, Peter hatte hinten neben dem Bild Platz genommen.

»Handys funktionieren hier nicht«, rief der Fahrer Peter zu, der gerade versuchte zu telefonieren. »Die Wände sind gepanzert und feuerfest.«

»Vielleicht kann ich an der nächsten Ampel kurz herausspringen? Ich muss unbedingt jemanden erreichen.«

»Das wird nicht möglich sein, Sir«, antwortete der Teamchef und lächelte.

Der Konvoi hielt auf dem Rollfeld vor der Boeing 747. Peter unterschrieb fünf Übernahmebestätigungen. Diese Dokumente machten ihn von diesem Augenblick an bis zur Versteigerung zum gesetzlichen Treuhänder von Wladimir Radskins letzten Werken. Von dieser Minute an haftete er allein für die Bilder. Clara und er gingen zur Gangway, die zum Rumpf des Flugzeugs führte. Peter hob den Kopf und sah zur Abflughalle, wo die anderen Passagiere warteten.

»Das ist noch besser, als mit Kleinkindern zu reisen!«, sagte er.

»Wir rufen Jonathan an, wenn wir in Boston sind«, meinte Clara.

Peter schüttelte den Kopf und deutete zum Himmel.

»Nein, wir rufen ihn von da oben aus an!«

Sie gingen die Gangway hinauf.

Jonathan hatte nur wenig geschlafen. Als er aus der Dusche kam, hörte er Annas Schritte auf der Treppe zum Atelier. Er zog seinen Bademantel an und ging in die Küche. Das Wandtelefon klingelte. Jonathan nahm den Hörer ab und erkannte sofort Peters Stimme.

»Wo steckst du denn bloß?«, fragte Jonathan. »Ich suche dich schon seit zwei Tagen.«

»Ich bin dreißigtausend Fuß über dem Atlantik.«

»Schon auf dem Weg zu deiner einsamen Insel?«

»Noch nicht, aber das erkläre ich dir später. Ich habe eine gute Nachricht für dich, aber zunächst gebe ich dir mal jemand anders.«

Peter reichte Clara das Telefon.

Als Jonathan ihre Stimme hörte, presste er den Hörer fester ans Ohr.

»Jonathan, wir haben den Beweis! Aber das erzähle ich dir alles, wenn wir da sind. Die Maschine landet um siebzehn Uhr am Logan Airport.«

»Ich hole euch ab«, sagte Jonathan, von dem plötzlich alle Müdigkeit abgefallen war.

»Ich würde dich gerne gleich sehen, aber der Sicherheitsdienst erwartet uns. Wir müssen die Bilder bis zum Tresor von Christie's begleiten. Ich habe ein Zimmer im *Four Sea-*

sons reserviert. Komm ins Hotel, ich erwarte dich um zwanzig Uhr in der Halle.«

»Ich verspreche dir, dass wir am alten Hafen spazieren gehen. Du wirst sehen, abends ist der Blick wundervoll.«

Clara wandte den Kopf zum Fenster. »Du hast mir gefehlt, Jonathan«, sagte sie leise.

Dann gab sie den Hörer an Peter zurück, der sich von seinem Freund verabschiedete und den Apparat wieder in die Armlehne des Sitzes versenkte.

Jonathan legte den Hörer auf die Gabel, und Anna, der kein Wort des Gesprächs entgangen war, legte den ihren im Atelier auf. Sie nahm ihr Handy, ging ans Fenster und wählte eine Nummer in Cambridge. Eine Viertelstunde später verließ sie das Haus.

Die Stewardess verteilte Einreiseformulare.

»Warum wollten Sie nicht, dass Jonathan uns im Transporter begleitet?«, fragte Peter.

»Ich war bereit, zehn Jahre auf ihn zu warten, jetzt werde ich es so lange aushalten können, bis ich in meinem Zimmer bin. Schauen Sie doch, wie ich aussehe!«

Dank der Polizeieskorte erreichten sie die Stadt in nur zwanzig Minuten. Sobald das letzte Bild im Tresorraum verstaut worden war, sprang Clara in ein Taxi und fuhr zum Hotel. Peter nahm ein anderes, um seinen Koffer zu Hause abzustellen. Dort würde er seinen alten Jaguar in Empfang nehmen, den der Page vom Flughafen abgeholt hatte.

Unterwegs rief er den Kollegen an, dem er die Übersetzung von Wladimirs Tagebuch anvertraut hatte. Der hatte ununterbrochen daran gearbeitet. Gerade hatte er ihm den ersten Teil des Textes gemailt. Der Rest bestand aus chemischen Formeln, für die er einen Fachübersetzer finden müsste. Peter bedankte sich herzlich. Das Taxi hielt vor der Wohnanlage. Er eilte durch die Halle, und auch wenn Jenkins ihn auf dem Monitor sehen konnte, trat er im Aufzug ungeduldig von einem Fuß auf den anderen. Sobald er in seiner Wohnung war, schaltete er den Computer ein und druckte das Dokument aus.

Kurz darauf war Peter wieder in der Halle. Er hatte gerade noch Zeit gehabt, zu duschen und ein sauberes Hemd anzuziehen. Vor dem Eingang erwartete ihn Jenkins unter seinem Schirm mit den Initialen der Wohnanlage, um ihn vor dem feinen Regen zu schützen, der auf die Stadt niederging.

»Ich habe Ihren Wagen geordert«, sagte Jenkins und betrachtete den verhangenen Horizont.

»Übles Wetter, nicht wahr?«, sagte Peter.

Die großen runden Scheinwerfer des Jaguar Coupé XK 140 tauchten aus dem Schlund der Tiefgarage auf. Peter ging zu seinem Wagen, machte auf halbem Weg kehrt und legte den Arm um Jenkins Schulter.

»Sind Sie eigentlich verheiratet, Jenkins?«

»Nein, ich bin Junggeselle, leider ...«

Unterwegs rief Peter Jonathan an. Er näherte sich dem Mikrofon, das in der Sonnenblende angebracht war, und rief: »Ich weiß, dass du zu Hause bist. Du hast keine Ahnung, wie mir dein Anrufbeantworter auf die Nerven geht.

Was auch immer du gerade tust, dir bleiben zehn Minuten. Ich kann dir nur raten, pünktlich zu sein!«

Peter hielt am Bordstein, Jonathan stieg ein, und der Wagen fuhr sofort weiter.

»Du musst mir alles erzählen«, sagte Jonathan.

Peter berichtete ihm von der unglaublichen Entdeckung, die sie letzte Nacht gemacht hatten. Wladimir hatte einen Lack verwendet, der nur durch den vertikalen Einfall eines ganz bestimmten Lichts durchdrungen werden konnte. Es wäre sicher schwierig, die genauen Bedingungen herzustellen, unter denen sich dieses Phänomen beobachten ließ, aber mithilfe von Computern wäre es möglich.

»Und das Gesicht hatte wirklich Ähnlichkeit mit Claras?«, fragte Jonathan.

»Glaub mir, es war so naturgetreu, dass es wesentlich eindrucksvoller war als einfach nur eine Ähnlichkeit!«

Als Jonathan wissen wollte, ob Peter wirklich überzeugt sei, dass auch er, Jonathan, eines Tages das sehen würde, was sie in jener Nacht entdeckt hatten, sprach sein Freund beruhigend auf ihn ein. Die Chemiker würden die Formeln des Malers sicher entschlüsseln können, und selbst wenn es eine gewisse Zeit in Anspruch nehmen würde, wäre das Bild eines Tages wieder in seinem Originalzustand zu bewundern.

»Glaubst du, er hätte das gewollt? Radskin muss doch einen Grund gehabt haben, seine Signatur zu verstecken.«

»Den hatte er in der Tat«, versicherte Peter. »Hier ist die Übersetzung seines Tagebuchs, das wird dich interessieren.«

Peter griff nach den Papieren auf dem Rücksitz und reichte sie seinem Freund. Der Übersetzer hatte seiner Arbeit Fotos von den handgeschriebenen Originalseiten beigefügt. Jonathan fuhr mit dem Finger Wladimir Radskins Handschrift nach und begann zu lesen.

Clara,
seit dem Tod Deiner Mutter war unser Leben nicht leicht. Ich erinnere mich, wie wir auf der Flucht zu Fuß die russischen Steppen durchquerten. Ich trug Dich auf meinen Schultern, und Deine kleinen Hände, die sich in meinem Haar festklammerten, waren mir Grund genug, nie aufzugeben. Ich dachte, England sei unsere Rettung, doch in London erwartete uns die Armut. Während ich auf der Straße malte, musste ich Dich wechselnden Kinderfrauen anvertrauen, die mir als Lohn dafür alles nahmen, was ich mit den wenigen verkauften Skizzen verdiente. Wirst Du mir eines Tages diese Naivität verzeihen, die uns so früh getrennt hat? Indem er Dich verwöhnte wie seine eigene Tochter, gewann er mein Vertrauen, das er sogleich missbrauchte. Du warst erst drei Jahre alt, als er Dich mir weggenommen hat. Ich habe den Geruch Deiner Kindheit, jenes letzten Kusses, den du mir vor so langer Zeit auf die Stirn drücktest, nie vergessen. Ich war krank, und Langton nutzte meine Schwäche aus, um mich in diese Kammer zu bringen, in der ich dir jetzt schreibe. Seit nunmehr sechs Jahren habe ich diese Zelle nicht mehr verlassen, so lange Zeit, in der ich Dich nicht in meine Arme schließen, nicht deine strahlenden Augen

*sehen konnte. Sie besitzen die Lebensfreude, die Deiner
Mutter innewohnte.
Als Gegenleistung für die Gemälde, die ich ihm liefere,
kümmert sich Langton um Dich, er erzieht und ernährt
Dich. Bisweilen besucht mich der Kutscher und erzählt
mir von Dir.
Manchmal lachen wir zusammen, wenn er mir von
Deiner Entwicklung berichtet, und er sagt, Du seist
viel aufgeweckter als Langtons eigene Tochter. Wenn
Du auf dem Hof spielst, hilft er mir, aus der kleinen
Dachluke zu sehen. So höre ich Deine Stimme, und wenn
meine Knochen auch schmerzen, ist es doch die einzige
Möglichkeit, Dich heranwachsen zu sehen. Der Schatten
des alten Mannes, den Du im Dachgeschoss siehst und
der Dir jetzt Angst macht, ist der Deines richtigen Vaters.
Wenn der Kutscher mich verlässt, beugen sich seine
Schultern unter der Bürde des Schweigens und der Scham.
Seit sein Pferd gestorben ist, hat ihn auch sein Mut
verlassen. Ich hatte ein Bild für ihn gemalt, aber Langton
hat es ihm weggenommen.
Clara, ich habe keine Kraft mehr. Mein Freund, der
Kutscher, hat mir von einem Gespräch berichtet, das
er mit angehört hat. Durch Spielschulden ist Langton
in große finanzielle Schwierigkeiten geraten, und seine
Frau hat ihm auseinandergesetzt, dass meine Bilder nach
meinem Tod erheblich an Wert gewinnen und ihn vor
dem Ruin retten würden. Seit einigen Tagen plagen mich
meine Gedärme, und ich befürchte, dass er sich zum
Schlimmsten hat hinreißen lassen. Meine Kleine, wenn*

Du nicht wärst, wenn Dein Lachen, das ich von draußen höre, nicht meine einzige Lebensfreude wäre, würde ich den Tod als Befreiung empfinden. Aber ich kann nicht in Frieden sterben, ohne Dir nicht auf meine Art eine einzigartige Erinnerung hinterlassen zu haben. Dies ist mein letztes Bild, mein Meisterwerk, denn ich male Dich, mein Kind. Du bist erst neun Jahre alt, aber Deine Züge gleichen denen Deiner Mutter. Damit Langton Dir das Bild nicht nehmen kann, verberge ich Dein Gesicht und meine Signatur unter einem speziellen Lack, dessen Zusammensetzung nur ich kenne.

Siehst Du, all meine jungen Jahre in Sankt Petersburg, in denen ich mich so sehr im Chemieunterricht gelangweilt habe, sind doch zu etwas nütze. Der Kutscher hat mir geschworen, Dir an Deinem sechzehnten Geburtstag dieses Tagebuch zu übergeben, das ich ihm anvertraue. Er wird Dich zu russischen Freunden bringen, die es für Dich übersetzen werden. Du brauchst nur die Formel anwenden zu lassen, die ich auf den nächsten Seiten niederschreibe, um den Lack zu entfernen. Durch das Originalbild und das Heft wirst Du beweisen können, dass das Bild Dein Eigentum ist. Das ist mein einziges Erbe, meine Kleine, doch es kommt von einem Vater, der Dich, auch wenn er Dir nah und zugleich fern war, stets geliebt hat. Man sagt, aufrichtige Gefühle sterben nicht, und so werde ich Dich auch nach meinem Tod weiterlieben.

Ich hätte Dich gerne zur Frau heranwachsen sehen. Wenn ich auch nur einen einzigen Wunsch frei hätte, so wäre es

mein väterlicher Ehrgeiz, dass es Dir in Deinem Leben gegeben sein möge, all Deine Träume zu verwirklichen.
Tu es, Clara, habe nie Angst zu lieben. Ich liebe Dich, wie ich Deine Mutter geliebt habe und bis zu meinem letzten Atemzug lieben werde.
Dieses Bild gehört Dir, meine Tochter Clara.
Wladimir Radskin, 18. Juni 1867

Jonathan faltete die Seiten zusammen. Er war außerstande, ein Wort herauszubringen.

Ein Handtuch um die Taille geschlungen, kam Clara aus dem Badezimmer. Sie blickte in den Spiegel und verzog das Gesicht. Ihr Koffer stand geöffnet auf dem Bett, und ihre Sachen waren bis zum Sofa verstreut. Alles, was kleiderähnlich war, baumelte auf einem Bügel am Schirm der Stehlampe, am Kopf der antiken Büste und am Griff des Schranks. Ein weiterer Kleiderhaufen türmte sich vor dem großen Sessel am Fenster. Die Jeans kämen vielleicht infrage, aber nur wenn das Hemd, das sie gerade anprobierte, ihr weit genug über die Hüften reichte.

Sie verließ das Zimmer, so wie es war, und hängte das kleine Schild »Bitte nicht stören« an die Klinke. Die Türen des Aufzugs öffneten sich, Clara trat in die Halle und blickte auf ihre Uhr. Zehn vor acht. Sie hatte Lust, einen Schluck zu trinken, während sie auf Jonathan wartete. Ein Glas Wein würde sie beruhigen. Sie ging in die Hotelbar und nahm an der Theke Platz.

Der alte Jaguar fuhr Richtung Stadtzentrum. Als sie das Hotel erreichten, in dem Clara abgestiegen war, fragte Jonathan seinen Freund: »Hat sie es schon gelesen?«

»Nein, ich habe die Übersetzung gerade bekommen, ehe ich dich abgeholt habe.«

»Peter, ich muss dich um etwas bitten.«

»Ich weiß, Jonathan, wir werden das Bild vom Verkauf zurückziehen.«

Jonathan legte die Hand auf die Schulter seines besten Freundes. Als er ausgestiegen war, öffnete Peter das Fenster und rief: »Aber du kommst mich doch auf meiner einsamen Insel besuchen, nicht wahr?«

Jonathan winkte ihm zu.

Kapitel 11

Als Jonathan das *Four Seasons* betrat, pochte sein Herz vor Ungeduld. Er suchte die Halle nach Clara ab, konnte sie nirgendwo entdecken und ging an die Rezeption. Der Empfangschef rief in ihrem Zimmer an, doch niemand antwortete. Am Eingang zur Bar hatte sich eine Menschentraube gebildet. Vielleicht wurde gerade ein wichtiges Baseballspiel übertragen, dachte Jonathan. Dann hörte er draußen eine Sirene. Ein Krankenwagen kam angefahren. Jonathan steuerte auf die Bar zu und bahnte sich einen Weg durch die Menge. Clara lag reglos vor der Theke, der Barmann fächelte ihr mit einer Serviette Luft zu.

»Ich weiß nicht, was sie hat!«, wiederholte er, und in seiner Stimme schwang Panik mit.

Clara hatte ein Glas Wein getrunken und war wenige Minuten später zusammengebrochen. Jonathan kniete nieder und ergriff ihre Hand. Ihr langes Haar breitete sich um ihren Kopf herum wie ein Fächer aus. Ihre Augen waren geschlossen, ihre Züge totenblass, und ein rotes Rinnsal trat aus ihrem Mundwinkel. Der Wein, der sich aus dem zerbrochenen Glas ergoss, vermischte sich mit Claras Blut und malte einen karmesinroten See auf den Marmorboden.

Die Sanitäter erschienen mit einer Trage im Hoteleingang. Eine Frau mit silbergrauem Haar, die hinter einer Säule hervortrat, ließ sie passieren.

Jonathan kletterte in den Fond der Ambulanz. Das Blaulicht des Krankenwagens spiegelte sich in den Schaufenstern der engen Straßen. Der Fahrer hoffte, in weniger als zehn Minuten in der Klinik zu sein. Clara hatte das Bewusstsein nicht wiedererlangt.

»Der Blutdruck sinkt«, sagte einer der Sanitäter.

Jonathan beugte sich über sie. »Ich bitte dich, tu mir das nicht an«, murmelte er und nahm sie in die Arme.

Der Arzt schob ihn zur Seite, um eine Infusionsnadel an Claras Arm zu setzen. Die Kochsalzlösung drang in die Vene und floss zu ihrem Herzen, dessen Schlag sich erneut beschleunigte. Der Blutdruck stieg merklich an. Zufrieden legte der Arzt eine Hand auf Jonathans Schulter. Er konnte nicht ahnen, dass die Flüssigkeit Tausende von fremden Molekülen mit sich transportierte, die die Zellen des Körpers, in den sie soeben eingedrungen waren, auf der Stelle angreifen würden. Jonathan liebkoste Claras Gesicht, und als er mit dem Finger über ihre Wange strich, schien sie zu lächeln. Sobald das Fahrzeug vor der Notaufnahme zum Stehen kam, wurde Clara auf eine Rolltrage gebettet. Jetzt begann ein Wettlauf durch die Klinikflure. Die vorbeihuschenden Neonlichter über ihrem Kopf brachten ihre geschlossenen Lider zum Zucken. Bis zur Tür des Untersuchungszimmers hielt Jonathan ihre Hand. Peter, den er um Hilfe gerufen hatte, war augenblicklich herbeigeeilt. Er saß auf einer der leeren Bänke in dem langen Gang, in dem Jonathan unruhig auf und ab lief.

»Nun mach dir nicht solche Sorgen«, sagte Peter, »das wird ein Schwächeanfall sein. Erschöpfung nach den Strapazen der Reise, nach den Emotionen der letzten Tage und der Wiedersehensfreude. Du hättest sie sehen sollen, als wir gelandet sind. Wenn ich sie nicht zurückgehalten hätte, hätte sie selbst die Tür des Flugzeugs geöffnet, obwohl es noch gar nicht zum Stehen gekommen war! Na endlich, du hast gelächelt! Wir sollten uns öfter sehen – ich bin der Einzige, der dich zum Lachen bringt. Ich dachte schon, sie würde dem Zollbeamten ihren Reisepass entreißen, als er sich erlaubt hat, nach der Dauer ihres Aufenthalts zu fragen.«

Hinter dem Redefluss seines Freundes erahnte Jonathan seine tatsächliche Besorgnis. Zwei Stunden später kam ein Arzt zu ihnen.

Für Professor Alfred Moore, den Peter gerufen hatte, war der Fall rätselhaft. Die Analysen, die man ihm vorgelegt hatte, widersprachen jeder Logik. Claras Organismus hatte plötzlich begonnen, ein wahrhaftes Heer von Antikörpern zu produzieren, die ihre eigenen Blutzellen angriffen. Die Geschwindigkeit, mit der die weißen Blutkörperchen die roten zerstörten, war alarmierend. Bei diesem Tempo würden sich ihre Blutgefäße in Kürze auflösen.

»Wie viel Zeit haben wir, um sie zu retten?«, fragte Jonathan.

Moore war pessimistisch. Es seien bereits subkutane Hämorrhagien aufgetreten, und auch die inneren Organe würden bald zu bluten anfangen. Spätestens morgen würden die Venen und Arterien eine nach der anderen zu reißen beginnen.

»Aber es muss doch eine Behandlung geben. Es gibt immer eine. Wir befinden uns im einundzwanzigsten Jahrhundert, verdammt noch mal, die Medizin ist nicht mehr machtlos!«, erregte sich Peter.

Moore sah ihn betrübt an. »Sprechen wir uns in zwei oder drei Jahrhunderten wieder, Mister Gwel, dann haben Sie sicher recht. Doch um diese junge Frau behandeln zu können, müssten wir erst mal die Ursache ihrer Krankheit kennen. Das Einzige, das ich im Augenblick tun kann, sind Infusionen mit Blutgerinnungsmitteln, um das Schlimmste hinauszuzögern – aber wohl kaum mehr als nur um vierundzwanzig Stunden.« Moore sprach noch einmal sein Bedauern aus und entfernte sich dann.

Jonathan eilte ihm nach und fragte, ob nicht die Möglichkeit bestehe, dass Clara vergiftet worden sei.

»Verdächtigen Sie jemanden?«, fragte Moore vorsichtig.

»Beantworten Sie meine Frage«, beharrte Jonathan.

»Die Untersuchung auf Toxine hat nichts ergeben. Ich kann weitergehende Analysen anordnen, wenn Sie gute Gründe für diese Hypothese haben.«

Professor Moore hatte allerdings seine Zweifel. Er erklärte Jonathan, wenn tatsächlich Gift mit im Spiel sei, würde es Claras Leukozyten so verändern, dass Letztere die eigenen Erythrozyten als Fremdkörper betrachten würden.

»Nur in diesem Fall würden die natürlichen Abwehrkräfte ihres Organismus den Prozess der Autodestruktion einleiten, dem wir beiwohnen«, schloss er.

»Aber es ist theoretisch denkbar?«, wollte Jonathan wissen.

»Sagen wir, es ist nicht gänzlich auszuschließen, und wir

hätten es dann mit einem eigens angemischten Toxin zu tun. Um ein solches Gift herzustellen, müsste man die genaue Blutzusammensetzung des Opfers kennen.«

»Und kann man ihr Blut waschen oder austauschen?«, fragte Jonathan flehend.

Professor Moore lächelte traurig. »Dazu müssten wir über gewaltige Mengen verfügen ...«

Jonathan unterbrach ihn und schlug sogleich vor, seines zu spenden. Es sei A-positiv, fügte er hinzu.

»Und sie ist Rhesus-negativ und hat eine andere Gruppe. Bekäme sie Ihr Blut übertragen, könnte das auf der Stelle zum Tod führen.«

Moore fügte hinzu, dass er es wirklich zutiefst bedauere, dass Jonathans Idee aber nicht zu verwirklichen sei. Er versprach jedoch, das Serologielabor zu bitten, die Suche nach einem eventuellen Toxin zu intensivieren.

»Und um ganz ehrlich zu sein«, fügte Moore hinzu, »ist das unsere einzige Hoffnung, denn für manche Gifte gibt es auch ein Gegengift.«

Der Professor war auf das Schlimmste gefasst, wenn er es auch nicht laut aussprach. Die Zeit arbeitete gegen sie. Jonathan dankte ihm und ging zu Peter zurück. Er bat ihn inständig, ihm keine Fragen zu stellen und die ganze Zeit in Claras Nähe zu bleiben. Er wäre in wenigen Stunden zurück. Falls sich ihr Zustand erheblich verschlechterte, könne er ihn auf seinem Handy benachrichtigen.

Er hielt sich kaum an die Straßenverkehrsordnung und fuhr auf der Camden Avenue bei jeder roten Ampel durch.

Er ließ den Wagen am Straßenrand stehen und rannte zur Nummer 27. Ein Mann verließ gerade das Haus, um seinen Hund auszuführen. So gelangte Jonathan problemlos in die Eingangshalle und nahm den Aufzug, der unten wartete. Am Ende des Flurs trommelte er gegen die Tür. Als Alice öffnete, packte er sie an der Gurgel und schob sie ins Wohnzimmer. Die Frau mit dem silbergrauen Haar stolperte über ein Tischbein und riss Jonathan beim Sturz mit zu Boden. Wie sehr sie sich auch wehrte, Jonathan hatte sie fest im Griff und würgte sie mit beiden Händen. Sie rang nach Luft, und ein roter Schleier legte sich über ihre Augen. Während sie spürte, dass sie das Bewusstsein verlieren würde, konnte sie noch unter Mühen keuchen, dass sie über ein Gegengift verfüge. Die Umklammerung lockerte sich, und Luft drang in ihre Lunge.

»Wo?«, brüllte Jonathan, der sie noch immer am Boden hielt.

»Ich habe wirklich keine Angst vor dem Tod, und Sie wissen sehr gut, warum. Wenn Sie Clara also retten wollen, müssen Sie Ihr Verhalten ändern.«

Jonathan glaubte, in ihrem Blick zu lesen, dass sie – dieses Mal – nicht log. Er ließ sie los.

»Ich habe Sie erwartet, aber nicht so früh«, sagte sie und erhob sich mühsam.

»Warum haben Sie das getan?«

»Weil ich dickköpfig bin!«, sagte sie und rieb sich die Ellenbogen.

»Sie haben gelogen, Clara ist nicht die älteste Tochter von Sir Langton.«

»Das stimmt. Doch das macht sie in meinen Augen noch schuldiger. Nach dem Tod ihres Vaters hat mein Mann sie offiziell adoptiert. Er liebte sie wie sein eigenes Kind, er war ihr Wohltäter, und als sie dieses Bild stahl, hat sie sein Vertrauen missbraucht.«

»Langton hat Wladimir Radskin umgebracht!«, schrie Jonathan.

»Nein, nicht er«, gab Alice Walton selbstzufrieden zurück. »Mein Mann war nur ein erbärmlicher Spieler, der bis zum Hals in Schulden steckte. Da musste schon jemand eingreifen und die Familie vor dem Ruin retten. Die Initiative ging von mir aus, er hat nichts davon gewusst!«

»Aber Clara hat es erfahren, sie hat Radskins Tagebuch gefunden. Sie hat Ihren Mann nicht hintergangen, sie hat sich nicht einmal gerächt; sie hat lediglich den letzten Willen ihres Vaters erfüllt. Und wir haben Sie daran gehindert, das Bild zu verkaufen, das Sie gestohlen haben.«

»Das ist Ihre Version der Fakten, was aber nichts daran ändert, dass ich im Besitz des Gegengifts bin.«

Aus der Jackentasche ihres Kostüms zog Alice einen kleinen Flakon, der eine gelbliche Flüssigkeit enthielt. Sie erklärte Jonathan, dass es den Ärzten unmöglich sei, die geringste Spur von dem Gift zu finden, das sie in Claras Glas geträufelt habe. Der einzige Weg, sie zu retten, sei, haargenau ihren Instruktionen zu folgen. Die Hochzeit ihrer Tochter würde morgen die ganze High Society von Boston versammeln. Die Feierlichkeiten in letzter Minute abzusagen käme nicht infrage – der Skandal wäre für Mutter und Tochter unerträglich. Clara und er hätten bereits ihren

Mann entehrt, und sie würde nicht dulden, dass Ähnliches mit ihrer Tochter geschehe. Morgen Mittag würde Jonathan Anna heiraten. Nach der Zeremonie würde sie Clara aufsuchen und ihr das Gegengift verabreichen.

»Und warum sollte ich Ihnen glauben?«, fragte Jonathan.

»Weil Ihnen in der kurzen Zeit gar keine andere Wahl bleibt! Und jetzt verlassen Sie meine Wohnung. Wir sehen uns morgen in der Kirche!«

Das Klinikzimmer war in ein milchiges Licht getaucht. Peter saß auf einem Stuhl neben dem Bett. Eine Krankenschwester kam herein, um eine weitere Blutprobe zu entnehmen. Sie unterbrach die Infusion und hielt sechs kleine Glasröhrchen an die Nadel, die in Claras Arm steckte. Eine Ampulle nach der anderen füllte sich mit dem immer heller werdenden Blut. Sobald sie voll waren, schraubte sie einen Verschluss darauf und steckte sie in den dafür vorgesehenen Behälter. Als die sechste voll war, setzte sie die Infusion erneut in Gang, streifte ihre Gummihandschuhe ab und warf sie in den für medizinische Abfälle vorgesehenen Korb. Während sie ihm den Rücken zukehrte, nahm Peter eines der Röhrchen aus dem Behälter, und ließ es in seiner Jackentasche verschwinden.

Nach Jonathans überstürztem Aufbruch war Anna aus der Kammer gekommen, in der sie sich versteckt hatte. Sie saß in einem Sessel und starrte ihre Mutter an.

»Welchen Sinn hat das Ganze jetzt noch? Er wird sich doch gleich wieder scheiden lassen.«

»Meine arme Kleine«, erwiderte Alice, »du musst noch so vieles lernen! Morgen wird er dich geheiratet haben, und man lässt sich vor Gott nicht scheiden. Indem er sein Gelübde ablegt, während Clara im Sterben liegt, bricht er den Eid, der die beiden aneinanderbindet. Diesmal werden sie für immer getrennt.«

Alice schraubte das Fläschchen mit dem Gegengift auf, ließ den Inhalt in ihre hohle Hand tröpfeln und rieb sich damit den Nacken ein.

»Das ist mein Parfüm!«, sagte sie vergnügt. »Ich habe ihn angelogen!«

Anna stand wortlos auf, nahm ihre Tasche und trat auf den Flur. Sie drehte sich noch einmal um, sah ihre Mutter nachdenklich an und schloss die Tür hinter sich.

Mich hast du auch angelogen, dachte sie traurig und verließ das Gebäude.

Als Jonathan ins Krankenzimmer trat, ließ Peter die beiden allein.

Jonathan setzte sich auf die Bettkante und hauchte Clara einen Kuss auf die Stirn. »Siehst du, ich küsse dich, und trotzdem bleiben wir in der Gegenwart«, flüsterte er mit zugeschnürter Kehle.

Clara schlug die Augen auf und brachte mit einem kleinen Lächeln einige Worte zustande. »Meine Kräfte verlassen mich, weißt du?« Sie legte die Finger um Jonathans Hand und fuhr mit schwacher Stimme fort: »Jetzt haben wir nicht mal diesen Spaziergang an deiner Hafenpromenade gemacht.«

»Wir werden ihn machen, ich verspreche es dir.«

»Ich muss dir das Ende unserer Geschichte erzählen, mein Liebster. Ich kenne es jetzt, denn ich habe es letzte Nacht geträumt.«

»Schone deine Kräfte, Clara, ich flehe dich an.«

»Weißt du, was wir getan haben, als Langton vom Landsitz geflohen ist? Wir haben uns geliebt. Bis ans Ende unserer beider Leben haben wir nicht aufgehört, uns zu lieben.«

Sie schloss die Augen, und in ihrem Gesicht stand der Schmerz geschrieben, der sich ihrer bemächtigte.

»Indem er mich adoptierte, hat mich Langton zu seiner Erbin gemacht. Mit viel Arbeit haben wir seine Schulden begleichen und den Landsitz behalten können. Wir haben uns dort geliebt, Jonathan – bis zum letzten Tag. Als du gestorben bist, habe ich dich unter den großen Baum gelegt. Ich habe das Bild auf dem Dachboden versteckt und mich neben dir ausgestreckt und gewartet, bis das Leben auch mich verlassen wollte. Und im Laufe dieser einzigen Nacht ohne dich habe ich den Eid geleistet, dich auch nach meinem Tod weiterzulieben und dich wiederzufinden, wo immer du bist. Wie du siehst, habe ich mein Wort gehalten – und du auch.«

Halb erstickt vor Kummer, schlang er die Arme um Clara und legte den Kopf auf ihre Schulter. »Sag nichts mehr, ich bitte dich, ruh dich aus, meine Liebste.«

»Wenn du wüsstest, wie ich dich liebe, Jonathan. Keine Minute ohne dich war es wert, gelebt zu werden. Hör mir zu, ich glaube, mir bleibt nicht mehr viel Zeit. Diese letzten Wochen waren die schönsten in meinem Leben. Nichts von dem, was ich gelebt habe, war dem Glück gleich, das du mir geschenkt hast. Du musst mir versprechen, jetzt auch glücklich zu sein. Ich will, dass du lebst, Jonathan. Verzichte nicht auf das Glück. Es liegt so viel Begeisterung in deinem Blick. Vielleicht begegnen wir uns eines Tages noch einmal.«

Jonathans Augen füllten sich mit Tränen.

Mit einer letzten Kraftanstrengung hob Clara die Hand, um über seine Wange zu streichen. »Drück mich noch fester an dich, Jonathan, mir ist so kalt.«

Das waren ihre letzten Worte. Ihre Lider schlossen sich, und ihre Züge entspannten sich langsam. Ihr Herz schlug nur noch sehr schwach.

Die ganze Nacht über wachte Jonathan bei ihr. Er nahm sie in die Arme und wiegte sie sanft. Sein eigener Atem passte sich dem ihrer Bewegungen an. Der Morgen graute, und Claras Zustand verschlimmerte sich stündlich. Jonathan drückte ihr einen langen Kuss auf die Lippen, dann stand er auf. Bevor er das Zimmer verließ, drehte er sich um und murmelte: »Ich lasse dich nicht gehen, Clara.«

Als sich die Tür hinter ihm schloss, färbte das Blut, das Claras Haut entwich, ihre Laken mit einem roten Pigment. Ihr langes Haar umrahmte ihr friedliches Gesicht. Das Tageslicht, das durch das Fenster drang, legte letzte Hand an das Bild *Die junge Frau im roten Kleid*.

Peter tauchte am Ende des Flurs auf, nahm Jonathan beim Arm und zog ihn zu dem Getränkeautomaten. Er steckte eine Münze in den Schlitz und drückte auf die Taste

»Kaffee«. »Du wirst einen brauchen können und ich auch«, sagte er und reichte Jonathan einen Becher.

»Ich hab das Gefühl, im Wachzustand einen Albtraum zu durchleben.«

»Ich hoffe, du siehst mich darin, denn mir geht es genauso«, sagte Peter und seufzte. »Ich habe mit meinem Freund von der Kripo telefoniert. Ich schicke ihm per Fedex eine Probe von Claras Blut, die ich der Krankenschwester entwendet habe. Er wird seine besten Techniker auf den Fall ansetzen, und ich schwöre dir, wir machen dieses Miststück kalt!«

»Was genau hast du deinem Kripokumpel erzählt?«, fragte Jonathan.

»Die ganze Geschichte. Ich habe ihm sogar versprochen, ihm unsere Aufzeichnungen und eine Kopie von Radskins Heft zukommen zu lassen.«

»Und er wollte dich nicht gleich ins Irrenhaus sperren?«

»Keine Sorge, Pilguez ist Spezialist für bizarre Fälle. Vor ein paar Jahren hat er mir von einer seiner Ermittlungen in San Francisco erzählt; dagegen ist unser Fall ein Klacks.«

Jonathan zuckte mit den Schultern und ging auf den Ausgang zu.

Als er schon an der Tür war, rief Peter ihm nach: »Ich bin nachher an deiner Seite, vergiss das nicht. Und selbst wenn ich mit unserer Geschichte als Irrer dastehe, wenn wir Clara gerettet haben, bin ich ebenfalls dein Zeuge.«

Alle Bänke der Saint-Stephen-Kirche waren voll besetzt. Die High Society von Boston schien sich zu beiden Seiten des

Mittelgangs ein Stelldichein gegeben zu haben. Während der Zeremonie blockierten zwei Polizeiwagen den Zugang zur Clark Street. Peter hatte mit finsterer Miene zu Jonathans Rechten Platz genommen. Die Orgel ertönte, und die ganze Gesellschaft drehte sich um. Am Arm ihrer Mutter, die ihre Trauzeugin war, durchschritt Anna das Kirchenschiff, und die lange Schleppe ihres Kleids schleifte über den Boden. Die Hochzeitszeremonie begann um Punkt elf Uhr.

Professor Moore trat an Claras Bett und legte ihr die Hand auf die Stirn. Das Fieber war noch weiter gestiegen. Mit einem betrübten Seufzer ließ er sich auf der Bettkante nieder. Er nahm ein Papiertaschentuch vom Nachttisch und tupfte damit das Blut weg, das aus einem Nasenloch rann. Er stand auf und stellte die Durchflussmenge der Infusion neu ein. Mit hängenden Schultern verließ er das Krankenzimmer und schloss leise die Tür hinter sich.

Clara öffnete die Augen, stöhnte und schloss sie wieder.

Die Zeremonie dauerte schon eine halbe Stunde, und der Priester schickte sich an, dem Brautpaar das Gelübde abzunehmen. Er beugte sich zu Anna herab und schenkte ihr ein gütiges Lächeln. Sie aber sah ihn gar nicht. Die Augen voller Tränen, fixierte sie das Gesicht ihrer Mutter.

»Verzeih mir«, murmelte sie. Dann richtete sie den Blick auf Jonathan und nahm seine Hand. »Du kannst nichts mehr für sie tun, Jonathan, wohl aber etwas für euch beide!«

»Was sagst du?«

»Du hast sehr gut verstanden. Du musst fort von hier,

bevor es zu spät ist. Du kannst sie nicht mehr retten, doch du kannst sie noch wiederfinden. Also geh!«

Die Kirche hallte von Alice Waltons Wutgeschrei wider, als Peter und Jonathan über den Mittelgang liefen. Der Priester stand mit hängenden Armen ratlos da, und die ganze Hochzeitsgesellschaft erhob sich, als die beiden durch die große Tür rannten.

Von dem menschenleeren Vorplatz aus rief Peter den Polizeibeamten, der an seinem Wagen lehnte.

»Ich arbeite undercover für Kommissar Pilguez von der Kripo San Francisco. Sie können das unterwegs überprüfen. Es geht um Leben und Tod. Bringen Sie uns so schnell wie möglich zum Boston Memorial Hospital.«

Die beiden Freunde wechselten auf der Fahrt kein einziges Wort. Die Sirene machte den Weg für sie frei. Jonathan hatte den Kopf an die Fensterscheibe gelegt, seine Augen verschleierten sich, als er die Kräne des alten Hafens vorübergleiten sah. Peter legte den Arm um ihn und zog ihn an sich.

Vor Claras Zimmer angelangt, wandte sich Jonathan zu seinem Freund und sah ihn lange an. »Kannst du mir etwas versprechen, Peter?«, bat er.

»Alles, was du willst.«

»Ganz gleich wie viel Zeit es in Anspruch nimmt, du musst Wladimir Radskin zu seinem Recht verhelfen. Schwör mir, dass du, was auch passiert, bis ans Ende gehst. Clara hätte es so gewollt.«

»Ich schwöre es, und wir machen es zusammen, ich lasse dich nicht im Stich.«

»Du musst es allein tun, ich werde es nicht mehr können.«

Behutsam öffnete Jonathan die Tür zum Krankenzimmer. Clara atmete schwach im Halbdunkel.

»Willst du Boston verlassen?«, fragte Peter.

»In gewisser Weise, ja.«

»Und wohin?«

Jonathan schloss seinen Freund in die Arme. »Auch ich habe ein Versprechen gegeben, weißt du? Ich werde mit Clara an der Hafenpromenade spazieren gehen ... *das nächste Mal.*« Damit trat er ins Zimmer und schloss die Tür hinter sich.

Peter hörte das Geräusch des Schlüssels, der sich im Schloss drehte. »Was machst du da, Jonathan?«, fragte er besorgt. Er trommelte gegen den Türstock, doch sein Freund gab keine Antwort.

Jonathan setzte sich neben Clara aufs Bett. Er zog sein Jackett aus und krempelte die Ärmel seines Hemds hoch. Dann zog er die Nadel aus der Infusionsflasche und stieß sie in den eigenen Arm, sodass ihre beiden Körper verbunden waren.

Als er sich neben sie gelegt hatte, floss Claras Blut bereits langsam in seine Venen. Er streichelte ihre bleiche Wange und hauchte ihr ins Ohr: »Ich liebe dich und werde nie aufhören können, dich zu lieben, ich weiß nicht, wie und warum. Ich liebe dich so, weil ich keine andere Art kenne. Wo du nicht bist, kann auch ich nicht sein.«

Jonathan drückte die Lippen auf Claras Mund, und zum ersten Mal in seinem Leben begann sich alles um ihn herum zu drehen.

Es war einer der ersten Herbsttage. Peter schlenderte allein über den Markt, als sein Handy klingelte.

»Ich bin's«, meldete sich Pilguez' Stimme. »Wir haben sie festgenagelt. Ich hatte dir ja die besten Experten des Landes versprochen und habe Wort gehalten. Wir haben das Gift identifiziert. Ich habe die Zeugenaussage des Barkeepers, er hat Mrs. Walton eindeutig wiedererkannt. Das Beste habe ich dir für den Schluss aufgehoben: Ihre Tochter ist bereit auszusagen. Die Alte kommt nie mehr aus dem Knast raus.« Schließlich fügte er noch hinzu: »Wann besuchst du uns in San Francisco? Natalia würde sich freuen, dich wiederzusehen ...«

»Noch vor Weihnachten, versprochen.«

»Was hast du mit den Bildern vor?«

»Auch ich habe ein Versprechen zu halten.«

»Ich muss dir trotzdem etwas sagen, doch das bleibt unter uns. Wie du mich drum gebeten hattest, habe ich die DNA-Analyse aus deinen Unterlagen mit jener der vergifteten jungen Frau verglichen.«

Peter blieb stehen und hielt den Atem an.

»Das Labor ist hundert Prozent sicher: Die beiden Proben zeugen von direkter Filiation. Mit anderen Worten, das Blut auf dem Bild ist das ihres Vaters. Wie du siehst, kann das mit den Daten, die du mir gegeben hast, nicht stimmen!«

Peter schaltete sein Handy aus. Seine Augen füllten sich mit Tränen, er blickte zum Himmel, schluchzte auf und rief vor Freude: »Du fehlst mir, ihr fehlt mir beide!« Dann steckte er die Hände in die Hosentaschen und setzte seinen Weg fort. Auf der Hafenpromenade lächelte er.

Als Peter nach Hause kam, traf er auf Jenkins, der, zwei Koffer zu seinen Füßen, unter dem Vordach auf ihn wartete.

»Nun, wie geht's, Jenkins?«, fragte Peter.

»Ich weiß gar nicht, wie ich Ihnen für diese Reise danken soll. Mein ganzes Leben träume ich davon, London einmal kennenzulernen. Es ist das schönste Geschenk, das man mir je gemacht hat.«

»Haben Sie auch die Adresse und Telefonnummer dabei, die ich Ihnen gegeben habe?«

Jenkins nickte.

»Na, dann gute Reise, mein lieber Jenkins.«

Mit einem Lächeln auf den Lippen betrat Peter die Wohnanlage, während Jenkins ihm noch einmal zuwinkte und ins Taxi stieg, das ihn zum Flughafen fuhr.

Kapitel 12

Sankt Petersburg, Jahre später ...

Der Tag ging zur Neige, und in wenigen Minuten würde die Eremitage ihre Tore schließen. Die Besucher, die sich im Saal »Wladimir Radskin« befanden, strebten dem Ausgang zu. Ein Wärter machte seinem Kollegen heimlich ein Handzeichen. Diskret näherten sich die beiden uniformierten Männer einem jungen Paar, das gerade den Saal verlassen wollte. In einem günstigen Augenblick traten sie auf die beiden zu und forderten sie höflich, aber bestimmt auf, sie zu begleiten, ohne Aufsehen zu erregen. Die beiden Touristen, die gar nicht verstanden, was man von ihnen wollte, beugten sich schließlich der höflichen Hartnäckigkeit der beiden Sicherheitsbeamten und erklärten sich bereit, ihnen zu folgen. Mit ihrem Geleitschutz durchquerten sie einen langen Flur und traten durch eine verborgene Tür. Nachdem sie eine Hintertreppe hinaufgegangen waren, verspürten sie, je länger der Weg dauerte, eine gewisse Unruhe. Schließlich führte man sie in ein großes Büro. Sie wurden aufgefordert, an einem Konferenztisch Platz zu nehmen. Es würde sich gleich jemand um sie kümmern. Ein Herr um die fünfzig in einem strengen Anzug trat ein und setzte sich ihnen gegenüber an den Tisch. Er schlug ein Dossier vor sich auf, in dem er mehrmals blätterte, ohne das junge Paar aus den Augen zu lassen.

»Ich muss sagen, das ist wirklich erstaunlich«, sagte er in einem Englisch mit leichtem Akzent.

»Dürfte ich wissen, was Sie von uns wollen?«, fragte der junge Mann.

»Es ist das dritte Mal in dieser Woche, dass Sie die Bilder von Wladimir Radskin bewundern, nicht wahr?«

»Wir lieben diesen Maler einfach«, sagte die junge Frau.

Yuri Egorow stellte sich vor. Er war der Chef-Kurator der Eremitage und schätzte sich glücklich, die beiden in seinem Museum empfangen zu dürfen.

»Das Gemälde, das Sie heute Nachmittag so lange betrachtet haben, trägt den Titel *Die junge Frau im roten Kleid*. Auf Veranlassung eines amerikanischen Auktionators wurde es restauriert und wieder in seinen Originalzustand versetzt. Ihm hat das Museum die hier ausgestellten fünf Bilder von Radskin zu verdanken. Diese Sammlung ist von unschätzbarem Wert, und wir hätten sie sicher nie in ihrer Gesamtheit erwerben können. Dank dieses generösen Stifters ist der große russische Maler nach vielen Jahren in sein Heimatland zurückgekehrt. Als Gegenleistung für dieses Geschenk, das unserem Land gemacht wurde, hat sich die Eremitage gegenüber ihrem Wohltäter verpflichtet, ein etwas seltsam anmutendes Versprechen zu halten. Nachdem mein Vorgänger vor wenigen Jahren in den Ruhestand getreten ist, obliegt es fortan mir, diese Aufgabe zu übernehmen.«

»Welche Aufgabe?«, fragte das Paar wie aus einem Mund.

Der Kurator hüstelte und fuhr fort: »Mister Peter Gwel

hat uns das Versprechen abgenommen, dass – sollte eines Tages eine Frau, deren Gesicht dem der *jungen Frau im roten Kleid* verblüffend ähnlich sieht, vor dem Bild erscheinen – wir dem Mann, der sie begleitet, einen Brief aushändigen. Wir haben Sie lange beobachtet, und ich glaube, der Zeitpunkt ist gekommen, unser Versprechen einzulösen.«

Der Kurator zog einen Umschlag aus dem Dossier und reichte ihn dem Paar. Der junge Mann öffnete ihn. Während er den Brief darin las, stand er auf und lief im Zimmer auf und ab.

Als er zu Ende gelesen hatte, faltete er den Brief zusammen und steckte ihn schweigend in seine Jackentasche.

Dann verschränkte er die Hände hinter dem Rücken, kniff die Augen zusammen und lächelte ... Und seit diesem Tag hat er nicht mehr aufgehört zu lächeln ...

Danksagung

Nathalie André, Stéphanie Bataille, Kamel Berkane, Antoine Caro, François Curiel, Marie Drucker, Julie Dupage, Guillaume Gallienne, Sylvie Gendron, Philippe Guez, Étienne Hellmann, Katrin, Asha, Mark & Kerry, Marie Le Fort, Sophie Lefèvre, Raymond und Danièle Levy, Jean-Pierre Mohen, Pauline Normand, Marie-Ève Provost, Robert und Laure Zaigue.

Der French Bookshop in London.

Das gesamte Lektorat der Editions Robert Laffont.

Das Centre de recherche et de restauration des musées de France,

Christie's

und

Susanna Lea und Antoine Audouard.

Liebe hat viele Gesichter – doch nur eines werden wir nie vergessen ...

256 Seiten. ISBN 978-3-442-38026-8

Als Kind stiehlt er die Schatten derer, die seinen Weg kreuzen – Freunde, Feinde und seine erste Liebe. Und erhält so Einblick in ihre Träume, Wünsche und Sorgen. Was soll er aber mit dieser Gabe anfangen, die ihn so verwirrt? Jahre später ist aus dem Schattendieb ein Arzt geworden. Hat er immer noch die Fähigkeit, die Sehnsüchte derer zu erahnen, die ihn umgeben? Erneut wird er mit der Frage konfrontiert: Kann er den Menschen dabei helfen, ihre Träume zu leben, statt ihr Leben zu träumen – und selbst das Glück und die Liebe finden?

Lesen Sie mehr unter: **www.blanvalet.de**

DAS IST MEIN VERLAG

... auch im Internet!

 twitter.com/BlanvaletVerlag

 facebook.com/blanvalet